ARRÊT DE MORT

W0313303

© Jo Furniss, 2024
Tous droits réservés
Première publication par Zaffre Publishing Group,
département de Bonnier Books UK Company

Pour la présente édition
© 2025, iMPACT, département de Hugo Publishing
59, quai Alphonse Le Gallo
92100 Boulogne-Billancourt
www.hugopublishing.fr

Collection dirigée par Clémentine Thiebault
Ouvrage dirigé par Sophie Le Flour et Clémentine Thiebault
Traduction : Vincent Guilluy
Couverture et conception graphique : Emmanuel Pinchon
Visuels de couverture : © Shutterstock

ISBN : 9782755678956 / 001
Dépôt légal : juin 2025
Imprimé en France par CPI Bussière en mars 2025 (2083341)
sur papier provenant de forêts gérées de manière durable.

JO FURNISS

ARRÊT DE MORT

iMPACT

À mes amis délinquants,
Haut les pinces !

PREMIÈRE HEURE

UN

17 heures

Ce vendredi après-midi, la circulation était infernale. Belinda Kidd (Billy, pour les intimes), aurait mieux fait de ne pas s'engager sur l'autoroute à l'heure de pointe. Et puis elle ne se sentait pas en grande forme après un vol interminable en provenance d'Australie. En tant que sergent de police, très prochainement ex-sergent de police, elle savait pertinemment qu'on pouvait passer très vite de : *Une canette de Red Bull et ça va aller* à : *Mais je n'ai fermé les yeux qu'un très court instant*… et au carnage.

Mais que faire d'autre ? Aucun comité d'accueil ne l'attendait dans le hall des arrivées. Et son village n'était pas desservi par les transports en commun. C'est pourquoi elle était au volant de cette voiture de location. La clim réglée sur Polaire. Un café noir dans le porte-gobelet central. Les phalanges blanches à force de serrer le volant.

En une heure, elle pouvait être chez elle. Une petite heure. Un trajet simple qu'elle avait fait des millions de fois. Une route sur laquelle elle avait patrouillé, autrefois, mais qui avait été réaménagée en voie soi-disant « express », trois files dans chaque sens, bouchées tous les vendredis pour former la chenille sans joie de ceux qui partaient laborieusement en week-end. Billy restait dans la file du milieu, qui n'avançait pas plus vite que les deux autres. Elle aurait bien allumé la radio mais ne pouvait quitter la route des yeux assez longtemps pour comprendre comment fonctionnait ce système stéréo inconnu. Elle n'entendait que le roulement des pneus sur l'asphalte.

Un dérapage, des pneus qui éclatent…

Arrête, Belinda !

Comme si elles n'attendaient que ça, des croix rouges s'allumèrent sur le portique de signalisation enjambant l'autoroute. Une hémorragie de feux de freinage ensanglanta la chaussée. Belinda ralentit, puis s'arrêta.

Le silence révéla sa respiration inégale.

Plus de trente ans à patrouiller derrière un volant. Un brevet de pilote, niveau pro. Un horrible accident. Et maintenant, ça. Son cœur battait comme un essuie-glace sous un orage.

Elle avait fait une vraie crise d'angoisse, la première fois qu'elle avait repris le volant sur une autoroute australienne. Sa sœur lui avait dit que c'était à cause de la ménopause. Beaucoup de femmes perdent confiance en elles à ce moment-là. « Passe au traitement hormonal, avait dit Mel. Et tu redeviendras toi-même, le sergent Billy Kidd, la terreur des braqueurs, des dealeurs et des cambrioleurs. »

Mais Billy avait été incapable de se remettre à conduire en Australie. Et même en cet instant, de retour sur l'asphalte britannique, elle fut soulagée d'être à l'arrêt en ce vendredi après-midi.

Mais comment pourras-tu rester policière si tu n'es plus capable de conduire ?

Oh, laisse tomber, Belinda, tu veux ?!?

Si quelqu'un lui avait parlé comme elle se parlait à elle-même, elle l'aurait envoyé se faire faire des choses peu recommandables avec son pot d'échappement.

Sur la voie soi-disant rapide, à sa droite[1], un vieux beau à tête de renard argenté tapait du poing sur le volant de sa BMW. Sur sa gauche, deux femmes aux profils identiques regardaient droit devant elles. La mère, et sa fille adulte. Leurs trente ans de différence les faisaient ressembler à une publicité « avant-après ». Billy suivit leur regard : aussi loin qu'elle put voir, rien ne bougeait.

Elle rompit le silence irréel en allumant la radio.

« … De nombreux morts suite à une série d'attaques coordonnées, dit le présentateur d'une voix à la fois grave et étrangement enjouée. Après l'explosion d'une voiture piégée devant la gare à 16 h 30 cet après-midi, des hommes armés ont ouvert le feu dans le hall. Toutes les gares de la ville sont en cours d'évacuation. La police a dressé des barricades sur l'ensemble des axes menant au centre-ville, qui est de fait bouclé… »

Le grondement d'une moto, quelque part sur l'autoroute, menaçait de couvrir la voix du journaliste. Billy monta le son de la radio.

« … et on apprend à l'instant l'explosion d'une seconde voiture piégée. Celle-ci s'est produite dans le tunnel de Deadwall à 17 heures précises. C'est peut-être l'événement le plus meurtrier en Grande-Bretagne depuis les attentats à la bombe de Londres du 7 juillet 2005. »

Pas étonnant que la circulation soit à l'arrêt. Le tunnel de Deadwall était sur l'axe principal reliant la ville à l'est

1 Est-il besoin de rappeler qu'au Royaume-Uni, on conduit à gauche ? (*NdT*)

du pays. Billy ne savait pas exactement où elle était – de hautes palissades de chaque côté de l'autoroute l'empêchaient de se repérer – mais le tunnel devait être juste devant elle, à un kilomètre et demi environ. Elle enfouit le visage dans ses mains. Dehors, elle entendit une portière claquer et se redressa immédiatement.

Dans ses rétroviseurs, elle vit des conducteurs émerger de leurs véhicules, pour ôter leurs chemises auréolées de sueur, passer des coups de fil ou tourner tristement en rond comme des touristes égarés.

– Mais quel cinglé ! vous avez vu ça ? cria une jeune femme, qui se tenait sur la chaussée, sur la voie de droite.

Le son portait étrangement dans le silence dû à l'arrêt de la circulation. La jeune femme, vingt ans au plus, vêtue d'une robe à sequins scintillante, était pieds nus. Comme si la terre entière était son tapis rouge. Les reflets du tissu et son teint de sable doré lui donnaient l'air d'une sirène. En réponse à son cri, un jeune homme aux boucles brunes bohèmes qui ressemblait à Lord Byron sauta de son camping-car Volkswagen. Il s'approcha nonchalamment à petits pas, comme un jeune chiot, de la Nissan Micra de Miss Sirène.

Billy détourna le regard de ces charmants jeunes gens.

Sur la voie de gauche, une femme solidement charpentée émergea de sa voiture et scruta d'un œil noir les deux côtés de la bande d'arrêt d'urgence. Elle semblait proférer des jurons remarquablement grossiers. La sœur de Billy aurait décrit Mme Gros Mots comme « un sacré morceau ».

La circulation n'allait pas reprendre de sitôt – pas avec une explosion dans le tunnel et le bouclage du centre-ville.

Billy descendit donc de voiture elle aussi, traînant son jet-lag comme un parachute mal ouvert.

Une vilaine odeur de caoutchouc chaud flottait dans l'air.

Un dérapage...

Arrête, Belinda !

Elle avait apporté le soleil. Le thermomètre de sa voiture annonçait vingt-huit degrés. Une canicule en mai. L'occasion pour les Britanniques de se plaindre d'une chaleur somme toute modérée se présentait toujours un peu plus tôt chaque année. Peut-être était-ce tout ce foutu pays qui souffrait de ménopause...

Billy observa les visages rouges des autres conducteurs. Derrière elle, sur la voie centrale, une femme aux allures bourgeoises (teinture aux reflets caramel, collier voyant, SUV gros comme un camion) s'éventait à l'aide d'une contravention pour stationnement interdit. Elle croisa le regard de Billy.

– Quelle chaleur insupportable ! dit Lady Contravention. Et il fallait que ça arrive aujourd'hui.

Billy se demanda pourquoi, dans ce cas, elle n'ôtait pas son cardigan à manches longues.

– Ça va tourner à l'orage, répondit Billy malgré le soleil qui clignait de l'œil dans un ciel bleu azur et indiquait tout l'inverse.

– Il y a toujours du monde le vendredi sur cette portion d'autoroute, mais rarement à ce point-là, commenta Lady Contravention, songeuse.

– Une voiture piégée a explosé dans le tunnel de Deadwall.

– Oh mon Dieu !

– Nous sommes dans un goulot d'étranglement. Il n'y a plus qu'à attendre qu'il nous recrache.

Billy sortit son téléphone et ouvrit Plans. Comme elle s'y attendait, cette section d'autoroute donnait sur le tunnel de Deadwall, assez loin devant. Derrière, la sortie la plus proche était à une distance à peu près équivalente. Et la circulation sur les voies opposées venait de s'arrêter, elle aussi. Tout le système devait être paralysé.

– Pourrait-on utiliser cette voie ? demanda Lady Contravention en indiquant la bande d'arrêt d'urgence. En cas de nécessité impérieuse ?

– Vous n'iriez pas loin. Le tunnel est bloqué. Et il est interdit de rouler sur la bande d'arrêt d'urgence. Ça vous vaudrait une autre amende, ajouta-t-elle en indiquant les caméras de surveillance. Désolée, je suis policière.

Lady Contravention jeta son amende dans son automobile et alla se mettre à l'ombre, à l'arrière de son énorme véhicule. Fin de la discussion.

Pas très aimable. Et à quoi peut bien servir une voiture aussi énorme, d'ailleurs ?

Son Audi est grande comme un Aldi.

Un cri soudain interrompit ses pensées.

Lady Contravention s'écartait, à reculons, du véhicule arrêté à côté du sien, sur la file de gauche. Une berline noire. Typiquement anonyme, d'une marque inconnue, qui rappela les *X Files* à Billy.

Lady Contravention montrait la berline du doigt. Puis son bras fit l'essuie-glace entre Billy et la voiture noire.

– Vous êtes de la police, dites-vous ?

– Je suis presque à la retraite, dit Billy en restant à sa place.

– Il ne bouge plus.

Le rose lui montait au cou comme si des doigts cachés émergeaient de sa chemise.

Mais effectivement, le conducteur de la berline était atrocement immobile. Son véhicule était un peu en travers, l'avant tourné vers la bande d'arrêt d'urgence. Le soleil inondait son pare-brise. Billy se résolut à s'approcher, mais elle ne pouvait voir le visage du chauffeur. Il paraissait affalé sur son volant. Elle frappa au carreau. Pas de réponse.

– Monsieur ? Monsieur, quelque chose ne va pas ?

Toujours pas de réponse.

Il y avait peu de chances qu'il soit en train de faire la sieste – la circulation ne s'était arrêtée que quelques minutes auparavant.

Billy mit ses mains en visière et s'approcha de la vitre. En effet, l'homme n'était pas bien. Lèvres et paupières molles. Yeux vitreux. Un type jeune, trop pour faire une crise cardiaque, mais Billy n'aurait pas su en dire plus.

– Quelqu'un peut appeler une ambulance ? cria-t-elle par-dessus son épaule.

Elle devait extraire l'individu de sa voiture, tenter une réanimation cardiopulmonaire.

Lady Contravention se mit à geindre :

– Il est… Il est… ?

– Mort, acheva Gros Mot, qui se tenait devant le capot de la berline, bras croisés posés sur l'étagère de son propre ventre. Je suis infirmière, et je peux vous dire que ce type est mort.

Billy tira sur la poignée de la portière du conducteur. Celle-ci céda, mais elle hésitait à ouvrir. Au fond d'elle-même, elle savait déjà. Même à travers la vitre, elle avait compris que l'homme n'était plus en vie.

DEUX

17 h 05

Quand Billy ouvrit la portière de la berline noire, le bras du conducteur lui frôla la jambe et retomba, inerte. Elle fixa un moment sa main flasque pour être sûre qu'il ne bougeait plus, puis se pencha dans l'habitacle pour poser deux doigts sur le cou du mort.

Pas de pouls.

Elle tendit le bras pour essayer de l'autre côté.

Pas de pouls.

Une tache humide s'étalait sur son entrejambe, mais il n'y avait aucune odeur. De l'urine encore fraîche. Elle lui parla tout en sortant son téléphone de sa poche, alluma la torche et lui souleva une paupière.

Aucune réaction.

Elle saisit, entre le pouce et l'index, le muscle trapèze, en haut de l'épaule droite, pinça la chair à travers la chemise et la tordit. Violemment. La douleur devait déclencher une réaction, si elle pouvait en obtenir une.

Pas de réaction.

Billy s'écarta de la voiture et se redressa.

– Vous dites que vous êtes infirmière ? lança-t-elle à l'adresse de Gros Mot restée devant le capot, qui scrutait l'intérieur de la berline à travers le pare-brise.

– Je l'ai été, ouais.

– Je suis le sergent Kidd. Belinda Kidd. Tout le monde m'appelle Billy. Vous voulez bien m'aider à le sortir ?

– Pour quoi faire ?

– Il ne réagit pas. On va tenter une RCP.

La gorge de Billy se serra à ce dernier mot. La dernière fois qu'elle avait tenté une réanimation cardiopulmonaire, ça n'avait fait aucun bien – ni à celui qu'elle aurait voulu sauver, ni à sa carrière.

– Il ne bouge plus depuis combien de temps ?

Gros Mot fixait le mort comme si elle le soupçonnait de préparer un coup tordu. Billy regarda alentour pour voir si quelqu'un d'autre pouvait l'aider. Sans défibrillateur, sans aucun matériel, une RCP avait peu de chances de réussir, mais il fallait au moins qu'elle essaye, bon sang ! Lady Contravention s'était éloignée, elle aussi. OK, elle allait devoir s'y coller toute seule, mais il fallait d'abord sortir le type de sa voiture.

Elle l'attrapa par le col. Le tissu émit un bruit de succion entre ses doigts. Le contact spongieux, insoutenable, lui fit retirer vivement la main, et elle découvrit une traînée de sang au creux de sa paume.

Billy s'écarta de la portière et ouvrit celle de l'arrière, de sa main propre. La nuque de l'homme était visible entre le dossier et l'appuie-tête. Une tache de couleur vive sur son col avait pris la forme d'un foulard rouge, comme les bandanas que portent les cow-boys ou certains chiens. Mais la réalité était moins comique. Du sang suintait d'une plaie située environ un centimètre à droite de la colonne vertébrale, et où était fiché un objet de métal noir.

– Je l'avais bien dit, proclama Gros Mot, qui se pencha à l'intérieur pour prendre le pouls du mort à son poignet.

Son geste, ajouté à la chaleur, la fit ahaner. En lieu et place des derniers sacrements, l'infirmière débita une bordée de jurons. Puis elle se recula pour déclarer :

– Il est mort, ma belle.

Et en toute honnêteté, l'objet qui lui sortait de la nuque indiquait bien qu'il ne s'agissait pas d'une crise cardiaque.

Billy referma la portière à l'arrière pour que Gros Mot ne puisse pas examiner la plaie. L'objet enfoncé dans sa nuque n'était pas visible de devant, et seule la tache de sang indiquait la blessure. Billy fit passer mentalement la cause du décès de mort naturelle à circonstances suspectes, et décida de garder pour elle tous ces détails. Elle essuya discrètement le sang sur sa main à l'envers de son T-shirt.

– Ce sang, ça reste entre nous, OK ? dit-elle à voix basse à Gros Mots, pour ne pas se faire entendre des autres, sur l'autoroute silencieuse. Il ne faudrait pas que les gens paniquent.

– Comme vous voulez, patron !

– Mais on pourrait quand même essayer une RCP, insista Billy.

L'inconnu était si récemment décédé que son dernier soupir devait encore flotter dans l'habitacle. Elle essaya de ne pas l'inhaler en vérifiant qu'il n'y avait pas d'autres blessures apparentes, mais n'en vit aucune. L'homme devait avoir une trentaine d'années ; un beau garçon. Du gâchis, vraiment.

Billy était intervenue, une fois, sur un accident où une femme à moto avait traversé une clôture qui l'avait décapitée net. Son corps était en parfait état. Sauf, bien évidemment…

Concentre-toi, Belinda !

C'était ça, le problème. Une décapitation, c'était simple à trancher. Dans ces cas-là, on mourait, définitivement. Mais ce type n'était pas forcément mort. Certes, il avait quelque chose d'enfoncé dans la nuque, mais cela l'avait-il tué ? Il y avait peut-être encore une chance de le sauver. Cependant, même en pratiquant une RCP, ça ne servait à rien si les secours ne pouvaient pas arriver.

– Est-ce que quelqu'un a appelé une ambulance ? meugla Billy par-dessus son épaule.

Quelqu'un lui cria que oui.

Elle perdait du temps. Elle se tourna pour demander au petit jeune qui avait la tête de Lord Byron de l'aider à sortir le type de sa voiture. Avec ce truc dans le cou, elle ne pouvait pas le faire basculer simplement sur la chaussée, il fallait agir avec plus de précaution – mais Lord Byron avait le téléphone collé à l'oreille. C'est lui qui appelait les secours. Il croisa son regard et secoua avec insistance ses boucles brunes.

Que voulait-il dire ?

Il écarta le portable de son oreille, recomposa le 999 et essaya de rappeler.

Ah, oui, les attentats.

Évidemment !

Le découragement l'accabla.

Les secours devaient être débordés. Lord Byron n'arrivait même pas à obtenir le standard. Ce qui signifiait plus ou moins la fin de la route pour Conducteur Mort. *Primo*, il avait un truc enfoncé dans la nuque. *Secundo*, il ne respirait plus. *Tertio*, même si elle arrivait à le réanimer, il lui fallait une ambulance d'ici trente minutes maxi : si tous les services d'urgences étaient occupés par les attentats du centre-ville, ils ne seraient pas là avant une éternité. Et, *quarto*, il faisait foutrement chaud et elle n'était pas sûre d'arriver à tenir un massage cardiaque pendant trente minutes par cette chaleur. Une RCP, c'était physiquement éprouvant.

Une victime de plus à mettre au compte des terroristes.

Elle s'immobilisa un instant devant la portière.

– Vous devriez laisser tomber, dit Gros Mots.

De toute façon je ne suis pas chirurgienne, merde !

Billy s'en voulut de renoncer au lieu d'insister, mais que pouvait-elle faire d'autre ? Si cette phobie de la conduite/ménopause l'obligeait à prendre sa retraite (par obligation, et par honte absolue), il lui faudrait de toute façon s'habituer à être sur la touche.

Totalement, absolument inutile !

Arrête !

La psy disait que les pensées ne pouvaient pas vous faire mal.

Et si elles en avaient le pouvoir, en réalité ?

Les pensées font faire des choses aux gens. Une crise de panique, ce sont des pensées. Un suicide commence par des pensées. Un meurtre aussi, d'ailleurs.

Elle reporta son regard sur le mort.

Très bien, elle surveillerait de près son esprit. Elle allait se débrouiller avec le conducteur mort, rentrer chez elle dès que la circulation reprendrait (sans paniquer), dormir un peu, écrire une lettre pour demander sa retraite anticipée, puis suivre une nouvelle formation, faire quelque chose d'utile, du toilettage de chiens, par exemple. Peut-être même aurait-elle un caniche à elle. Voilà le genre de chose qu'elle pouvait faire si elle prenait sa retraite. Ça, c'étaient des idées encourageantes.

Mais son regard revint sur le mort. Il portait une alliance, si brillante qu'elle paraissait toute neuve. Qui était-il ? Et comment s'était-il débrouillé pour mourir ici ? Combien de temps avant que des flics de la Criminelle n'arrivent sur les lieux ? Ils devaient tous être trop occupés par les attentats – ils manquaient déjà de personnel en temps normal, alors un jour de crise comme celui-ci…

Son cœur se serra et elle pressa deux doigts contre son sein gauche. Quand avait-elle perdu ce calme professionnel qui se nourrissait d'adrénaline ? Était-ce vraiment un effet des hormones ? Ou la chaleur ? L'air semblait lourd de menaces, imprévisible.

Les doigts de l'homme, couleur de chipolata crue, pendouillaient au-dessus de l'asphalte. Elle fut tentée de les replacer à l'intérieur et de claquer la portière, mais elle ne devait toucher à rien. Quand était-il mort ? Il était trop tôt pour tirer des conclusions de la lividité de ses doigts : le sang met un certain temps avant de céder aux lois de la gravité et de quitter le corps pour s'accumuler dans les parties les plus basses. Comme ces doigts couleur saucisse.

Combien de temps depuis l'arrêt du trafic ? Cela lui donnerait une meilleure indication.

La voiture piégée du tunnel de Deadwall avait explosé à 17 heures pile. Il n'avait fallu qu'une minute pour que la circulation déjà dense du vendredi se bloque tout à fait. Elle consulta sa montre.

– Il est mort depuis moins de dix minutes.

– Comment pouvez-vous être sûre que ce n'était pas avant ? demanda Gros Mots, les bras toujours fermement croisés.

Un agacement fugace agita les sourcils de Billy.

– Il était encore forcément assez conscient pour freiner, sinon il se serait encastré dans la voiture qui le précédait. Donc il était toujours vivant quand on s'est arrêtés.

Une pensée surgit en trombe dans l'esprit de Billy, comme un camion sur un circuit de pilotage.

Quelqu'un l'avait tué.

Elle rouvrit la portière arrière en prenant soin de ne toucher à rien, s'agenouilla sur la chaussée pour mieux observer la nuque du mort, entre le dossier et l'appuie-tête. La chose qui émergeait de la plaie était métallique. Noire. Fine et ronde comme une brochette de kebab. Elle ne savait pas ce que c'était, mais l'objet était fiché dans sa nuque. Orienté vers le haut, vers le cerveau, comme si la personne qui l'avait enfoncé s'était cachée derrière le siège du conducteur.

Quelqu'un avait assassiné cet homme. Et l'avait fait ici même, sur l'autoroute.

TROIS

17 h 09

Billy jeta un coup d'œil aux témoins. L'arrière de ses genoux était humide de sueur lorsqu'elle se releva après avoir examiné la nuque du mort. Tous se tenaient sur la voie de droite et, par respect ou par sensiblerie, lui tournaient le dos. Elle contourna le SUV pour les rejoindre. Gros Mots consolait avec rudesse la propriétaire du SUV, Lady Contravention. Miss Sirène et Lord Byron tournaient en rond. Les autres avaient préféré rester dans leurs voitures climatisées, et n'avaient encore aucune idée de ce qui s'était passé. Mais dans ce silence, les voix portaient et tous seraient bien vite au courant. Les conducteurs des deux véhicules juste devant et juste derrière la berline noire n'étaient pas encore sortis, ce que Billy trouva étrange ; ils devaient savoir qu'un drame s'était produit.

Il valait peut-être mieux un manque d'intérêt qu'un excès de curiosité. Tout ce que Billy avait à faire, c'était protéger la scène de crime. Ne pas s'en mêler. Attendre l'arrivée des professionnels. Rentrer chez elle et prendre sa retraite. Malgré elle, elle passa automatiquement en mode police, et releva les noms et prénoms des témoins.

– Je voudrais bien un peu d'eau, dit Miss Sirène, *alias* Daisy Finch. Il fait trop chaud.

Lord Byron – Olly Sims – déclara qu'il en avait dans son camping-car et s'éloigna à grandes enjambées.

– Et où sommes-nous, d'ailleurs ? fit Daisy en zoomant avec deux doigts sur l'écran de son téléphone.

Elle tendit vers elle son appareil où s'affichait une carte. Billy semblait avoir été désignée cheffe de leur petit groupe, qu'elle le veuille ou non. La carte satellite montrait l'épaisse ligne solitaire et grise de l'autoroute, qui traversait une grande zone brun clair, vide et informe.

– Blythe Flats, l'ancienne usine à gaz, déclara Billy en désignant du menton le monde qui s'étendait au-delà de l'autoroute. Le plus grand chantier de construction du pays. Enfin, qui deviendra peut-être le plus grand chantier du pays s'ils obtiennent un jour leur permis de construire. Ils ont creusé le tunnel de Deadwall pour que l'autoroute passe sous le site, et puis on a découvert que le terrain était contaminé, et tout a été mis à l'arrêt. Ça a été annoncé aux infos.

Olly revint et tendit à la jeune femme une petite gourde, en s'excusant auprès des autres de ne pas avoir plus d'eau.

– Pourquoi y a-t-il cette palissade des deux côtés ? C'est vraiment oppressant, dit-il.

Sa prononciation rendait les choses bien plus oppressantes encore. Avec son accent maniéré et sa coupe de cheveux, il rappelait vraiment Lord Byron à Billy. Il ne lui manquait qu'une chemise à jabot et une rapière.

Une fine lame métallique.

Comme la brochette dans le cou du mort.

Billy essaya de ne pas y penser. Ce n'était pas son problème.

– J'imagine qu'on a dressé la palissade pour protéger l'autoroute du chantier. Pour empêcher la poussière, les cailloux, les débris et autres de se répandre sur les voies avec le vent.

– On dirait un mur de prison, marmonna Gros Mots, dont le nom officiel était Pat Mackey.

Dans les deux sens, l'autoroute se composait de trois voies, toutes bloquées, avec une bande d'arrêt d'urgence d'une couleur rose sale qui évoquait un organe, et enfin un talus herbu, piqueté de quelques arbres dépenaillés qui n'arrivaient pas à dissimuler le fait qu'ils étaient emprisonnés par la palissade. Celle-ci devait être haute comme quatre étages. Et Billy n'en voyait pas la fin. La circulation étant totalement paralysée, il était impossible d'avancer ou de reculer.

– Donc en gros, dit Daisy, il n'y a aucune station-service nulle part ? Je serais bien inspirée de faire durer cette bouteille d'eau.

Elle en fit sauter le bouchon et recula quand le liquide déborda. Les éclaboussures séchèrent à vue d'œil sur le goudron.

La palissade expliquait en partie pourquoi ils avaient si chaud. Elle coupait le vent et piégeait la chaleur du soleil. Billy crut deviner une fumée flotter au ras du sol, teintée de gaz d'échappement, jaune et toxique. La tête lui tournait, elle avait les oreilles bouchées et un goût de fer-blanc dans la bouche.

Les gens allaient commencer à souffrir de la chaleur. Personne ne prête attention aux prévisions météo annonçant une vague de chaleur en mai en Angleterre et tous étaient habillés en jean et pull-over. Sauf Daisy, évidemment, dans sa robe de sirène. La chaleur pouvait rendre les gens apathiques, ou grognons. Billy ne sous-estimait jamais l'influence de la météo. La criminalité baisse lorsque la pluie pousse les gens à rester chez eux. Elle est à son zénith quand le soleil les fait sortir. Les orages sont synonymes d'accidents de voiture. Les vagues de chaleur, de bagarres alcoolisées. Et les jours de match de football, de femmes battues. Billy n'avait pas besoin d'être criminologue pour expliquer ces associations. Mais comment un embouteillage avait pu tuer un homme, voilà qui la stupéfiait.

Elle s'écarta du groupe pour aller observer le mort depuis la bande d'arrêt d'urgence. On aurait dit qu'il la regardait. Les paupières baissées. Timide, presque. Elle se demanda s'il avait crié. Il était entouré de gens et personne ne l'avait entendu. Comme dans un cauchemar.

Retraite ou pas, elle était officier de police, et se devait d'agir. Ses collègues dans toute la ville avaient affaire à bien pire. Elle s'imagina le tunnel de Deadwall, là où la voiture piégée avait explosé. Le moins qu'elle pouvait faire était d'empêcher les curieux de polluer une scène de crime.

Elle commença par se diriger vers Pat Mackey, qui farfouillait dans un sac en tissu, dans le coffre de sa Golf Volkswagen.

– Il est très important que vous ne parliez à personne de l'état du mort dans la voiture, rappela Billy à l'infirmière. Son véhicule est une scène de crime et tout ce que vous avez vu peut relever d'une enquête à venir.

– C'est bon, je regarde la télé, répondit Pat sans lever les yeux. Vous ne voulez pas que la cause de la mort soit rendue publique, pour que quand un petit merdeux viendra vous dire : « Ce n'est pas moi qui l'ai étranglée », vous puissiez lui répondre : « Et comment saviez-vous qu'elle a été étranglée ? » et le coincer.

– C'est vrai. Mais pas seulement ça. Même le plus infime détail. Les plaies. Sa position. Ses vêtements. N'importe quoi. Quand les gens commenceront à comprendre ce qui est arrivé, ils vont vouloir vous poser des questions. L'être humain est curieux de nature, mais vous ne devez rien dire. Rien du tout.

Pat se redressa et serra sur sa poitrine une enveloppe matelassée pleine de médicaments en fixant d'un œil sombre la berline noire. Si Mackey contestait son ordre, Billy allait devoir la menacer d'entrave à une enquête de police. Mais Mackey la regarda droit dans les yeux et acquiesça.

– Dans la vie, il est bon de savoir quand il faut parler, et quand il faut fermer sa grande gueule. Ils peuvent me poser toutes les questions qu'ils veulent, j'ai déjà eu affaire à des gens plus redoutables que ceux-là.

Au fond d'elle-même, Billy n'en doutait pas une seconde.

– Donc vous ne direz rien à personne de ce que vous avez vu dans cette voiture ?

Pat Mackey fit un salut en levant trois doigts contre son épaule.

– Parole de scoute.

– Donc c'est oui ?

– Mais merde, bien sûr que oui, non, je ne parlerai du sang à personne !

Billy hocha la tête en remerciement et tourna les talons.

– … Cela dit, ils peuvent s'approcher d'eux-mêmes et voir le mort sans qu'on les aide, vous savez, dit Pat dans son dos.

Elle n'avait pas tort. Billy devrait faire avec. Elle traversa les rangées de voitures immobiles et rejoignit les autres qui se tenaient toujours sur la voie de droite. Ils commentaient les événements qui s'étaient produits dans le centre-ville, mais évitaient le sujet tabou – le mort à quelques mètres d'eux. Ils se turent lorsque Billy s'approcha.

– Quelqu'un a-t-il noté quelque chose d'anormal quand la circulation s'est bloquée ? demanda Billy.

Charlotte McVie, qui avait passé une dure journée (une amende, plus la découverte d'un cadavre) laissa échapper un petit miaulement.

– Seulement que cet homme, là, ne bougeait plus.

– Vous n'avez vu personne s'éloigner en marchant, ou en courant ?

– Quelqu'un à pied sur l'autoroute, ça se remarque quand même, non ? dit Charlotte.

– Oui, on s'en rendrait compte en lui roulant dessus, ajouta Olly.

– Sauf s'il était sur la bande d'arrêt d'urgence… objecta Billy.

– Dans ce cas, il serait encore plus voyant, dit Charlotte. Impossible de se cacher.

C'était vrai.

– Qui est sorti de son véhicule en premier ? demanda Billy.

– Moi, répondit Daisy. Je suais comme un bœuf. Pas de climatisation.

– Et vous avez vu quelqu'un d'autre sur la chaussée ? Devant ou derrière nous ?

– Non, j'étais la première dehors. Et j'ai bien regardé, pour savoir ce que les autres faisaient. Ça m'a fait bizarre de sortir de la voiture ; comme si c'était mal, en un sens, d'être à pied sur une autoroute. Comme si ça n'était pas ma place. Et je me souviens avoir pensé que j'étais peut-être la toute première personne au monde à marcher sur ce bout de macadam. C'est bizarre, non ?

Sa robe moulante était dépourvue de poches et elle se frottait les mains.

– Et je me suis dit que c'était peut-être interdit, ou quelque chose comme ça. Mais ensuite, il est sorti à son tour, ajouta-t-elle en désignant Olly, et puis sur le portique, un message a indiqué que l'autoroute était fermée à cause d'un accident, alors je me suis dit que j'avais le droit de le faire.

Daisy semblait avoir à peine vingt ans. Une étudiante, sans doute. Jeune, hésitante, et vêtue en plein jour d'une robe faite pour aller en boîte de nuit. Le bel âge ! Assez vieille pour faire toutes les bonnes bêtises, et assez jeune pour se réfugier chez maman si les bêtises tournaient mal.

Billy ne laissa pas cette idée s'installer. Le sujet de la maternité était un gouffre dans lequel elle préférait ne pas tomber. Sa propre expérience en tant que mère avait été brève, délicieuse, et s'était interrompue brutalement, il y a longtemps. Un peu plus de vingt ans, en réalité. Une date qu'elle n'oublierait jamais. Et si le temps guérissait effectivement toutes les blessures, la cicatrice ne s'effaçait pas et vous démangeait toujours.

– Tant que vous n'abandonnez pas votre véhicule, ce n'est pas répréhensible, dit-elle pour rassurer la jeune femme.

Pat les rejoignit et tendit à Charlotte un paquet de mouchoirs mentholés.

– Et pourquoi nous demandez-vous tout ça, d'ailleurs ? s'enquit Daisy en se rongeant une petite peau, près d'un ongle. De quoi est-il mort ?

– C'est l'autopsie qui nous le dira, dit Billy.

– Une autopsie ? Comme dans *Affaires non classées* ? demanda Daisy en posant la main sur son cœur. Oh mon Dieu, quelque chose l'a tué.

C'est sûr, il n'est pas mort dans son sommeil...

Daisy se corrigea, faisant brièvement la grimace à l'idée de paraître idiote ou naïve :

– Je veux dire, on l'a assassiné ?

Charlotte se remit à geindre et se détourna.

Pat plissa le front mais Billy lui lança un regard d'avertissement et l'infirmière tint sa promesse de se taire.

Cet objet métallique n'était pas entré tout seul dans la nuque du type. Si personne n'avait vu de suspect s'enfuir, c'est que le tueur n'avait pas quitté les lieux. Et Billy était la seule et unique policière. Même en oubliant qu'il lui fallait interdire l'accès à la scène de crime, comment pouvait-elle protéger tout ce petit monde d'un tueur ?

QUATRE

17 h 14

Les policiers chevronnés sont censés présenter au monde un « visage impassible » réglementaire, ne trahir aucun sentiment. Mais garder un secret n'avait jamais été le fort de Billy. Chez elle, les gens reniflaient l'arôme des complications comme si elle était un gâteau aux ennuis.

À présent, sur cette autoroute, même si elle n'avait pas encore prononcé à haute voix les mots « assassinat », « tué », ou « mort suspecte », la rumeur se répandait dans l'assistance, comme portée par la chaleur qui s'élevait du macadam baigné de soleil. D'autres conducteurs et passagers émergèrent de leurs véhicules, attirés par le drame.

La mère et la fille du minibus qui précédait le mort avaient rejoint la bande d'arrêt d'urgence. Leurs visages se ressemblaient mais, hors de leur véhicule, une différence était bien visible : la fille était maigre comme un clou. Elles devaient avoir appris qu'il y avait un mort derrière elles car la plus jeune regardait la berline noire par-dessus son épaule. Une main sur la tête, elle se tortillait une mèche de cheveux filasse. Ce geste, en plus de leurs statures, maigre pour l'une, plus en chair pour l'autre, rappela Laurel et Hardy à Billy. La mère tira la main de sa fille pour lui faire détourner le regard, et décida visiblement que le mieux était encore de remonter en voiture pour ne pas voir le cadavre. La fille y jeta un dernier coup d'œil avant de reprendre place docilement, côté passager.

Quelqu'un héla Billy de l'autre côté de l'autoroute. Dans l'autre sens, en direction du sud, la circulation était elle aussi totalement interrompue. Tout le réseau routier devait être bloqué, les routes environnantes, engorgées par les véhicules qui ne pouvaient accéder au centre-ville, bouclé. Elle répondit au type qu'il n'y avait pas de quoi s'inquiéter, qu'il n'y avait rien à voir ici et qu'il devait patienter dans sa voiture, à l'ombre. Elle entendit aussi la réponse qu'il lui fit dans sa barbe, lui enjoignant d'aller se faire faire quelque chose. Elle s'en fichait, ce n'était pas la première fois qu'elle entendait ça, mais il fallait que chacun garde ses distances et reste calme.

La rumeur fit monter la température sur l'autoroute déjà en ébullition de quelques degrés supplémentaires. Si elle ne parvenait pas à garder la situation sous contrôle (travail déjà compliqué si elle avait été en uniforme, mais elle portait en outre le jean et le T-shirt de la veille, à son départ d'Australie) sa scène de crime allait en pâtir. Et elle devait bien au mort la possibilité d'une enquête sérieuse. Il fallait préserver le moindre indice.

Billy vérifia que tout le monde était à bonne distance et rouvrit la porte arrière de la berline. Elle ne pouvait toucher à rien (elle n'avait pas de gants) mais elle observa attentivement la pique de métal noir plantée dans la nuque de l'homme. Elle prit des photos avec son téléphone : la position du corps dans la voiture, l'habitacle, la chaussée sous et autour de la voiture, la bande d'arrêt d'urgence avec le talus derrière, et les véhicules qui entouraient la berline, pour enregistrer la position de chacun.

Sur son écran, elle zooma sur le cou de l'inconnu pour mieux voir l'arme utilisée. C'était bizarre. L'objet était fin, noir, avec une extrémité qui formait un coude à quatre-vingt-dix degrés et se finissait en une sorte de tête de clou plate. Elle n'avait jamais rien vu de semblable.

Elle reposa délicatement la main qui pendouillait sur les genoux du cadavre, et referma les portières de la voiture de Conducteur Mort. Elle s'en voulut un peu de devoir l'appeler comme ça mais il lui aurait fallu fouiller dans ses poches pour pouvoir l'appeler par son vrai nom. M. X, M. Dupont, Conducteur Mort, ça n'avait plus vraiment d'importance, de toute façon. Ce qui comptait, c'était de découvrir ce qui lui était arrivé. Dieu seul savait comment le meurtre avait été commis, mais il y avait bien eu meurtre. Et la police scientifique s'occuperait de tout ce cirque en arrivant. Elle essaierait de ne rien aggraver. Elle essaierait, pour une fois, de ne rien aggraver.

Elle regarda autour d'elle et vit Pat qui agitait un paquet de lingettes.

Merde.

J'ai déjà aggravé les choses.

Elle avait laissé l'infirmière ouvrir la portière et toucher le mort. Son ADN était partout sur Conducteur Mort. Gros Mots était furieuse quand la circulation s'était bloquée. Hors d'elle. Des jurons plein la bouche. Et si c'était elle, la coupable ? Ils n'auraient aucun indice probant. Et puis elle avait vu le sang, elle savait qu'il avait quelque chose planté dans la nuque.

Réveille-toi, meuf !

Allumage du cerveau !

Billy accepta les lingettes que lui tendait Pat, en se demandant si elle avait été assez maligne pour s'immiscer délibérément dans la scène de crime. Pour la corrompre, et pour gagner la confiance d'un officier de police. Billy se nettoya les mains et le dessous des ongles.

– Ceci est une scène de crime, annonça-t-elle à tous ceux qui étaient à portée de voix. Je vous demande de ne pas vous approcher de ce véhicule.

Hochements de tête à la ronde. Yeux écarquillés, aussi.

– Quelqu'un a-t-il des gants jetables, des sachets en plastique, des choses comme ça ?

Que n'aurait-elle pas donné pour une voiture de patrouille bien équipée.

Des gants de caoutchouc. Des sachets sécurisés. De la rubalise.

Une matraque, du gaz lacrymo, un Taser.

Un uniforme aussi, ça peut servir.

Et une radio.

Mais elle n'avait rien de tout ça, donc elle allait devoir improviser.

Et être prudente.

– J'ai peut-être quelques sachets, dit Charlotte, qui plongea dans son SUV.

Billy sortit une nouvelle fois son téléphone et composa le 999. En attendant la communication, elle remarqua que les véhicules à l'arrêt de son côté de l'autoroute, en direction du nord, formaient une sorte de quadrillage. Sur la voie de gauche, la voie « lente », en partant de l'arrière : Conducteur Mort, mère et fille/ronde et maigre (dont elle n'avait pas encore relevé les noms), et Pat Mackey, l'infirmière qui jurait comme une poissonnière. Dans la file du milieu : la prétentieuse Charlotte McVie dans son SUV, la voiture louée par Billy, puis une Renault avec des sièges enfants, dont le conducteur n'était pas descendu. Et sur la voie de droite, le camping-car haut de gamme d'Olly Sims, la Micra rose vif de Daisy Finch et la BMW de Renard Argenté. Qui s'approchait présentement d'elle, l'air agacé.

– Pourrions-nous envisager de partir… commença-t-il.

– Elle est de la police, coupa Pat avec véhémence. Vous ne touchez à rien tant qu'elle ne vous y aura pas autorisé.

Renard Argenté leva les mains et battit en retraite.

Billy eut à peine le temps de lui demander son nom. Nigel Heathcote.

– *Mansplaining* évité, grommela Pat.

Billy attendait toujours au téléphone. Une opératrice finit par lui répondre.

– Secours d'urgence. Vous demandez quel service ?

Billy demanda la police, on transféra son appel et elle s'écarta sur l'herbe du talus pour pouvoir décrire la situation sans être entendue de tous. Elle précisa qu'elle était sergent dans une unité de police voisine, et qu'elle voulait signaler un accident de voiture.

– Où s'est produit l'accident ? demanda l'opératrice.

Billy se tendit en entendant le brouhaha derrière la femme – c'était tout le standard qui était en ébullition, en mode crise.

– Ce n'est pas un accident, c'est… Bon, je ne sais pas exactement ce qui est arrivé. Un conducteur est mort. Et nous sommes tous pris dans un bouchon.

– Y a-t-il un ralentissement, des encombrements qui se forment ?

– Oui, on est bloqués dans un embouteillage.

– C'est l'accident qui a causé ce bouchon ?

– Non. La route a été fermée à cause de la voiture qui a explosé dans le tunnel de Deadwall. Et puis on s'est aperçu qu'un conducteur était décédé.

– Vous avez essayé la RCP ?

– Il a une pointe de métal dans la nuque.

– On l'a poignardé ?

– Je ne vois pas comment. Il était seul dans sa voiture.

L'opératrice marqua une pause avant de répliquer :

– Les canulars téléphoniques sont interdits. Toute personne encombrant inutilement les appels d'urgence sera poursuivie. Il est également interdit de se faire passer pour un officier de police.

– Ce n'est pas un canular. Et je suis vraiment policière.

Billy donna son numéro de matricule.

– Je sais bien qu'il y a eu des attentats terroristes, que vous devez être très occupés et que vous ne pourrez sans doute pas nous envoyer une équipe immédiatement, mais je dois signaler ce décès et obtenir de l'aide dès que possible.

L'opératrice avertit Billy que des agents ou une ambulance ne seraient pas disponibles avant un bon moment, et raccrocha sur un ton qui donnait l'impression qu'elle ne l'avait pas vraiment prise au sérieux.

Billy détourna le regard du visage immobile du mort pour contempler ceux, bien vivants, des curieux autour d'elle. Tous la dévisageaient. Parfois, les gens se méfiaient plus de la police que des délinquants.

Seul Nigel Heathcote regardait dans la direction qu'ils auraient dû suivre. Il était appuyé à la portière de sa voiture, côté passager, les bras repliés, et se massait les biceps. Il n'avait pas une tête de Nigel. Coupe de cheveux tendance. Ray-Ban en plein mois de mai. Renard Argenté ne se prenait pas pour de la merde.

– J'ai trouvé ça.

Charlotte s'approcha en lui tendant un paquet de sachets parfumés destinés aux couches usagées. Dans l'autre main, elle avait une boîte jaune de pastilles Rescue aux fleurs de Bach. Elle avait la silhouette mince et noueuse de quelqu'un qui faisait beaucoup de sport – du marathon, du triathlon, peut-être. Un prétexte pour sortir de chez elle ? Elle recula jusqu'à son véhicule et y grimpa. Elle devait préférer être seule avec elle-même.

Mais elle avait été assez avenante pour offrir des pastilles à Daisy et Olly. Le jeune homme fit une grimace et ôta le bonbon de sa bouche, Daisy s'en empara et le fourra dans la sienne. *Ça alors !* Comment deux personnes peuvent-elles devenir aussi vite assez intimes pour échanger leur salive ? Moins d'une demi-heure, dans leur cas.

À moins, pensa Billy, qu'ils ne soient pas aussi inconnus l'un pour l'autre qu'ils n'en ont l'air ?

Daisy leva les yeux, sentant que Billy les observait.

– Excusez-moi, dit-elle. Pourquoi est-ce que vous lui examinez la nuque ?

– Je me renseigne, dit Billy de la voix la plus neutre possible.

– Ils vont envoyer d'autres policiers ?

Daisy tripotait les sequins qui couvraient le devant de sa robe, les lissait pour les aplatir et les rendre moins voyants. Mais ses mouvements les faisaient scintiller au soleil, comme des poissons que leur nage trahit sous la surface de l'eau.

La réponse était que non, personne ne viendrait à leur secours, pas avec les attentats terroristes en cours. Mais Billy ne voulait pas le clamer à toute voix sur l'autoroute. Ne voulait pas que le tueur sache que la seule chose qui le séparât de la liberté était une policière presque à la retraite.

– Ils enverront la police scientifique dès que possible.

– Mais vous n'avez pas déjà compromis les indices ? insista Daisy.

– Mon premier devoir, toujours, est de protéger la vie, déclara Billy. Si possible.

Elle se détourna, pour signifier que la leçon était terminée.

Daisy avait à peu près l'âge que sa fille aurait dû avoir à présent. Mais l'heure n'était pas à la mélancolie.

Concentre-toi, Billy.

Ne tombe pas dans cet abîme.

Daisy était la fille de quelqu'un d'autre. Et elle s'intéressait d'un peu trop près aux détails de l'enquête. Billy devait s'en occuper pour cette raison, et pour cette raison seulement.

Billy se lécha les lèvres. Elle avait un goût d'essence dans la bouche. Des deux côtés de l'autoroute, des bribes de voix, de musique, et même des odeurs de nourriture lui parvinrent, comme si elle était au parc pour un pique-nique. Mais ça n'avait rien d'une pause déjeuner. Un homme avait été assassiné. Elle avait une scène de crime sur les bras.

Elle ne comprenait pas toujours cette pulsion qui pousse les policiers à courir au-devant du danger alors que la plupart des gens le fuient. Inné ou acquis ? Courage ou obstination bornée ? Elle avait consacré sa vie à la police et, ces dernières années, n'en avait pas reçu grand-chose en retour.

Mais elle ressentait à présent ce tiraillement familier du devoir à accomplir.

Peut-être était-ce par instinct de survie (après tout, il y avait un tueur ici quelque part), ou pour se prouver quelque chose à elle-même. Ou alors, c'était un autre symptôme étrange de cette foutue ménopause. En tout cas, son cœur battant la chamade avait compris bien avant son esprit réticent qu'elle allait courir tête baissée au-devant de ce danger-ci.

CHARLOTTE, *ALIAS* LADY CONTRAVENTION

Audi Q7 (SUV hybride, modèle 2023)

Je me surprends à faire des bruits de moteur, les lèvres retroussées. *Brrr-rmmm-brmmm.* Exactement comme les jumeaux quand ils ont le droit de monter en voiture.

Et s'ils se mettaient à pleurer ? S'ils avaient peur ? Si tout ça me revenait en pleine figure ?

Ce sont eux qui en souffriraient.

Mes mains s'écartent du volant avec un petit bruit de ventouse.

Les garçons sont en sécurité.

Calme-toi.

Il faudrait d'abord que tu les retrouves !

J'entends sa voix dans ma tête. Il se croit drôle, mais il faut vraiment qu'il arrête de dénigrer ce qu'il ne comprend pas ou ce qui l'agace. Il se sent menacé parce que j'essaie de m'améliorer, en tout cas, c'est ce que dit Jemima, et Jemima a suffisamment de diplômes accrochés au mur de son cabinet pour prendre 120 livres la consultation de quarante-cinq minutes, et elle doit avoir raison, parce qu'elle sauve des gens – littéralement, parfois –, même si lui me dit qu'elle n'est pas vraiment médecin, que c'est juste une psy qui refourgue du nombrilisme.

Prends un Rescue.

Évidemment, le couvercle est coincé. À chaque fois, c'est pareil.

Le jeune homme aux cheveux longs a trop appuyé dessus.

« Mettre des couvercles générateurs de stress sur des produits qui aident les femmes à se sentir mieux, c'est typique du patriarcat. Est-ce simplement de l'incompétence ou une forme rare de manipulation mentale ? »

Rédiger des lettres de réclamation, c'est un bon moyen de tenir une journée de plus.

Si j'arrive à insérer un ongle sous le couvercle pour supprimer l'étanchéité à l'air, ou l'effet de succion, le vide, ou je ne sais comment ça s'appelle... Oui, voilà, ce petit *pschitt* libérateur est un vrai soulagement, après cette escarmouche contre le patriarcat dont je sors victorieuse. J'ai les mains qui tremblent. Ressaisis-toi, ressaisis-toi ! Mets-en une dans ta bouche, idiote.

Le goût est apaisant.

Calme-toi.

Il ne faudra pas que j'oublie la boîte dans la voiture, ensuite. Je ne dois rien laisser de compromettant. Et nettoyer l'intérieur, aussi. À moins de balancer l'Audi dans le lac artificiel. Je n'ai pas encore décidé de ce détail. Peut-être que ce plan ressemble à mes lettres de réclamation : j'évacue le stress, j'exprime mes vœux, mes fantasmes de revanche, *et cætera*, en pensée mais pas en vrai. D'ailleurs, je n'envoie jamais aucune de ces lettres de réclamation, n'est-ce pas ? Mais là, lac artificiel ou pas, je ne peux pas revenir en arrière. Ça devrait aller mieux, à partir de maintenant. Il le faut. L'espoir est éternel. C'est le titre d'une chanson, non ? L'espoir éternel. L'espoir est éternel. Ou l'Éternel est mon espoir ? C'est dans un poème. Ou dans la Bible. Comment se fait-il que je n'arrive jamais à me rappeler ces choses ? Lui, il saurait. Il sait toujours tout. Enfin, c'est ce qu'il dit…

Ne recommence pas.

Fais autre chose. Allume la radio.

« Voitures piégées… »

« Fusillades… »

« Circulation paralysée… »

Éteins. Éteins !

Trop tard…

Voilà que je recommence à imiter un bruit de moteur. *Brrr-rmm-brmm.* Et mon petit diable ressurgit. Il est là. Coincé dans la voiture, avec moi. La panique est un vilain petit diable qui fait des cabrioles dans l'habitacle, me coupe le souffle jusque dans ma bouche. Avec ses griffes acérées, il grimpe sur mon épaule, me gratte…

Non !

Jemima dit qu'imaginer son anxiété sous les traits d'un diablotin empêche de la dominer. On la voit comme un animal sauvage, alors qu'elle n'est faite que de vos propres pensées.

Des pensées nulles et pourries de femme stupide.

Il faudrait d'abord que tu les trouves !

Contrôle-toi, merde, tu parles exactement comme lui.

Respire.

Ce n'est pas un diablotin.

Respire.

Le diablotin se calme.

Et regarde par la fenêtre. Le ciel. Quelle couleur ? Bleu ciel. Essaie encore, sois plus précise. Bleu Lulworth.

C'est ça. Chez Farrow & Ball, ils appellent ça le bleu Lulworth. Comme la baie éponyme. Et les feuilles ? Passées. Plus grises que vertes. Vert Mizzle, dans leur catalogue. Et la route, c'est du rose Railings, visiblement. Le T-shirt blanc de la policière a été lavé si souvent qu'on dirait du blanc cassé, Blackened, ou Dimpse. Elle aurait meilleure allure avec une couleur plus vive. Arsenic, par exemple.

Et regardez-la, cette policière. Où est-ce qu'elle va ? Elle fouine près des arbres. Et où a-t-elle obtenu un bronzage pareil en cette saison ? Et puis elle a cette tête de flic qui signifie : « Circulez, il n'y a rien à voir. » Et s'il y avait quelque chose à voir, justement, et que personne n'avait rien vu, même pas elle ? Je l'emmerde. Qu'elle aille se faire foutre. Elle peut bien fouiller au pied des arbres, qu'est-ce qu'elle croit bien y trouver ? La source de la vie ?

Oh.

La vie. L'espoir fait *vivre*. C'est ça, la phrase.

La circulation va bientôt se dégager. On va repartir – j'ai encore le temps.

CINQ

17 h 21

Billy voulut inspecter le terrain autour de l'endroit où la berline noire gisait, sur la file de gauche. Elle traversa le goudron rosâtre grêlé de trous de la bande d'arrêt d'urgence et s'avança sur l'accotement gazonné, où les arbres maigrichons retenaient dans leurs branches des sacs en plastique lacérés, que son père avait baptisés « culottes de sorcières ». À ses pieds, des déchets ramollis, une brique de yaourt à boire, un emballage de préservatif déchiré. *Comment est-ce Dieu possible ?*

Un mur de panneaux de plastique se dressait derrière le petit bosquet d'arbres. Leurs couleurs passées évoquaient des liquides corporels douteux. La palissade était très haute. Une autre, identique, bordait le côté opposé de l'autoroute. Billy pensa au goulag. Et se dit que c'était un endroit sinistre pour mourir. Elle posa la main sur la branche maladive d'un des jeunes bouleaux argentés. Ces pauvres arbres n'étaient pas faits pour avaler autant de CO_2. Son esprit s'égara, et elle pensa à ces expériences où on obligeait des beagles à fumer des cigarettes.

Concentre-toi, Belinda.

Mais quand même, pour un arbre, ça n'était pas une vie que de devoir se tenir au bord d'une autoroute anglaise.

En écartant les branches, grises comme du monoxyde de carbone, elle parvint au pied de la muraille de plastique. La palissade était trop haute, trop raide et trop glissante pour être escaladée. Il n'y avait ni portes, ni interstices, ni espaces par lesquels se faufiler. Personne n'avait pu quitter les lieux par là. Elle frappa trois fois du plat de la main contre la paroi.

Le son ne portait pas.

Elle y colla l'oreille, mais n'entendit qu'un grondement semblable à celui de la mer. Ce qui n'avait aucun sens. Ce devait être le sang dans ses oreilles. Mais cela la désorienta totalement, comme dans le *Truman Show*. Comme si le pays qu'elle avait regagné après ce très long voyage en avion n'était pas tout à fait celui qu'elle avait quitté l'année précédente.

Peut-être que je suis morte, et que je suis au Purgatoire.

Coincée pour l'éternité sur une autoroute.

Et je ne vais nulle part.

Elle fit demi-tour et la sensation s'envola. Un vendredi comme les autres. Un embouteillage. Des feux rouges. Des visages en colère.

Un conducteur mort dans une berline noire.

Pourquoi un tueur frapperait-il à un endroit où il n'a aucune chance de s'enfuir ?

Une sorte de sixième sens lui fit tourner la tête à temps pour percevoir un mouvement au-delà du terre-plein central, tout près de l'endroit où Daisy et Olly se tenaient. Elle entendit un choc sourd quand un homme, sur la chaussée opposée, cogna de tout son ventre contre la barrière métallique qui séparait les deux côtés de l'autoroute. Daisy glapit sous le choc et s'éloigna en courant, entraînant Olly par la main. Les deux jeunes allèrent se recroqueviller derrière le camping-car d'Olly, tremblant de peur. L'intrus, sans réussir à sauter par-dessus le séparateur central, parvint quand même à s'y accrocher et entreprit péniblement de l'escalader.

Billy se dirigea à grandes enjambées vers l'homme qui s'était accroché et avait réussi à passer une cheville par-dessus la barrière métallique. Quand elle s'approcha, il perdit sa chaussure, qui tomba aux pieds de Billy.

– Qu'est-ce que vous faites ?

La barrière lui arrivait à la poitrine. L'individu découvrait à ses dépens que l'obstacle était conçu pour être difficile à franchir. Assez solide pour empêcher les véhicules roulant dans un sens de s'encastrer dans ceux qui suivaient la direction opposée. En un ultime effort, il parvint à se hisser en ahanant au sommet de la glissière métallique. Il avait l'air à peu près aussi crédible que Poutine sur un cheval. Les jambes de son pantalon de survêtement gris étaient maintenant couvertes de suie noire.

– Nous ne contrôlons plus rien de ce qui se passe dans ce pays ! beugla l'orateur de la chaussée sud à l'attention des gens qui se dirigeaient vers le nord.

– Et allez, grogna Pat. C'est parti !

– On nous cache des choses ! mugit-il avant de basculer en avant.

Il était maintenant allongé sur la glissière comme un paresseux sur sa branche.

– Vous êtes soûl, rentrez chez vous ! fit une voix désincarnée venue de l'autre chaussée.

– Je ne bois pas ! cria l'homme sur la barrière. L'alcool, c'est l'opium du peuple !

– Ça, c'est la religion, pauvre cloche, rétorqua la voix omnisciente.

– Vous allez vous blesser, Monsieur, dit calmement Billy. Ne venez pas de ce côté-ci, c'est une scène de crime.

– Et vous, ne dites rien ! cracha l'autre. Quelqu'un doit pourtant faire quelque chose !

– Il a perdu la boule !

La voix venait de l'autre côté de la glissière, entre deux véhicules, mais Billy ne voyait toujours pas qui criait.

– Il y a un tueur ici ! hurla l'homme. Rassemblez tout le monde !

– Calmez-vous, Monsieur.

Billy changea de position pour pouvoir le regarder dans les yeux malgré son étrange posture allongée. C'était un Blanc d'une vingtaine d'années. Les joues toutes rouges. Une tête de culturiste. Massif et carré. Aucune souplesse. Et les pupilles dilatées. Soit il avait pris un produit quelconque, soit il faisait une crise de panique.

– Vous vous appelez... ?

– J'ai vu quelque chose, chuchota le jeune homme.

– Quoi ?

Il se tortilla sur la barrière, comme si des forces invisibles cherchaient à le faire tomber.

– Qu'avez-vous vu, Monsieur ?

– Le prochain pourrait être n'importe lequel d'entre nous.

En toute honnêteté, il n'avait pas tort. Billy se raidit. Pas seulement parce qu'il y avait peut-être un tueur sur l'autoroute, mais aussi parce qu'une panique collective déclenchée par cette andouille pouvait se transformer en désastre complet. Mais il s'immobilisa. La sueur inonda son visage. *Un coup de chaleur peut vous faire vomir.* Billy recula d'un pas, hors de portée. Mais l'homme glissa de la barrière et retomba de son côté de l'autoroute, sur ses pieds, les mains toujours accrochées à la glissière métallique. Billy ramassa sa chaussure et la lui tendit. Leurs regards se croisèrent par-dessus le métal.

– Ça va ? demanda-t-elle.

Le jeune homme reprit sa chaussure.

– Respirez, dit Billy.

Il fit une sorte de moue et souffla péniblement.

– Comment vous appelez-vous ?

– Cal.

– Cal ? Cal quoi ?

– Calvin Barnes. Il faudrait regrouper tous ces gens, pour pouvoir les surveiller. Nous sommes des proies faciles. Ces voitures piégées…

– Elles ont explosé loin d'ici. Nous avons la situation en main, Cal. Je suis officier de police. Sergent Kidd. Tout le monde m'appelle Billy.

– Mais comment…

– Que chacun reste dans sa voiture, portières verrouillées, et il n'y aura rien à craindre.

Cal leva la main, comme un gamin qui pose une question en classe. Sa voix s'éleva, elle aussi.

– Comment pouvez-vous affirmer qu'on ne risque rien alors qu'il y a un mort ? Il faut savoir qui a fait ça avant qu'il soit trop tard. On pourrait se faire assassiner un par un.

– Et qu'est-ce que tu crois qu'elle fait, mon gars ?

Pat apparut derrière Billy en lui serrant (trop fort) l'épaule.

– Elle est officier de police. Tu n'as pas entendu ? Et tu n'avais pas encore appris à jouer au con qu'elle faisait déjà des enquêtes. Alors boucle-la, rentre la tête dans le sable et calme-toi, compris ?

Billy n'aurait pas forcément choisi cette méthode pour apaiser un homme au bord de la crise de nerfs mais par chance, cette fois, cela sembla fonctionner. Calvin Barnes tourna les talons, longea trois véhicules, un gros van noir, rejoignit une petite voiture trois portes et s'installa à la place du conducteur. À l'intérieur, une jeune femme au visage bouffi l'attendait. Quand sa portière claqua, Billy lui indiqua par signes de le verrouiller pour enfermer son compagnon. Ce à quoi elle obéit avec diligence.

Billy se dit qu'il faudrait plus tard qu'elle vienne vérifier comment allaient la jeune fille au visage bouffi et son petit ami.

Sur la bande d'arrêt d'urgence, côté opposé, trois types faisaient les cent pas dans un petit espace ombragé, les mains dans les poches.

– Gardez l'œil sur lui, vous voulez bien ? leur demanda Billy de loin.

Un des types acquiesça. Le second marmonna quelque chose qui se terminait par : « ma petite poule ». Le troisième ricana sans raison.

Il fallait qu'elle avance. Avant longtemps, ces trois-là allaient se transformer en miliciens.

SIX

17 h 25

Il fallait dresser un périmètre de sécurité autour de la berline noire. Immédiatement. En priorité : préserver la scène de crime.

– Quelqu'un a-t-il du ruban ou de la corde ?

– Vous n'avez pas de balises ? Des cônes de signalisation ? dit Pat.

Cône toi-même !

– J'arrive de l'aéroport et je rentre chez moi, dit Billy. Je n'emporte pas mon gilet pare-balles en vacances. En tout cas pas quand je pars à l'étranger. Si j'étais restée en Angleterre, peut-être.

Seule Pat trouva ça drôle.

– Euh, excusez-moi, dit Olly. J'ai des cordes d'escalade dans mon camping-car. Pour votre cordon de sécurité ?

– Ça serait très utile, merci.

Olly s'éloigna, ravi de se montrer utile. Il avait visiblement besoin d'une bonne coupe de cheveux – et sans doute d'une petite gifle, à cause de son accent – mais au moins, il aimait rendre service. Ce cordon permettrait à Billy de garder le contrôle de la situation. Il était assez remarquable de voir à quel point les gens rechignent à franchir une barrière psychologique : une mince rubalise de la police, un cône de signalisation, un avis officiel plastifié. Ces objets n'ont aucune masse physique, mais leur pouvoir est immense. Les gens se soumettent avec empressement à l'autorité. C'était très étrange, à vrai dire.

Olly revint avec deux rouleaux d'une mince corde fluorescente.

– Vous ne pensez pas que quelqu'un aurait pu jeter quelque chose du haut d'un pont ? dit-il en désignant l'autoroute derrière eux. Les gamins envoient parfois des briques sur les voitures…

Billy fit la moue. Elle n'allait sûrement pas lui parler de la brochette. Elle indiqua à son tour la longue portion d'autoroute toute droite.

– Il n'y a aucun pont à proximité, dit-elle.

– Et pas de brique dans la voiture, renchérit Pat.

Billy lui lança un regard d'avertissement.

– Bon, pas une brique, mais autre chose, peut-être ? proposa Olly. J'essaie simplement de comprendre ce qui a pu lui arriver.

– En tout cas, pas ça, affirma Pat.

Billy leva les sourcils. Pat referma la bouche.

– Merci pour la corde, dit Billy à Olly.

En se retournant vers la berline, elle manqua de se cogner à Charlotte qui se tenait juste derrière elle. Elle tenait à la main sa boîte jaune de pastilles aux fleurs de Bach. *La démarche est intéressante*, se dit Billy. Se balader comme ça en affichant son anxiété devant tout le monde. Peut-être que les gens comprenaient le message subliminal et y allaient doucement avec elle ? Billy pouvait peut-être essayer, elle aussi.

De près, Charlotte semblait à bout de nerfs et avait beaucoup moins l'air d'une grande bourgeoise. Son mascara avait coulé sous un œil, comme si elle ne s'était pas lavé la figure ce matin. Et par cette journée étouffante, elle portait un mince tricot qui la couvrait jusqu'au bout des doigts. Il y avait au poignet d'une de ses manches un trou qui rappela à Billy une de ses petites-nièces, en Australie. À cinq ans, la gamine avait l'habitude de sucer ses manches jusqu'à ce qu'elles soient trempées jusqu'au coude.

– Re-bonjour, dit Charlotte en soufflant. En fait, mes enfants sont gardés par quelqu'un. Je ne devais m'absenter qu'une heure. J'aimerais savoir combien de temps on va encore rester coincés ici ?

– Vous feriez peut-être bien de prévenir votre baby-sitter qu'on en a pour un moment.

– Mais combien de temps ?

Billy observa le mort du coin de l'œil.

– Ah. D'accord, dit Charlotte. Oui, OK.

– Vous n'avez rien remarqué de particulier quand la circulation s'est arrêtée ?

– Pas vraiment. Je regardais devant moi. Et…

Elle porta les mains à ses cheveux, les rabattit sur ses pommettes.

– Et… ? relança Billy.

– J'étais au téléphone.

Ses yeux de hibou lui mangeaient tout le visage, et son nez délicat était rouge, à cause de quelques veines éclatées. *Alcool ? Larmes ?*

– Avec un kit mains libres, évidemment, précisa-t-elle.

– Évidemment, dit Billy. Donc vous n'avez rien remarqué d'incongru quand les voitures se sont arrêtées ?

– Incongru ?
– La berline noire vous a-t-elle paru incontrôlée ?
– Je ne l'ai remarquée que quand nous sommes sortis et que j'ai vu que le conducteur était… immobile.

Logique. Billy n'avait elle-même aperçu Renard Argenté, Laurel et Hardy mère et fille ou Gros Mots que lorsque tout le monde s'était arrêté.

– Il a peut-être été empoisonné, déclara vivement Charlotte. Par quelqu'un. Sa femme. On peut administrer à une personne un poison à action lente avant qu'elle ne prenne sa voiture, il a un accident et tout le monde croit qu'il est mort à cause de l'accident, et pas du poison. Sauf qu'ici, la circulation s'est bloquée avant qu'il ait son accident.

– On fait toujours des analyses de sang, dit Billy. Surtout pour des AR.

Charlotte la regarda sans comprendre.

– AR. Accidents de la route.

– Ah. Pour voir s'il y a conduite en état d'ivresse. Je n'avais pas pensé à ça. C'est compliqué de commettre un crime sans se faire prendre, n'est-ce pas ? Et donc vous ne savez pas quand je pourrai m'en aller ?

– Je crains que non.

– Très bien. Je vais appeler ma… Je dois passer un coup de fil.

Elle s'éloigna. Charlotte était pressée de partir, nota Billy. Mais ne l'étaient-ils pas tous ?

Charlotte grimpa dans son Audi et s'enferma à l'intérieur. Le moteur était coupé. Donc pas de climatisation. Elle voulait simplement avoir la paix. Et être seule.

Revenons à nos cordons !

Inutile d'établir un trop grand périmètre, les gens s'étaient baladés un peu partout depuis qu'ils étaient descendus de voiture, même s'ils ne s'étaient pas approchés de la berline noire. À l'exception de Pat Mackey. Il y avait encore une chance de recueillir des indices matériels.

Et donc le cordon de sécurité devait permettre d'isoler la berline sans entraver le passage sur la bande d'arrêt d'urgence. Billy sortit sa propre valise, la déposa sur la chaussée derrière la berline, et noua une extrémité de la corde à la poignée. Elle déroula la corde jusqu'au SUV de Charlotte, sur la file du milieu. Elle frappa au carreau et demanda si elle pouvait attacher la corde au SUV. La femme agita la main pour signifier son accord (elle était au téléphone) et Billy fit passer la corde dans la poignée de la portière la plus proche de la berline, puis retraversa la voie de gauche entre la berline et le minibus de Laurel et Hardy, mère et fille. Elle accrocha l'extrémité libre de la corde à un sac contenant une bouteille de gin (achetée en duty-free) dans son emballage en carton, et assez lourd pour maintenir la corde en place. Elle recula d'un pas pour admirer son ouvrage, en priant très fort pour que personne ne roule sur la bouteille de gin.

Son périmètre de sécurité ressemblait moins à un rectangle réglementaire qu'à un parallélogramme précaire, mais au moins le véhicule et Conducteur Mort étaient protégés. Les gens sauraient qu'ils ne devaient pas interférer avec sa scène de crime.

Sa valise était au centre d'un espace libre séparant la berline noire d'une Range Rover sportive qui s'était arrêtée en laissant la place d'une voiture entre son capot et le coffre de la berline. Ce qui était étrange. Pourquoi s'arrêter à autant de distance ? Peut-être son conducteur avait-il freiné pour ne pas percuter la berline ? Parce qu'elle zigzaguait ?

La Range Rover était ornée du logo d'une société appelée Doors & Co, bleu ciel, avec un slogan rouge pompier : « Bienvenue chez vous ! »

Présomptueux.

Billy s'approcha de la vitre du conducteur, qui s'ouvrit en libérant un parfum d'après-rasage acidulé. Il y avait un homme, jeune, à l'intérieur. En tout cas jeune aux yeux de Billy. Environ trente-cinq ans. Des prospectus d'agence immobilière sur le siège passager. Ce qui donnait un sens au slogan. Tout ça n'aurait rien eu de sinistre si sa pilosité faciale avait eu l'air plus naturelle. Là, on aurait cru qu'il avait coupé chaque poil séparément, au rasoir de coiffeur. Ce qui lui donnait l'air d'un obsédé sexuel.

– Excusez-moi de vous déranger, dit Billy, mais je me dois de vous demander quel genre de sociopathe vous êtes pour laisser un aussi grand espace devant votre voiture dans un embouteillage ?

Il gloussa nerveusement.

– Il y avait une moto devant moi quand nous nous sommes arrêtés. Mais elle a filé par la bande d'arrêt d'urgence, dit-il avec un fort accent de Birmingham. Il est mort ?

– Je suis le sergent Kidd. La moto qui a tracé, quel genre était-ce ?

– Une Husqvarna Nuda 900, affirma l'obsédé sexuel de Birmingham. Il a peut-être fait une réaction allergique ?

– Quoi ?

– Le mort. Une réaction allergique aux cacahuètes ?

– L'allergie aux arachides produit un choc anaphylactique ou une sudation extrême. J'en ai déjà vu. Elle serait très visible, notamment sur le visage.

– Une abeille, alors ?

Billy inclina la tête, intriguée.

– Une abeille peut vous piquer à n'importe quel endroit du corps, expliqua-t-il, et déclencher quand même une réaction allergique mortelle.

Billy haussa les épaules. Il marquait un point. Mais bien sûr, ça n'était pas une allergie.

À moins d'être allergique aux objets pointus qu'on vous enfonce dans la nuque. Ce qui, quand on y réfléchit, est le cas de tout le monde.

– Je note votre hypothèse, dit Billy. Pour en revenir à cette moto. C'était une Husquoi ?

– Husqvarna. Une moto de coursier.

– Immatriculation ?

– Désolé mon chou, non, dit-il en hochant la tête.

– Il est descendu de sa bécane ?

– Non, il était…

Son geste imita les ondulations d'un poisson remontant le courant.

– … Impatient, genre. Il donnait des grands coups d'accélérateur. Un boucan d'enfer – il avait un gros moteur.

Billy se souvint du raffut. Elle avait dû monter le volume de la radio pour entendre les infos.

– Il y avait un passager sur la moto ?

– Non. Le pilote, tout seul.

Ce motard pouvait-il être le tueur ?

Il lui aurait fallu être extrêmement rapide. Un véritable assassin. Un professionnel.

– Vous avez vu quelqu'un se glisser dans ou hors de la berline noire ?

– Non, j'étais...

Il indiqua du menton le siège passager.

– Vous étiez au téléphone ?

– Non.

Il caressa sa barbe douteuse.

– Enfin, si, mais j'allais être en retard à une visite, d'accord ? Et puis ce n'est pas interdit d'être au téléphone quand le moteur est coupé, si ?

– J'essaie simplement de comprendre ce qui s'est passé ici. Avec cette moto.

– Je me suis penché pour chercher le numéro de téléphone de mon client dans ma sacoche, et quand je me suis redressé, la moto était partie.

– Vous êtes resté combien de temps à fouiller dans votre sac ? Vous avez perdu de vue la moto pendant combien de temps ?

– Pas très longtemps. Une minute, je dirais ?

Une minute pouvait-elle suffire au motard pour descendre de sa machine, enfoncer une pointe métallique dans la nuque du conducteur qui le précédait, remonter sur son engin et s'enfuir ? Le tout sans être vu, ni de l'agent immobilier, ni de personne d'autre sur cette autoroute ?

Ça paraissait infaisable.

Elle demanda son nom à l'agent immobilier.

Carl Dawes.

Elle le remercia et scruta la chaussée. Des caméras la fixaient de leurs yeux de requin. Si seulement elle pouvait entrer l'immatriculation de la moto dans le système de reconnaissance automatique des plaques d'immatriculation, le SRPI la retrouverait en quelques minutes. Et si elle pouvait accéder aussi aux images de la vidéosurveillance de l'autoroute, elle obtiendrait une réponse à pas mal de questions. Il était impossible de monter dans la berline noire sans avoir été vu, soit d'un témoin, soit des caméras de vidéosurveillance.

Donc…

L'agresseur était monté dans la berline noire.

Donc…

Il était peut-être encore dans la berline noire ?

SEPT

17 h 30

Billy enjamba son propre cordon de sécurité et glissa la main dans un sachet pour couches usagées. C'était mieux que rien. Elle appuya sur la poignée du coffre de la berline et hésita un moment avant de le soulever.

Vide.

Propre comme le coffre d'une voiture neuve.

Elle glissa un doigt dans l'anneau d'acier qui permettait de soulever le fond du coffre et d'accéder au cric et à la roue de secours. Elle y trouva un cric et une roue de secours. Elle remit le plancher en place et referma le coffre sans toucher à rien d'autre.

Il n'y avait rien sur la banquette arrière, ni au pied des sièges. La seule chose visible à l'intérieur de la voiture, en dehors du cadavre, était une petite valise posée sur le siège passager, à l'avant. Une valise à roulettes, au format cabine d'avion.

Une idée lui vint subitement et elle tomba à genoux, puis s'allongea sur la bande d'arrêt d'urgence. Mais non, personne ne s'était caché sous la berline, ni sous aucune autre voiture. Elle passa par une posture de yoga évoquant vaguement le chien tête en bas pour se redresser. Sans dignité. Elle s'épousseta.

L'effort lui avait donné aussi chaud à l'intérieur qu'à l'extérieur.

Concentre-toi.

Comment cet homme a-t-il été tué ?

Ce n'étaient ni les arachides, ni les abeilles. Olly Sims avait peut-être raison, et l'arme était venue de l'extérieur. Mais les vitres étaient intactes. Et la berline n'avait pas de toit ouvrant. Donc, non. Peut-être Charlotte McVie avait-elle vu juste et lui avait fait-on quelque chose avant. Mais non, une pique enfoncée jusqu'au cerveau, l'effet était instantané. Son instinct ne l'avait pas trompée : c'était arrivé dans l'embouteillage. Le tueur était ici, dans l'une des centaines de voitures immobilisées sur cette autoroute.

Regarde-les, qui continuent à vivre leur vie, même s'ils sont à l'arrêt.

Chacun a son histoire. Chacun est un suspect potentiel.

Mais quelqu'un sait !

Quelqu'un a vu.

On ne peut pas escalader la palissade pour quitter l'autoroute.

On ne peut pas longer les voies à pied sans être vu.

On ne peut pas franchir le séparateur central sans être vu.

On ne peut pas s'évaporer comme ça. Même par cette canicule.

À moins que tous les autres automobilistes ne fussent complices, le tueur devait être ici. Tout près.

Il lui restait à le trouver.

Mère et fille étaient à nouveau sorties de leur minibus. La mère semblait avoir du mal à supporter la chaleur. Elle devint cramoisie en enlevant son haut noir. Billy s'approcha. La ressemblance de visage entre les deux femmes était tout à fait troublante. Des jumelles séparées par le temps. Sauf que la fille était aussi maigre que les arbrisseaux empoisonnés sur le talus.

– Comment allez-vous, Mesdames ?

– Kerry Wells, répondit la mère comme si Billy lui avait demandé : « Comment vous appelez-vous ? » Et voilà ma fille, Hyacinth. Vous êtes sûre qu'il est mort ?

Billy leur assura que Conducteur Mort était bien mort. Les deux femmes semblaient en état de choc. Hyacinth, qui devait avoir une vingtaine d'années à tout casser, suçait son pouce comme un nourrisson affamé. Quand la mère indiqua qu'elles habitaient toutes deux à la même adresse, Billy se demanda si Hyacinth avait toute sa tête.

C'est ce moment que choisit son esprit pour rouvrir le gouffre et la laisser penser à sa fille.

Aurait-elle été une jeune femme indépendante, comme Daisy, ou une fifille à sa maman, comme cette Hyacinth ?

Durant toutes ces années de fantasmes masochistes, Billy avait toujours imaginé sa fille insouciante et heureuse, jamais collée à ses basques et mal dans sa peau. C'était un fantasme, après tout. Qui pouvait lui reprocher d'imaginer les choses de manière optimiste ?

Mais si tu n'es pas capable de l'accepter telle qu'elle l'aurait été, c'est peut-être parce que tu n'étais pas faite pour être mère ?

Ô pensées négatives, foutez-moi le camp !

Kerry lui tendait une couverture. Comme Billy se contentait de fixer le tissu bêtement, la mère la lui secoua sous le nez.

– Vous pouvez la prendre pour couvrir le corps.

Billy n'y toucha pas.

– Je n'en ai pas besoin.

– Sinon, j'ai mon manteau ?

– Ce ne sera pas nécessaire.

– Pourquoi vous ne voulez pas le couvrir ? demanda Hyacinth sans ôter son pouce de sa bouche.

– Il est là à découvert, renchérit Kerry.

– Je ne peux pas y toucher tant qu'ils ne l'ont pas examiné.

– Qui ça ?

– Les légistes.

– Vous pourriez au moins mettre ça sur son pare-brise, dit Kerry en agitant encore la couverture.

– Vous n'avez qu'à rester dans votre véhicule, et tendre la couverture entre vos sièges, pour ne pas le voir.

– Monte dans la voiture, Hyacinth, dit Kerry. Et tends la couverture entre les sièges.

La fille prit la couverture mais resta près de sa mère.

– Vous vous rappelez ce qu'il s'est passé quand vous vous êtes arrêtée ? demanda Billy.

– Que voulez-vous dire ?

La question était pourtant simple. La mère semblait aussi gourde que la fille. Ou fuyante.

– Vous étiez au volant, c'est bien ça ?

– Mais qui êtes-vous, d'abord ? rétorqua Kerry.

– Sergent de police Belinda Kidd. Tout le monde m'appelle Billy.

– Elle n'est même pas en uniforme, marmonna Hyacinth.

Ça ne l'avait pas gênée quand elle avait voulu que Billy ouvre la portière d'une voiture en plein cagnard et drape un cadavre d'une couverture pour ne pas être obligée de le voir.

– Je n'étais pas de service aujourd'hui, dit-elle en détournant le regard vers la berline. Mais maintenant, je le suis.

– OK, dit Kerry.

– Donc, y a-t-il eu quelque chose d'anormal ?

– Rien. On s'est arrêtées, comme les autres. On est restées dans la voiture un petit moment. J'ai allumé la radio pour écouter les infos trafic et j'ai appris qu'il y avait eu des attentats terroristes. Et puis cette femme, là, s'est mise à hurler.

– Mais vous n'êtes pas sorties de votre voiture ?

– Quoi ?

– Quand la conductrice du SUV a crié, vous êtes restées dans votre voiture.

– On ne voulait pas vous déranger. Et Hyacinth était perturbée.

La fille renifla bruyamment pour le confirmer.

– Vous aviez remarqué la berline noire avant que la circulation se bloque ? Sa conduite vous a-t-elle paru anormale ? Imprévisible ?

– Il était derrière moi, dit Kerry avec une petite moue, en hochant la tête. Tout était normal. J'étais, enfin, plutôt concentrée sur les voitures juste devant moi, comme souvent quand la circulation est très dense.

– Vous n'avez rien entendu ?

– Comme quoi ?

– Des éclats de voix. Un crissement de pneus. Un bruit inhabituel.

Le cri d'une personne qu'on assassine en lui enfonçant une brochette dans la nuque.

– On écoutait de la musique. Des choses que Hyacinth aime bien.

– La playlist de papa, marmonna la fille, le pouce toujours dans la bouche. De la britpop.

– C'est rétro, dit Billy.

Hyacinth haussa les épaules.

Un cri fit sursauter Billy, qui se retourna. Une trentaine de voitures plus loin, à l'arrière, un camion oscillait. Non, pas un camion. Une remorque à chevaux. À en juger par l'agitation tout autour, on faisait sortir les animaux.

Qu'est-ce que c'est que ce b… ?

Il ne manquait plus que ça ! Un concours hippique, bordel. Un enfant mena un des équidés sur le bas-côté. L'animal s'étira puis pissa avec force. Billy pensa qu'elle avait été imprudente de boire autant de café.

Les gens commençaient à se dire qu'ils en avaient pour un bon moment. Organisaient leur petit univers.

Billy remercia les deux femmes de leur coopération. Sans uniforme, sans plaque officielle et sans équipement, elle se doutait bien qu'il valait mieux compter sur la bonne volonté des autres plutôt que sur son autorité.

Elle revint à l'arrière de la berline. Pas de traces de coup de frein sur la chaussée. Le véhicule avait les roues avant tournées vers la bande rugueuse séparant la file de gauche de la bande d'arrêt d'urgence. Elle s'appuya de tout son poids contre la voiture, et sentit qu'elle bougeait. Le frein à main n'était pas mis.

Bon. Estimation révisée de la situation : c'était arrivé pendant que les voitures roulaient encore au pas et il s'était arrêté juste après – ou peut-être avait-il freiné par réflexe, elle n'en savait trop rien. Mais il avait perdu le contrôle de son volant dans les derniers instants, en mourant, le nez de son véhicule avait commencé à pointer vers la bande d'arrêt d'urgence, et il n'avait pas pu (ou il n'était pas assez vivant pour) engager le frein à main.

Le moment de la mort semblait être important. Tout paraissait minuté. Précis.

Et pourtant, il y avait énormément de témoins potentiels. Quel endroit délirant pour commettre un meurtre.

Sauf que…

Les attentats terroristes avaient déclenché un embouteillage qui avait piégé tout le monde. Sans ces événements imprévus, tous les véhicules présents ici auraient filé depuis longtemps. Sauf la berline. La berline aurait fini sa course sur la bande d'arrêt d'urgence, comme s'il s'agissait d'une panne ordinaire. Les autres conducteurs ne se seraient pas arrêtés, pressés de rentrer chez eux un vendredi soir.

Le tueur n'avait pas prévu les attentats. Comment allait-il réagir, maintenant que son plan échouait de manière aussi spectaculaire ?

KERRY, *ALIAS* LA MÈRE

Toyota Sienna (modèle 2017)

Tu la vois, la policière, derrière la voiture noire ?

Le grognement qu'elle pousse doit vouloir dire non.

À chaque fois que je regarde dans le rétroviseur, je vois son visage. J'aurais dû insister pour qu'on le recouvre avec la couverture. C'est inhumain de le laisser comme ça par cette chaleur. Et il nous regarde.

Hyacinth monte le volume.

« *Don't look back in anger.* »

Baisse un peu, tu veux ?

Hyacinth se vexe et met la radio. Une voix de femme explose dans l'habitacle. « Voiture piégée ! voiture piégée ! » Elle hurle en boucle. « Voiture piégée ! »

Baisse le son !

« Voiture piégée ! » répond la femme dans la radio.

Hyacinth tend le bras et le silence retombe.

C'était seulement trop fort.

Hyacinth marmonne qu'une autre voiture piégée a explosé.

J'ai entendu. Mais qu'est-ce que tu veux que j'y fasse ?

Elle croise les bras et se penche en avant pour regarder dans le rétroviseur extérieur, puis me demande ce qu'il faudrait faire s'il rouvrait les yeux. Il doit y avoir un bouton de mon côté, qui permet d'orienter son rétroviseur, pour l'empêcher de le voir ! Le rétroviseur bouge un peu et Hyacinth se renfonce sur son siège en soufflant, encore vexée. Bien sûr, c'est difficile d'oublier qu'il est là, juste derrière nous. C'est bien naturel d'être curieuse, mais quand même, arrête de le regarder. Et arrête de ronger ton pouce.

Tu vas te faire saigner, andouille.

Hyacinth retire sa main et me demande ce qu'il en est de l'argent. Parce que son père n'est plus là, sans doute ?

C'est épuisant de peser soigneusement chaque mot avant qu'il sorte de ma bouche, de le lui donner avec autant de précaution que quand je la nourrissais, bébé, et que je croquais chaque grain de raisin en deux pour qu'elle ne s'étouffe pas. Après tout ce temps, j'en suis encore à chercher quelque chose d'assez mou pour qu'elle puisse l'avaler. Son père me disait de ne pas m'inquiéter pour elle, qu'il n'y avait pas que des intellectuels dans la vie. On m'avait dit : « Laissez-lui la place de déployer ses ailes. » Et c'est vrai que depuis que son père n'est plus là, depuis que j'ai perdu toute raison et que j'ai eu – mon Dieu que ce mot est sordide – une « liaison », il y a des jours où je me demande qui est la plus dépendante : elle ou moi ?

Mais quand même.

La plupart des adultes savent additionner deux et deux. Ça n'a rien d'intellectuel. Il suffit d'avoir un cerveau. Elle pourrait quand même essayer de comprendre.

Inspire profondément.

Il n'y a pas d'argent, pas tout de suite. L'argent est en lieu sûr dans un coffre.

Elle répond en gémissant. Elle a cette voix depuis qu'elle est toute petite. Elle ne gémit pas, elle bêle. Durant ces longues nuits où je l'allaitais, bébé, je me demandais (que Dieu me pardonne) si elle accepterait une autre mère, comme un agneau est capable de téter n'importe quelle brebis. Je ne le pensais pas vraiment. La plupart des parents doivent se dire la même chose quand ils sont crevés. Et je n'ai jamais pensé ça en plein jour. Je ne le pense toujours pas, d'ailleurs, je suis fière d'elle, surtout depuis peu, elle a grandi un peu depuis que son père n'est plus là. Sauf par moments…

Elle me demande comment l'argent peut être en lieu sûr si on ne peut pas le toucher. Le visage de ma fille alors qu'elle bêle à propos de cet argent me frappe. Je la découvre. La forme de son oreille. Ronde comme celle d'un chimpanzé. Les gens disent qu'elle me ressemble mais…

Qui es-tu, en fait ? De quoi parles-tu ? Qu'est-ce que tu veux de moi ?

Et si j'avais eu une migraine cette nuit-là, il y a si longtemps, si je l'avais repoussé ? Où en serais-je aujourd'hui ? Pas ici, ça, c'est sûr.

Elle est encore à parler d'argent.

Arrête, petite idiote !

Je ne supporte plus de l'entendre bêler. Je me tourne vers elle.

Il faut que je te dise quelque chose, à propos de cet argent.

HUIT

17 h 36

Billy fit un numéro qu'elle n'avait pas utilisé depuis dix-huit mois. Celui du commissaire Dominic Day. *D-Day*, pour ceux qui le respectaient. *Mister D*, pour les fans des Rolling Stones. *Lady Di* pour les autres. Les surnoms qu'on donnait dans la police étaient comme les tubes pop : pas besoin d'avoir du sens, du moment qu'ils vous restaient dans la tête.

Billy, elle, l'appelait Dom (ou Dominic quand elle se sentait tendue). Elle l'appelait ainsi depuis leurs treize ans – ils étaient allés à l'école ensemble. Près de quarante ans de quasi-promiscuité.

Dom décrocha en criant presque :

– Billy, tu es rentrée !

Elle ignorait qu'il savait qu'elle était partie.

– C'était comment, l'Australie ? demanda-t-il.

– Encore plus chaud qu'ici.

– Comment va ta sœur ?

– Pareil.

– Quoi ? Elle aussi, encore plus chaude ?

Elle le laissa déverser son humour machiste, ce qui était le meilleur moyen d'arriver rapidement à une conversation sérieuse. Puis elle lui décrivit ce qui se passait sur l'autoroute.

– Mince ! lança-t-il en redevenant sérieux. Tu penses vraiment que le meurtrier est toujours sur place ?

– Je te le dis, il ne peut pas être ailleurs. On ne peut pas quitter cette autoroute, à moins de partir en courant sur la bande d'arrêt d'urgence.

– Personne ne l'a vu s'en aller ? Il n'a pas pu remonter dans une autre voiture ?

– À moins que tous les autres automobilistes ne soient de mèche, non. Ils n'ont rien vu de louche, et n'ont vu personne bouger sur l'autoroute. C'est comme si le suspect s'était évaporé avec la chaleur. Tu peux demander à accéder à la vidéosurveillance ?

– Je peux passer un coup de fil. Mais ça risque de prendre un peu de temps. Tu es où ?

– Je ne sais pas exactement. À un kilomètre et demi du tunnel de Deadwall, environ. Attends.

Elle ouvrit une application sur son téléphone, posa le doigt sur un carré de l'écran.

– Femme, torse, barbe.

– Sur What3words[2] ? Ou tu t'es laissée aller ?

– Mais non, c'est l'endroit où on se trouve, à peu de chose près. Difficile de savoir dans quelle case je suis exactement.

– Il y a toujours quelque part des gens prêts à rendre service : envoie quelqu'un chercher une borne d'appel d'urgence, au cas où. Parfois, les vieilles méthodes sont les plus efficaces.

---

2 Application attribuant à chaque carré de 3 mètres de côté partout dans le monde trois noms simples du dictionnaire, permettant ainsi une géolocalisation facile à mémoriser et à transmettre. (*NdT*)

Il n'avait pas tort. Billy héla Olly et Daisy et les envoya suivre la bande d'arrêt d'urgence à la recherche d'une borne d'appel ou d'un poteau numéroté.

À l'autre bout du fil, Dom fut interrompu par une voix de jeune femme et répondit d'un ton léger : « Quand je dis que j'en ai besoin maintenant, je veux dire maintenant, tout de suite. »

Billy imagina très bien la jeune subordonnée de Dom se redresser subitement. Il avait hérité de son père une allure militaire, même si, à l'âge de dix-neuf ans, il avait dérogé à la tradition familiale et suivi Billy dans la police. Il grogna avec ostentation :

– Essayer de les faire bosser le vendredi après-midi, c'est comme te demander de payer ta tournée au pub, Billy. Et qu'as-tu bien pu trouver en Australie que je n'aurais pu t'offrir ici ?

– La paix et la tranquillité.

À ces mots, Dom ricana. Lorsque Billy avait touché le fond, dix-huit mois plus tôt, il lui avait proposé de repartir de zéro dans un autre service. Dom adorait repartir de zéro. En trente ans de service, il avait occupé presque tous les grades, et appris quelques spécialités, dans trois services différents. Billy n'avait jamais mal pris que sa carrière à lui décolle si vite tandis que la sienne n'avait progressé que lentement. Pour elle, ça n'était pas tant une question de sexe qu'une question de personnalité. Enfant, Dom était déjà comme ça. Quand les élèves de l'école avaient donné une représentation de *Roméo et Juliette*, Dom avait pris le rôle de Benvolio, le conciliateur. Sur un terrain de rugby, il jouait demi d'ouverture, le stratège. Et dans la police, il avait fait de même, citant son propre père qui avait une fois déclaré lors d'un discours mémorable aux journées portes ouvertes de leur école : « Un menhir, ça se fait pisser dessus. » Dom n'avait toujours eu qu'une envie : aller loin. C'est Billy qui avait fait toute sa carrière dans la police de proximité. Elle avait patrouillé sur cette autoroute pendant sa formation et ensuite, elle avait intégré la police de sa localité pour ne plus en bouger pendant trente ans.

– Je pourrais te trouver un poste chez nous, déclara Dom.

– Je suis toujours dans la même situation que la dernière fois qu'on en a parlé.

– C'est-à-dire ?

– Pas brillante. Et quant à ton « nous »… Je ne vois pas quel genre de rôle je pourrais jouer dans ton équipe – sûrement pas un rôle très utile.

– Tu pourrais jouer celui d'une petite sœur revancharde, doublée d'une ex-femme.

– J'ai un mois de plus que toi, Dom, pourquoi devrais-je être la *petite* sœur ? C'est toi, la petite sœur !

– Mais tu vois ce que je veux dire.

– Tu ne dis ça que parce que tu t'ennuies facilement. Tu veux avoir quelqu'un à ta disposition pour te distraire.

– Et toi, qu'est-ce que tu veux ? Je croyais que ta virée en Australie t'avait enfin permis de couper le cordon.

Billy écarta le téléphone de son oreille et fixa son écran d'un œil noir. Un moment passa, signifiant que leur numéro de duettistes avait dérapé, viré au duel, et qu'il l'avait blessée.

Elle colla de nouveau son oreille au portable.

– Excuse-moi, Billy. Je suis seulement…

Il ne dit pas quoi. C'est elle qui compléta :

– Déçu par moi ?

Un blanc.

– Déçu *pour* toi, peut-être.

Une petite brûlure à la poitrine, comme une tape touchant un point déjà sensible.

– Et c'est pour ça que je ne veux pas travailler pour toi, Dominic. On m'a proposé de prendre ma retraite.

– Tss tss. Tu n'es pas obligée d'accepter de partir à la retraite.

– Si je retourne travailler, on ne me donnera que des tâches subalternes.

– C'est pour ça que tu t'es enfuie en Australie ? Les tâches subalternes t'emmerdent ?

– Je suis déjà restée assise derrière un bureau pendant toute une année. Je me suis ennuyée et j'ai pris du poids. L'enquête a établi que je n'avais pas commis de faute professionnelle et j'ai cru que je pouvais reprendre le travail. Mais…

– Le travail de bureau n'est pas une punition, tu sais. C'est pour ton bien, pour t'éviter d'avoir un nouvel accident qui te ferait replonger. C'est fait pour que tu te remettes la tête à l'endroit. Et s'ils pensent qu'il te faut encore du temps…

– Tu ne sais rien de ce qu'il y a dans ma tête.

– Si, je le sais très bien, parce qu'on en a déjà parlé. Après cette histoire de scooter. Tu étais dans tous tes états. J'ai traversé la moitié du pays en pleine nuit parce que je m'inquiétais pour toi, et je suis rentré chez moi encore plus inquiet. En arrivant, j'ai lu les rapports de police et j'ai bien vu qu'il ne serait jamais question de faute professionnelle, mais il fallait qu'il y ait enquête, c'est comme ça que ça marche. Et je savais que ces trucs-là mettent des années à aboutir et que l'attente peut rendre dingue, mais à la fin, tu as été innocentée. La justice a prévalu. Fin de l'histoire.

– La fin de l'histoire, c'est qu'un gamin est mort, répondit Billy.

Bon sang, ce que Dom aimait s'écouter parler, parfois !

– Ça arrive, Billy. Tu avais passé une mauvaise semaine…

– Une horrible semaine.

– Une semaine traumatisante, qui t'a amenée à faire un mauvais choix.

– Tu disais que c'était une mauvaise semaine. Et maintenant tu dis que j'ai fait un mauvais choix ?

Il soupira lourdement dans l'appareil.

– Retourne au boulot, mets-toi à ces tâches de bureau et ne lâche pas l'affaire. Dans mon service ou ailleurs, je m'en fiche, mais fais ce que tu dois faire, d'accord ?

Billy n'écoutait plus son laïus de motivation. Du coin de l'œil, elle avait aperçu des gens se précipiter vers une voiture. La Golf Volkswagen de Pat Mackey, en l'occurrence. L'infirmière s'était assise à son volant, portière ouverte, et avait allumé la radio. Nigel Heathcote était accoudé à la portière. Charlotte McVie écoutait, une main sur la bouche.

– Que se passe-t-il ? demanda Billy. Il y a du nouveau ?

Elle entendit un clavier cliqueter à l'autre bout du fil.

– Une autre voiture piégée a explosé. À 17 h 30 précises. Une gare routière, cette fois.

– Ça fait trois bombes en tout ? Et trois nœuds de transport…

– À exactement trente minutes d'intervalle entre chacune. La gare ferroviaire à 16 h 30, le tunnel de Deadwall à 17 heures et maintenant la gare routière à 17 h 30.

– Pourquoi faire ça ?

– Parce que ça leur chante. Pour terroriser et impressionner. Et déborder nos services.

Dom avait travaillé quelque temps dans l'antiterrorisme. Heureusement pour lui, les attentats avaient eu lieu hors de son secteur, et il n'avait pas encore été appelé en renfort. Ce que, probablement, il regrettait.

– Ils nous mènent par le bout du nez, maintenant. Tout le monde va se demander où la prochaine bombe explosera.

Sur l'autoroute, l'exceptionnel soleil de mai se reflétait sur des centaines de pare-brise.

– J'ai un conducteur mort et une panique collective potentielle sur les bras.

– Eh bien tu vois, tu as exactement ce que tu voulais. Ça te changera de tes tâches administratives sans intérêt.

Elle ne releva pas son humour noir.

– Je peux te donner quelques immatriculations à vérifier ? Je veux identifier le mort. Et je veux savoir si les autres véhicules peuvent avoir un lien avec lui.

– Envoie-les-moi par SMS. Tu as besoin d'autre chose ?

– J'ai besoin de rentrer chez moi.

– Moi aussi, je voudrais retrouver ma maison, dit Dom, qui ajouta, après un temps : Tu sais que je me suis séparé ?

Le ventre de Billy se serra. Ridicule.

– Non, je ne savais pas.

– Personne ne t'a rien dit ?

En Australie, elle avait fait la morte. Elle n'aimait déjà pas les réseaux sociaux en temps normal et là-bas, elle n'avait eu aucun contact avec quelqu'un susceptible de lui apprendre la chose. Mais elle fut étonnée que le bruit ne lui soit pas parvenu. Beaucoup de gens savaient que Billy et Dom avaient eu une histoire, il y a longtemps. Il y en avait même pour insinuer qu'ils en avaient eu une *récemment.* On avait vu D-Day réconforter Billy, dans le parking du commissariat, le soir où elle lui avait demandé de venir après la pire journée de sa carrière. Le jour où le scooter… Un jeune flic en uniforme était sorti pour vapoter, les avait repérés et avait fait courir le bruit. Ils étaient « enlacés comme un vieux couple ». Sale gosse ! Comme si Billy était assez souple pour enlacer quelqu'un !

Elle se racla la gorge.

– Qu'est-ce qui est arrivé ?

– Elle m'a quitté. Je crois qu'on va divorcer.

Elle ressentit une minuscule pointe de déception. C'est sa femme qui l'avait quitté. Elle était fonctionnaire, ou quelque chose comme ça. À Downing Street, pas moins.

Attends…

Si Dom lui demandait si elle était au courant de sa séparation… Est-ce qu'il croyait qu'elle était rentrée d'Australie parce qu'elle avait appris qu'il divorçait ? Et qu'elle lui avait téléphoné à peine débarquée de l'aéroport ? Était-il prétentieux à ce point ?

Oui.

Ou bien est-ce qu'il l'avait simplement espéré ? Qu'il avait envie qu'elle l'appelle ?

– Comment ça, tu « crois » que tu vas divorcer ?

– Elle dit qu'on se sépare temporairement, mais elle fait toujours comme ça. Elle prépare le terrain. L'année dernière, elle m'a dit qu'elle « songeait » à partir en Islande avec son club de lecture, alors qu'elle avait déjà réservé et versé des arrhes. Donc si elle me dit qu'elle pense à divorcer, c'est comme si c'était déjà fait. Elle a peut-être déjà un nouveau mec.

– Ou alors elle veut que tu t'occupes d'elle ?

– Elle dit que je ne me bats pas pour la garder.

– Et tu te bats ?

– Elle fait de la musculation, je ne crois pas que je pourrais la battre.

Il botte en touche.

– Bon, ce n'est pas le moment, dit Billy, mais on en reparle plus tard, OK ? Je veux être sûre que tu vas bien.

– Je ne mange pas que des frites surgelées, si c'est ce que tu veux dire. Ça va. Je me suis acheté un stand-up paddle.

– Et tu en fais ?

– Bien sûr que non. Mais ça montre que j'ai au moins de la volonté, non ? L'achat d'un stand-up paddle est un signe d'optimisme. Prochaine étape : je vais m'acheter une friteuse sans huile.

Billy s'était plutôt bien débrouillée avec le paddle de sa sœur, en Australie. Ça ne serait pas aussi agréable ici, mais il y avait à une quinzaine de kilomètres de chez elle un lac où ils pourraient se rendre. Plein de chiures de canards, évidemment, mais tant qu'ils ne tombaient pas à l'eau, ça devrait aller. Elle était assez gironde, une fois sa combinaison de Néoprène enfilée. Même si pour la retirer, c'était une autre paire de manches et…

Concentre-toi !

– Je ferais mieux de revenir à mes moutons, dit Billy en observant les gens rassemblés autour de la voiture de Pat.

– Reviens travailler, Billy ! dit Dom d'un ton plus enflammé que quand il avait évoqué son divorce. Tu ne mérites pas la mise au placard.

Ce n'était pas le placard qu'elle méritait, c'était tellement pire…

Elle tapa les numéros d'immatriculation dans WhatsApp tout en parlant.

– Passe au fichier les numéros que je t'envoie à l'instant et dis-moi qui conduit ces bagnoles.

Il accepta mais parut vexé.

– Sois prudente, tu veux ?

– Je vais fouiller ce mort.

– Si tu penses que le meurtrier est toujours dans le coin, tu ne devrais pas.

– Je vais découvrir qui est ce cadavre.

– Billy…

Elle raccrocha.

NEUF

17 h 44

Dans sa longue carrière, Billy avait vu beaucoup de scènes de crime, mais celle-ci était de loin la plus étrange. Pas la plus atroce, pas encore, mais la plus bizarre. Et potentiellement, aussi, la plus dangereuse. Il y avait un meurtrier ici, quelque part. Un assassin.

Ce qui était assez facile à oublier dans cette atmosphère saugrenue, presque irréelle. La chaleur accablante. Les sons étouffés. Les vies mises sur pause. Tout cela donnait la sensation subtile d'être en dehors des lois, quelque part entre le week-end prolongé et la prise d'otages.

Billy voulait en savoir plus sur ce mort.

Elle espéra que le bagage cabine lui permettrait de ne pas avoir à fouiller le cadavre.

Elle enfila sur ses mains deux des sachets pour couches usagées donnés par Charlotte avant d'ouvrir la portière avant, côté passager. L'exhalaison chaude qui l'accueillit la fit reculer d'un pas. Ce n'était pas encore la putréfaction, plutôt une concentration d'odeurs corporelles, comme une senteur d'abats. Quand elle finit par pouvoir se pencher à l'intérieur, elle observa attentivement l'habitacle et prit des photos. Rien ne semblait déplacé, la voiture était vide à l'exception de la petite valise. Conducteur Mort n'avait pas bougé. Le sang s'était étalé un peu plus largement sur le col de sa chemise blanche, suffisamment pour qu'elle sente son odeur cuivrée. Elle s'empara du bagage et referma la portière.

C'était une valise à roulettes haut de gamme. Métallique, nervurée, ultramoderne. Avec un cadenas intégré, mais les fermoirs s'ouvrirent sans encombre. À l'intérieur, le strict minimum. Des chemises, deux habillées, deux plus décontractées. Un pantalon. Une trousse de toilette sans rien de suspect à l'intérieur.

Ne m'oblige pas à fouiller dans tes poches froides de mort ! Donne-moi ton nom !

Dans une poche intérieure fermée par un zip, elle trouva un portefeuille et un passeport. Un passeport américain.

Ça va tout compliquer.

Mais au moins, le passeport lui donna un nom : Chad McClusky. La photo correspondait à la tête du mort. Le portefeuille contenait une belle somme en espèces, des gros billets tout neufs. Près de cinq cents livres en coupures de cinquante. Et à peu près autant en coupures de vingt. Qui se trimballe aujourd'hui avec des billets de cinquante livres ? De nos jours, on peut à peine s'en servir, à cause des contrefaçons. Réponse : quelqu'un qui vient de retirer des espèces dans un bureau de change.

Il y avait aussi une carte bancaire au même nom. Une carte Visa Capital One. La date indiquait qu'elle était récente – elle était encore valable cinq ans.

Billy, tout en songeant aux implications du fait que le mort était un ressortissant des États-Unis, laissa son regard vagabonder. De l'autre côté de l'autoroute, elle vit un gros van noir. Il était arrêté sur la file la plus proche du terre-plein central, presque en face de la BMW de Heathcote, Renard Argenté. Et bien sûr, orienté dans la direction opposée.

Un van noir aux vitres teintées. Avec sur les flancs, ces mots : « Module aménagé hybride ».

Qu'est-ce que ça pouvait bien dire ? Et qu'est-ce qui était hybride, le module ou l'aménagement ? Et hybride entre quoi et quoi ? Ça faisait un peu... bidon. Un peu CIA. Le genre de van d'espionnage qu'on pouvait voir dans *X Files* ou n'importe quelle série parlant du FBI, bien en vue, l'air tellement banalisé et bêtement officiel (intimidant, aussi) que personne ne songerait à s'y intéresser. Un van qui avait l'air, incongrûment dans ce décor trivialement anglais, *américain*. Comme Conducteur Mort.

Et son chauffeur n'avait pas bougé de derrière son volant. La plupart des gens étaient sortis de leurs véhicules à présent, mais pas Mister Van. Étrange ? Ça semblait étrange en effet, mais tout, dans cette situation, l'était. Et la sœur de Billy, en Australie, avait un faible pour les coffrets de DVD qui présentaient des théories du complot. Elles en avaient regardé beaucoup. Elle allait devoir empêcher son imagination de s'envoler.

– Sergent Kidd !

Daisy revenait en trottinant sur la bande d'arrêt d'urgence. Olly la suivait, manches relevées au-dessus des biceps, la chemise auréolée de sueur. Elle était restée toute fraîche dans sa robe de sirène. Des jeunes gens beaux à vous dégoûter et pleins de santé. À la peau lisse comme un miroir. Leurs bras se touchaient tandis qu'ils avançaient.

– Vous vous connaissez ? Leur demanda Billy lorsqu'ils arrivèrent jusqu'à elle.

Daisy écarquilla les yeux et fit non de la tête.

– Non, nous nous sommes rencontrés…

– Ici même, littéralement, acheva Olly.

Ses boucles byroniennes s'agitèrent devant l'extraordinaire de la chose.

– Pourtant vous m'avez l'air…

Billy allait dire « familiers » (elle repensa à la pastille aux fleurs de Bach qui était passée d'une bouche à l'autre) mais leur degré de familiarité ne la regardait absolument pas :

– Laissez tomber. Vous avez trouvé ?

– J'ai pris une photo pour vous, répondit Daisy.

Elle ouvrit son téléphone pour lui montrer l'image d'un potelet blanc fiché de travers dans le sol. La photo n'était pas terrible mais le numéro sur le poteau permettrait à la police de les localiser précisément. Billy tapa le numéro du poteau dans son téléphone et l'envoya par SMS à Dom.

– Eh, bonjour toi ! dit Olly à un chien beige qui venait d'arriver sans se faire remarquer et se présenta en pressant sa truffe humide contre la main du jeune homme. D'où tu sors, mon beau ?

Le chien traînait une laisse sans maître.

– Il n'appartiendrait pas aux cavaliers, là-bas ? dit Billy en fixant la remorque à chevaux, dont les occupants broutaient paisiblement l'herbe du bas-côté. Vous pourriez le leur ramener ? Mais avant, ajouta-t-elle en indiquant un étui en forme d'os fixé à l'extrémité de la laisse, laissez-moi ces sachets à crottes, je vais en avoir besoin.

Olly eut à peine le temps de détacher l'étui en plastique ; le chien dressa les oreilles et s'éloigna en courant, lui arrachant la laisse des mains.

– Il s'en va ! dit Daisy.

Le chien galopait sur l'asphalte dans la direction opposée à celle des amateurs de chevaux. Billy marmonna un juron. Il ne manquait plus que quelqu'un se pointe à la recherche de son chien égaré. Pourquoi les gens ne restaient-ils pas sagement assis en attendant que ça passe ? Le centre devrait quand même pouvoir tenir plus d'une heure[3].

– Vérifiez qu'il n'arrive rien au chien, vous voulez bien ? demanda Billy aux jeunes gens.

Ils s'éloignèrent. Au moins, elle avait récupéré des sachets en plastique.

Bon, concentre-toi !

Recueillir les indices. Les sachets pour déjections canines étaient (de façon alarmante) plus fins que ceux pour couches usagées. Et semblaient faits d'une matière étrange (et sûrement écologique) presque transparente, ce qui lui serait plus utile pour examiner les éléments, une fois ceux-ci recueillis et enfermés dans lesdits sachets. Elle s'accroupit devant la valise, déposa le portefeuille et le passeport dans deux sachets séparés, qu'elle referma. Puis elle emporta la valise jusqu'à sa propre voiture et l'enferma dans son coffre, auquel personne ne pourrait accéder.

Les sachets à déjections/indices matériels étaient fragiles, mais valaient mieux que rien. Elle déchira une feuille de son contrat de location, emprunta à Pat un stylo-bille baveux que cette dernière dénicha au fond de son sac, et se mit à composer des étiquettes. Date, heure, numéro de l'objet, sa signature, ainsi qu'une description de l'endroit

---

3 Allusion à un poème de Yeats, *The Second Coming* : « Tout se disloque / Le centre ne peut tenir / L'anarchie se déchaîne sur le monde / Comme une mer noircie de sang » (trad. Yves Bonnefoy).

où il avait été trouvé. Puis elle fourra les sachets dans sa boîte à gants et verrouilla sa voiture.

Elle agita le bas de son T-shirt pour soulever un peu d'air. Toute cette activité lui avait donné chaud.

Et ensuite ?

Chad McClusky. Citoyen des États-Unis. Elle textota cette nouvelle information à Dom. Elle aurait bien aimé avoir une radio. McClusky avait dû louer sa voiture. Seuls les tueurs en série ont des coffres de voiture aussi impeccables.

Son téléphone se mit à sonner.

– Il a loué son véhicule à l'aéroport, je viens d'avoir l'agence, déclara Dom sans préambule.

Il y avait du décalage sur la ligne, et ils parlèrent tous les deux en même temps, comme deux adolescents empruntés, jusqu'à ce que Dom dise :

– Toi d'abord. Vas-y.

– Le mort s'appelle Chad McClusky, dit Billy. J'ai trouvé son portefeuille et il correspond à la photo du permis de conduire et du passeport.

Dom lui demanda ce qu'elle faisait des indices matériels.

– Je vais devoir improviser. Je prends des photos de tout *in situ*. J'ai des sachets pour couches usagées qui me servent de gants, et des sachets à crottes de chien pour manipuler les éléments matériels. Mais mon but, c'est de ne toucher à rien tant que la Criminelle ne sera pas sur place.

– Ça va être long. Ils ont réquisitionné toutes les unités de police à proximité. Ils ne nous ont pas encore appelés, nous, parce qu'on est trop loin, mais ça peut arriver à tout moment. Donc tu vas devoir jouer les solitaires pour l'instant, Billy. Ça ne te dérange pas trop ?

– Pas la peine de prendre des gants avec moi, Dominic. Ça fait un bail que je joue les fliquettes solitaires. On est toujours à court de personnel.

– Oui, mais là, c'est un peu différent, non ? Tu dois être prudente.

– Je n'exerce plus de responsabilités, tu te souviens ? Je suis prudente.

Billy ouvrit son coffre et inspecta l'étiquette autocollante fixée à la poignée de la valise du mort.

– Dis-moi seulement quel aéroport correspond au code IAD.

– L'aéroport international de Washington-Dulles. Je ne sais pas comment ça se prononce. Dooles ? Dulless ? Quoi qu'il en soit, la femme de l'agence de location a pu me dire qu'il avait atterri ici aujourd'hui vers midi, en provenance de Washington. Il a mis un moment à passer la douane. Il a dû appeler le guichet pour dire qu'il serait un peu en retard, mais il a fini par arriver et tout s'est passé normalement. On lui a remis les clés, il a pris une navette pour rejoindre le parking longue durée, et s'en est probablement allé joyeusement. J'ai fait une demande pour accéder aux bandes de vidéosurveillance de l'aéroport, et j'ai quelqu'un qui s'occupe de la reconnaissance automatique des plaques d'immatriculation.

Billy hocha la tête. Le SRPI et la vidéosurveillance allaient lui permettre de retrouver tout ça. Ils sauraient exactement par où était passée la voiture de location – si le conducteur n'avait pas quitté les grands axes.

– En parlant de vidéosurveillance : quand est-ce que tu pourras obtenir les images de la portion d'autoroute où je me trouve ?

– Ils m'ont dit que ça allait prendre du temps. Leur priorité, c'est de retracer le parcours des voitures piégées.

– S'il y en a une qui explose toutes les demi-heures, il reste combien de temps avant la prochaine ?

La chaleur lui engourdissait l'esprit. Elle n'arrivait pas à se concentrer sur les chiffres, l'heure.

– Moins de quinze minutes. Mais je ne pense pas que tu aies à t'inquiéter.

– Comment peux-tu en être sûr ?

– À cause des endroits où elles ont sauté. La première s'est déclenchée dans le nord de la ville, à la gare de chemin de fer. Le tunnel de Deadwall est du côté est. Et la dernière, à la gare routière, a explosé dans le Sud. On dirait qu'ils font les quatre points cardinaux. Dans le sens des aiguilles d'une montre.

– Mais, et si…

Son regard passait d'une voiture à l'autre autour d'elle. Une personne moins rationnelle qu'elle aurait pu ressentir une pointe de panique.

– Donc on peut penser que la prochaine va exploser dans l'Ouest.

– Ce n'est pas totalement rassurant, Dom.

– La possibilité qu'une bombe éclate juste là où tu es est de plus en plus infime. Il y a 2,6 millions de voitures à Londres.

– Je ne suis pas à Londres.

– Je veux dire que dans les grandes villes, il y a beaucoup de circulation, donc le risque est minuscule.

– Ce que je veux dire, moi, c'est que si je m'inquiète, d'autres gens vont s'inquiéter, eux aussi.

– Et c'est pourquoi vous allez user de votre influence considérable pour les rassurer, sergent Billy the Kidd.

Elle serait beaucoup plus calme si elle savait où rôdait le meurtrier.

– Qu'est-ce qu'on sait sur le mort, demanda-t-elle. Ce Chad McClusky ?

Un signal électronique tinta à l'autre bout du fil. L'ordinateur de Dom, à en juger par le son.

– Attends une minute.

Clic, clic, clic – la souris. Puis :

– Ne regarde pas tout de suite, mais ta BMW… celle qui est sur la file de droite, c'est bien ça ?

– Mmm. Mmm.

Billy s'avança sur la bande d'arrêt d'urgence, dans la direction supposée du trafic. À cette distance, elle pouvait laisser errer son regard sans alerter personne. Ses yeux passèrent d'une voiture à l'autre, Kerry et Hyacinth dans leur minibus, sa propre voiture de location, et puis la BMW où Heathcote était assis, derrière son volant.

– Bon, dit Dom. La BMW est au nom du King's Arms, un pub de Howle Green.

Donc Renard Argenté tenait un pub. Pas étonnant, avec un nom pareil.

– Et c'est censé être important ?

– Chad McClusky a donné au loueur de voitures une adresse à Howle Green. Un Airbnb. Le village est petit, donc ce serait une sacrée coïncidence. C'est un bled pas très loin de là où tu te trouves, quelques kilomètres plus à l'est.

Heathcote avait gardé ses Ray-Ban et chantait tout seul. Il ressemblait à un imitateur de Bryan Ferry. Il donnait l'impression d'être totalement tranquille. Trop détendu pour être honnête ?

– C'est peut-être pour ça que le tueur n'a pas quitté les lieux, dit Billy. Il est coincé sur la file de droite, et ne peut pas sortir de l'embouteillage. Et s'il abandonnait son véhicule, il ne ferait qu'attirer l'attention sur lui. Alors il a décidé de ne pas bouger.

– Le plus sûr pour toi, c'est de ne pas prendre d'initiative et de le garder à l'œil jusqu'à ce que des renforts arrivent.

Billy marmonna quelque chose.

– La ligne est mauvaise, tu as dit : « J'ai pigé » ou : « Fait chier » ?

– D'après toi ? Je vais aller lui parler.

HEATHCOTE, *ALIAS* RENARD ARGENTÉ

BMW série 3 Mk VI (modèle 2015)

Toute la colonne de direction vibre quand je marque le rythme du plat de la main sur le volant. *Bam, bam, bam.* Trois notes sèches à la fin de la chanson. Un morceau génial. Les morceaux devraient toujours avoir une fin bien nette, au lieu de ces fondus qui donnent l'impression que les musiciens n'ont pas su comment s'arrêter.

Et puis le DJ gâche tout en se mettant à parler. Je baisse le son pour qu'il ferme son clapet.

Je jette un coup d'œil dans les rétros.

Il ne se passe rien.

À l'Ouest, rien de nouveau.

Je vais en profiter pour donner un petit coup de fil à ma princesse.

Ça sonne deux fois et elle décroche, de bonne humeur. Mais elle n'a pas trop le temps de parler, elle est au boulot, et ça va être à elle dans pas longtemps.

Tu n'as pas une minute pour ton vieux père ?

Elle a une minute, littéralement, avant de passer à l'antenne.

Je deviens dingue, coincé dans ce bouchon.

Elle est au courant. Elle me répète ce que j'ai déjà entendu aux infos. Je ne lui raconte pas ce qui est arrivé en plus ici, ce n'est pas le genre de trucs qu'on raconte au téléphone.

Elle doit y aller, mais me demande si tout va bien.

J'appelais juste pour te dire que je t'aime fort.

Il y a un blanc, et puis elle me demande si je suis à l'hôpital.

Mais non, pourquoi je serais à l'hôpital ? Je suis sur la route du retour. Je te raconterai tout quand je te verrai en vrai.

Quand je lui briserai le cœur, en fait.

Elle me répond qu'elle doit vraiment y aller mais me demande pourquoi je l'appelle, qu'est-ce qui s'est passé ?

Mais rien, tout va bien. Je t'aime, c'est tout.

Elle me dit de cracher le morceau, que je l'inquiète.

Ne t'inquiète de rien. Vas-y et fais un tabac. Je vais t'écouter.

Elle raccroche.

J'espère qu'elle ne va pas se douter de quelque chose, commencer à se poser des questions. J'aurais dû fermer ma gueule.

Je tape des mains sur le volant, pour essayer de retrouver un rythme – laissez-moi une minute, ça fait un bail. Et je me retrouve à jouer l'intro de *Highway to Hell.* Ce double coup de grosse caisse ! Ou de pédale de frein. Trop génial ! Ça me manque, de ne plus jouer de batterie. Je m'y remettrai peut-être quand je serais rentier. L'effort physique, la concentration, le défoulement. Ce qui ne me manque pas, notez bien, c'est le bazar d'avoir à charger mon matos dans le van, en fin de soirée, alors que les autres sont déjà au bar à draguer les filles les plus cool. Je prendrai des roadies. Mais c'était quand même le bon temps, oui, le bon temps.

Les jours heureux sont de retour.

Judas Priest, priez pour moi !

Un peu de chance, ça ne me ferait pas de mal.

Un coup d'œil dans les rétros.

Toujours rien.

Sur l'autoroute, les lumières des feux arrière se mettent à vibrer, ça ressemble à un début de migraine.

Pas maintenant. Vraiment pas besoin de ça. Je cligne des yeux pour chasser l'étourdissement.

On ne peut quand même pas rester coincés ici encore très longtemps, si ?

Ça recommence à vibrer. La chaleur me monte à la tête.

C'est pire quand je suis tendu. Il va me falloir un médoc.

Je fouille dans le vide-poches de la portière. Des reçus froissés, des vieux mouchoirs humides. Ah. Un blister. Allez, il en reste bien une ! Sous mon pouce, je sens la surface lisse d'une pilule pas encore avalée. Je crève la protection en alu d'un coup d'ongle, libère le comprimé. Je peux me racler suffisamment la gorge pour l'avaler. Et voilà. C'est gobé.

Les jours heureux sont de retour.

Je ne suis pas censé avaler ces trucs si je conduis, mais ça ne me fait jamais somnoler. Et de toute façon, mieux vaut être un peu somnolent qu'avoir la migraine. Et s'il y a un jour où je dois garder la tête froide, c'est bien aujourd'hui.

Les cœurs brisés, on verra plus tard. Ça ne va pas être joli, joli, mais une fois que ce sera fait… Tout deviendra simple. Fin du stress. Adieu les migraines.

Mais il faut qu'on s'extirpe de cette foutue autoroute.

Un coup d'œil dans les rétros…

La fliquette qui se pointe sur la bande d'arrêt d'urgence.

Qu'est-ce qu'elle veut, bordel ?

C'est ça, chérie, barre-toi.

Marche tout droit.

Merde, cinq heures moins le quart. J'ai failli louper le grand moment de ma fille. J'aurais dû l'écouter plus souvent à la radio, sa petite voix de crécelle devenue grande. Mais je ne supporte pas ce DJ, heureusement qu'elle l'a plaqué, celui-là. Pas du tout assez bien pour elle, ce mec, avec son rire de faux jeton, là : « A-ha, a-ha ! » Ma petite chérie. Elle choisit ses hommes encore plus mal que sa mère. Paix à son âme.

Ah, voilà le jingle. Un riff de soft-rock avec des klaxons qui résonnent de chaque côté. Ringard. J'aurais dû le lui composer moi-même, son jingle. Et dire que je l'écoute pour la dernière fois.

Bonjour, je suis Amy Heathcote, et je vais vous présenter les informations routières. Il se passe beaucoup de choses sur les routes ce soir, avec plusieurs accidents sérieux qui ont semé la pagaille dans toute la capitale. Le tunnel de Deadwall reste fermé dans les deux sens…

Donc je ne peux pas bouger d'ici pour l'instant. Les vibrations recommencent, je vois flou sur les côtés. J'aurais dû prendre cette pilule plus tôt. Et la fliquette se remet à bouger.

Qu'est-ce qu'elle veut, putain ?

Gaffe, elle arrive.

DIX

17 h 49

Billy traversa la chaussée jusqu'à la BMW.

– Monsieur Heathcote, demanda-t-elle en frappant à la vitre du conducteur. Nigel Heathcote ?

Il ouvrit la porte et tendit une longue jambe sur le goudron. Puis le reste de sa grande carcasse suivit. Une bouffée d'air frais, climatisé, enveloppa Billy quand il referma sa portière et s'y adossa, bras croisés sur la poitrine. Vu de près, c'était un homme à la charpente délicate, aux cheveux gris bien coiffés, portant un sweater à capuche orné d'un logo japonais. Il était plus âgé que ne le laissaient supposer ses vêtements. Des cernes et des rides encadraient ses yeux. Trop de nuits passées derrière le bar ? Renard Argenté ressemblait à un acteur dont le nom échappait à Billy. Il jouait un flic chevronné qui couchait avec des policières deux fois plus jeunes que lui.

Concentre-toi, Belinda.

– Monsieur ? J'ai une question à vous poser.

– Désolé, mon cœur est déjà pris.

Quoi ?

Ah.

Connard !

– Vous êtes bien le propriétaire du King's Arms à Howle Green ?

– Pour mon malheur.

– L'homme qui est décédé dans cette voiture s'appelait Chad McClusky.

Il fit la moue et secoua la tête.

– Monsieur McClusky avait quitté l'aéroport pour se rendre directement à Howle Green, poursuivit Billy.

Il écarquilla les yeux. Il n'était pas acteur, en fin de compte. Il surjouait la surprise.

– Il se rendait dans un Airbnb à moins d'un kilomètre de votre pub.

– Connais pas, dit Heathcote.

– C'est grand, Howle Green ?

– Non, c'est un petit village, coupé en deux par une rocade. Qui nous tue. Moins de circulation, c'est moins de commerce. Ils disent que c'est le progrès, que ça permet aux gens d'aller plus vite en ville, mais pour nous…

– Donc c'est un petit village ?

– Oui.

– Je me rappelle l'époque où les pubs étaient au centre de la vie locale. Un patron de pub connaissait tout le monde, alors.

– La bonne époque. Mais maintenant, on n'est plus solitaires.

– Qui ça, « on » ?

– Tout le monde. Les gens préfèrent rester chez eux à regarder Netflix.

– Et cet Airbnb ? Il y a de la demande pour ça dans un petit village ?

Heathcote gonfla les joues.

– Ce n'est pas un village touristique. Quand des gens viennent, c'est pour affaires. Ils ne passent pas beaucoup de temps au pub, vous comprenez ? Ma clientèle est plutôt locale.

– Et quel genre d'affaires peut bien attirer des visiteurs dans un petit village comme Howle Green ?

Heathcote souffla bruyamment.

– On est toujours les derniers à être au courant. Vous feriez mieux d'appeler le ministère de la Défense.

Le ministère de la Défense ?

Et puis le nom revint à Billy.

Howle Green. RAF Howle, l'aérodrome ; une des bases militaires américaines au Royaume-Uni.

Un lien de plus avec les États-Unis.

Qui es-tu, Chad McClusky ?

La base aérienne lui disait quelque chose parce qu'on en avait parlé aux infos, un petit moment auparavant. Un incident diplomatique. Un Américain qui travaillait à RAF Howle avait grillé un feu rouge, à vélo. Il roulait à fond de train et avait percuté un habitant du coin qui traversait au passage piéton. Avant même que la victime meure des suites de l'accident, l'Américain, dont la rumeur disait que c'était un espion, avait fui le pays, couvert par l'immunité diplomatique. Le gouvernement des États-Unis n'avait pas accepté son extradition. Ce qui avait conduit le Premier ministre britannique à refuser de serrer la main du président américain à un des sommets de l'Otan. Une première dans l'histoire.

L'histoire avait duré des mois mais, faute d'éléments nouveaux, l'info avait cessé d'intéresser les journalistes.

Et aux yeux du grand public, le nom de RAF Howle était resté synonyme d'injustice.

– Comment s'appelait-il, déjà ? demanda Billy.

Elle sortit son téléphone et chercha sur Wikipédia, mais le débit était aussi lent que la circulation sur l'autoroute. Tout le monde devait passer des coups de fil, regarder les infos en streaming ou envoyer des messages, et le réseau était complètement saturé.

– Ce diplomate, comment s'appelait-il ? reprit-elle.

– Diplomate ? Assassin, vous voulez dire ! Celui qui s'en est tiré à si bon compte ?

Billy abaissa son téléphone pour le dévisager. Il avait l'air de prendre la chose à cœur. Elle lui adressa un sourire compatissant. Elle savait que dans un petit village comme ça, un décès pouvait laisser longtemps des traces.

– Oui, l'Américain. Il s'appelait… ?

– Lincoln Quick.

Bien sûr. Lincoln Quick. Pas Chad McClusky.

– Le nom de Chad McClusky vous dit quelque chose, monsieur Heathcote ?

Billy plissa le front comme s'ils étaient tous les deux face à un grand mystère.

– Non. Je ne voulais rien dire, tout à l'heure, mais…

Il n'acheva pas, hocha la tête et détourna les yeux.

– Mais quoi ?

Il souffla bruyamment.

– Je ne voulais rien dire parce qu'il y a un mort, là, et que ça ne se fait pas de dire du mal des morts, mais les Américains ne viennent pas chez moi. Si un de ces enfoirés mourait de soif, je le laisserais crever la gueule ouverte. Donc non, je ne connais pas ce mec, et je ne sais rien de ses affaires louches. Si c'est un barbouze, il s'est sûrement fait buter par un de ses petits copains. Mais vous m'avez posé plus d'une question, et je commence à avoir chaud dans mon pull en cachemire, donc... L'interrogatoire est terminé ?

– C'est vous qui en décidez, monsieur Heathcote.

Il remonta en voiture et claqua la portière. Le moteur de la grosse cylindrée se mit à ronronner et l'espace d'un instant, Billy, désorientée, crut qu'il allait démarrer mais bien sûr, il lui était impossible de bouger sans emboutir les autres véhicules. Il se renfonça sur son siège et ferma les yeux. Elle sentit les vibrations de la musique qu'il écoutait sans doute à plein volume. Et il devait profiter de la climatisation.

Elle consulta sa montre. Dix minutes avant que la prochaine voiture piégée explose – ou pas.

En revenant à sa voiture, la forte pression sur sa vessie lui annonça qu'elle aussi allait peut-être éclater. Les arbres maigrichons ne protégeaient pas suffisamment des regards, et elle ne voulait pas trop s'éloigner pour chercher un endroit plus tranquille. Elle desserra sa ceinture d'un cran, ce qui la soulagea un tout petit peu.

OK. Si une autre voiture explosait à 18 heures, les gens allaient noter la régularité des événements, une bombe toutes les demi-heures, et l'ambiance ici tournerait sans doute à l'orage. Il lui restait donc dix minutes pour progresser, établir des faits.

Et maintenant ?

Carl Dawes, l'agent immobilier à la barbe d'obsédé sexuel, était toujours dans sa Range Rover m'as-tu-vu.

Sur cette autoroute, le seul vrai mouvement depuis le meurtre était celui de la moto qui, soi-disant, s'était arrêtée devant lui avant de repartir par la bande d'arrêt d'urgence. Il lui fallait en savoir plus.

En s'approchant, Billy remarqua que sa cravate bleu ciel était de la même couleur que le logo de l'agence immobilière.

Carl était à cheval sur les détails.

– Cette moto… commença Billy d'un ton décontracté, tandis qu'il faisait descendre sa vitre.

– Une Husqvarna Nuda 900.

– De quelle couleur était-elle ?

– Rouge.

– Et le casque du conducteur ?

– Mmm… noir, tout simple, dit Carl. Rien de spécial.

– Qu'est-ce qui vous fait penser que c'était un coursier ?

– Ils ont ce genre de motos de route en général. Ah, et aussi parce qu'il avait un top-case en plastique noir, à l'arrière. Pour les colis, vous voyez ?

– Il portait une combinaison de cuir, un gilet jaune ?

– Non, un pantalon de treillis. J'ai remarqué ça, parce que je me suis dit qu'il finirait tout écorché, si jamais il tombait de sa bécane.

Billy marqua un temps.

– Pas de pantalon de cuir ?

– Non mon chou.

Les coursiers étaient normalement toujours harnachés, pour pouvoir partir en course à tout moment. Si celui-ci n'avait pas de pantalon de motard, c'est qu'il ne prévoyait pas d'aller bien loin. Et donc peut-être seulement de faire une seule course, bien particulière…

Ou alors il avait volé la moto et était parti en virée pour s'amuser.

Elle envoya un SMS à Dom pour lui demander de vérifier la liste des véhicules volés et de retrouver les images de vidéosurveillance montrant la moto quitter les lieux. Son téléphone se mit immédiatement à sonner.

– Tu veux que je te raconte un truc marrant ? dit-il.

– Vas-y, fais-moi rire.

– Il n'y a pas de caméras sur cette portion d'autoroute. Il y a un énorme angle mort. Plus de deux kilomètres.

Dom lui laissa le temps de digérer la nouvelle avant de reprendre :

– Donc je ne peux rien t'apprendre sur la moto, ni sur aucun autre véhicule. Les caméras de vidéosurveillance sont coupées pour le moment. Ils font une mise à jour du système.

– Très pratique.

– Tu es sur une des rares sections autoroutières du pays qui ne soient pas surveillées.

Billy tenta d'évaluer toutes les implications de ce qu'il venait de lui dire, mais elle avait l'esprit trop agité.

– Ne rigole pas, mais...

Il rit, mais une seule fois.

– Continue...

– Tout ça paraît tellement improbable. Est-ce que ça pourrait être un accident ? Ce truc métallique enfoncé dans sa nuque, est-ce que ça pourrait être sorti de son siège ? Quelque chose comme : il aurait freiné trop brutalement, sa tête aurait fait un aller-retour et il se serait empalé sur quelque chose qui dépassait de son appuie-tête ?

– À quoi ressemble cet objet métallique ?

– C'est noir. Épais comme une brochette de kebab, à peu près. Mais je ne connais rien qui ressemble à ça dans un siège auto.

– Un ressort, comme celui d'un matelas ?

– Il n'y aurait pas le même genre de ressort dans un appuie-tête, si ?

– Ni dans un siège, d'ailleurs. Pas depuis les années 1960.

– OK, donc ça n'est pas un accident, conclut Billy. Je voulais simplement pouvoir écarter l'idée.

– Ça vaut toujours le coup de cracher ce qu'on a sur le cœur.

– Et il n'y a aucune caméra de surveillance sur cette route ?

– Pas une.

– Donc on ne saura rien de la moto et…

Elle fut distraite par des cris, un peu plus loin sur la chaussée.

Qu'est-ce qui se passe encore ?

Des gens s'étaient rassemblés, une vingtaine de voitures plus loin. Elle ignora les cris et reprit sa discussion avec Dom.

– Est-ce que tu pourrais mettre quelqu'un à éplucher les réseaux sociaux pour voir quels liens ce Chad McClusky avait avec le Royaume-Uni ? Peut-être même apprendre pourquoi il est venu ici ?

– Je m'en occupe.

Elle se mit à détailler sa conversation avec le propriétaire du pub, puis s'aperçut qu'elle parlait dans le vide.

– Dom ?

Rien.

– Dominic ?

Toujours rien.

Elle jeta un coup d'œil à son téléphone. Il y avait du signal, 3G seulement, mais du signal. Ça aurait dû suffire pour un simple appel.

Un SMS lui parvint. De Dom.

On a été coupés. Ne bouge pas et sois prudente.

Elle essaya de le rappeler, en vain. Seul l'éther lui répondit. Elle rempocha son téléphone. Le stress de devoir travailler en solo n'avait rien de nouveau pour elle, mais d'habitude, elle avait au moins une radio et l'assurance d'une liaison fiable avec le commissariat. Mais là, malgré les gens autour d'elle (ou peut-être à cause des gens autour d'elle), Billy se sentait vulnérable, isolée. Et on s'agitait de plus en plus sur l'autoroute. Olly avait dû aller jusque là-bas, car il revenait en trottinant vers elle, à présent. Il se préparait quelque chose. Quand il la rejoignit, ses cheveux sur sa nuque luisaient de sueur et avaient pris la forme de flèches lui collant à la peau.

Il lui apprit que quelqu'un avait été vu en train de s'enfuir en courant. En abandonnant une voiture. Une vieille guimbarde.

La goutte de sueur froide qui coula dans le dos de Billy lui rappela la méduse qui l'avait frôlé une fois dans l'océan, à Perth. Même si ça ne lui avait pas paru grand-chose sur le moment, elle l'avait bien regretté, ensuite. Elle n'avait pas réagi assez vite. Elle ne ferait plus la même erreur.

Il y avait vingt voitures entre elle et le groupe qui s'agitait. Comment quelqu'un qui s'était enfui de là-bas pouvait-il avoir un lien avec un meurtre commis ici ? Comment aurait-il pu aller d'un endroit à l'autre sans que personne le voie ?

– Une femme, dit Olly. Et en fait…

Il s'arrêta et fit la grimace.

– … En fait, tout le monde craint une voiture piégée.

Évidemment ! Un véhicule abandonné. Les attentats en ville.

Cette agitation-là n'avait rien à voir avec son conducteur mort à elle.

Mais avec l'autre problème.

– La radio dit qu'une voiture explose toutes les trente minutes. À intervalles fixes. Donc la prochaine devrait se déclencher…

Il consulta sa montre. Billy avait déjà fait le compte :

– Dans six minutes.

ONZE

17 h 54

– Ne bougez pas d'ici et surveillez le périmètre de sécurité autour du mort, dit Billy à Olly. Si une personne s'approche de la berline noire, empêchez-l'en. Vous me rapporterez tous les mouvements à mon retour. Que personne ne touche à cette voiture.

– Compris.

– Demandez à votre copine de vous aider, dit Billy en indiquant Daisy. Elle a l'air motivée.

Olly sourit comme si c'était à lui que le compliment était adressé.

Billy partit en courant à contresens. Son jean collait à sa peau moite. Elle rejoignit l'attroupement, vingt voitures plus loin.

– C'est vous, la policière ? demanda un individu au visage porcin.

Il devait s'être tartiné de crème solaire parce que la sueur blanchâtre qui lui coulait sur le front ressemblait à des perles de graisse.

– Ce véhicule nous inquiète, et le jeune homme, là-bas, nous a dit que vous étiez de la police, reprit-il.

Le cochon se redressa de toute sa hauteur, pour se donner de l'importance, en tant que porte-parole autoproclamé :

– Sa conductrice l'a abandonné, et nous avons pensé… Mais vous êtes vraiment policière ? Vous ne devriez pas être en uniforme ?

– Je n'étais pas en service, d'où mes vêtements civils, dit Billy qui, se jaugeant elle-même, convint mentalement qu'elle n'avait rien d'impressionnant. Pour votre gouverne, un officier de police n'est pas obligé de porter un uniforme. Dès que je remplis mes fonctions, je suis en service. Donc, je suis le sergent Kidd. Maintenant, j'aimerais que chacun s'écarte de ce véhicule. Simple mesure de précaution.

Billy constata que certains s'étaient déjà éloignés vers l'accotement. Quelques curieux reculèrent vivement, mais les autres restèrent à proximité. Sans écouter les conseils de bon sens d'une policière dont la figure était aussi froissée que son jean. Une dizaine de personnes entouraient la voiture arrêtée, qui semblait bonne pour la casse, sur la file du milieu.

– Nous n'avons rien vu d'anormal, mais vous comprenez… dit le cochon.

Billy comprenait. Elle inspecta le véhicule sans y toucher.

– Les plaques minéralogiques sont vieilles, et correspondent à l'âge de la voiture. Il ne semble pas qu'on lui ait collé des fausses plaques pour tromper les caméras de surveillance. Pas de lettres, pas de chiffres effacés sur les plaques, non plus. L'essieu arrière ne paraît pas surchargé, donc pas d'engins explosifs lourds. Pas de fumée, pas de feu. Ce sont des signes plutôt positifs.

– Vous êtes de l'antiterrorisme ? demanda le cochon.

– Trente ans de police. J'ai commencé à l'époque de l'IRA. On savait pas mal de choses sur les voitures piégées, alors.

– Mais reconnaissez qu'une voiture abandonnée, c'est un peu suspect, insista le cochon. La conductrice est partie dès qu'on a été bloqués. Elle s'est barrée tout tranquillement.

Une femme aux cheveux jaunes les rejoignit et se mêla à leur conversation. Pieds écartés bien plantés dans le sol, elle aurait résisté à un ouragan.

– Beaucoup trop tranquillement, renchérit-elle en grommelant.

La nièce adolescente de Billy aurait dit que la femme aux cheveux jaunes avait l'air de sortir de la Manif pour tous.

– Elle est partie en marchant, pas en courant ?

– En marchant, confirma le cochon.

– Une pause pipi, peut-être ?

– Elle est partie depuis trop longtemps, rétorqua le cochon. Dès que la circulation s'est bloquée.

– Et puis, comment savait-elle qu'on ne repartirait pas ? demanda Manif Pour Tous.

Il fallait bien le reconnaître, abandonner une voiture sur une autoroute, c'était étrange.

– Alors depuis combien de temps s'en est-elle allée ? demanda Billy.

– Quand est-ce qu'on s'est arrêtés ? dit le cochon. Ça doit faire pas loin d'une heure.

Billy jeta un coup d'œil à sa montre.

Cinq minutes avant la prochaine voiture piégée.

Elle devait faire reculer les gens d'au moins quinze mètres, c'était le minimum. L'équivalent de quatre ou cinq automobiles. Peut-être plus, parce qu'il y avait de gros risques de projection d'éclats de verre.

– Vous êtes au courant de ces bombes qui explosent toutes les demi-heures ? demanda l'emmerdeuse en serrant l'avant-bras nu de Billy d'une main moite.

Son jean tout droit et son absence de hanches la faisaient vraiment ressembler à un personnage Lego.

Un murmure parcourut les curieux. Une femme aux cheveux gris s'éloigna vivement. Un type en combinaison de peintre haussa les épaules comme pour s'excuser et s'en alla également.

– La femme qui a quitté sa voiture, dit Manif Pour Tous. Elle portait…

Elle s'approcha tout près (trop près) de Billy et se passa une main autour du visage comme si elle voulait lui signifier quelque chose d'important.

– Quoi ? demanda Billy calmement.

La femme agita la main autour de sa figure, pour évoquer un foulard. Elle avait les yeux gris sale.

– Un de ces… vous savez… ces trucs qu'on met sur la tête.

– Une cagoule ?

Billy adorait asticoter les racistes ordinaires. Si tu veux prononcer le mot, dis-le. Ne sème pas des indices en espérant que quelqu'un le dira à ta place. Et comme Billy refusait de faire le sale boulot pour elle, Manif Pour Tous lui lâcha brusquement le bras, en lui laissant la marque de ses ongles pointus. Billy détourna ostensiblement les yeux et demanda une fois de plus à tous de bien vouloir reculer. Jusque sur le bas-côté. À au moins quinze mètres. Elle leur expliqua le risque des éclats de verre.

Manif Pour Tous se tourna de profil, excluant ainsi Billy de la conversation :

– Nous devrions déplacer cette voiture. En nous y mettant tous, nous pourrions la pousser sur le bas-côté.

– On ne touche pas à un véhicule suspect, dit Billy d'une voix égale.

L'épaule de l'emmerdeuse tressaillit comme si elle chassait une mouche, mais Billy insista :

– Si un objet est suspect, la consigne est de s'en éloigner.

– Oui ! dit le cochon, d'un ton plus adapté à la validation d'un menu Maxi plutôt que Classique chez McDonald's qu'à une question de vie ou de mort. J'imagine que si on y touchait, ça pourrait exploser.

Bien sûr que ça pourrait exploser, andouille !

Billy était arrivée en pensant qu'elle aurait du mal à les calmer. En fait, elle avait plutôt du mal à les secouer. Elle s'adressa à quelques curieux qui leur tournaient autour, et leur demanda de rester à distance. Le bas-côté. Un homme avec un sac à dos sur le ventre recula. Puis une femme avec un chapeau de paille.

Manif Pour Tous continuait à expliquer que sa voiture était arrêtée juste à côté de la voiture piégée, qu'elle ne pouvait pas se permettre de perdre son véhicule, et qu'il fallait qu'ils bougent avant qu'il soit trop tard.

Tu dois bien avoir une assurance, meuf ?

Billy jeta un nouveau coup d'œil à sa montre. Encore quatre minutes.

Seuls Manif Pour Tous, le cochon et un homme noir entre deux âges avec des lunettes rétro restaient à proximité.

Billy se mit à quatre pattes pour regarder au-dessous de la voiture abandonnée. Elle ne savait pas très bien quoi chercher, à vrai dire. Des fils électriques ? Une bonbonne de gaz ? Une lumière rouge clignotante ?

Un bâton de dynamite comme dans les dessins animés de *Bip-Bip et Vil Coyote*.

Les voitures piégées n'étaient pas sa spécialité. Son truc à elle, c'était les adolescents qui percutaient des arbres avec la voiture de leurs parents, les voleurs d'outils de jardin ou de petits chiens, la récupération des flacons argentés de protoxyde d'azote que les sniffeurs laissaient traîner un peu partout dans sa petite ville. Il n'y avait pas d'attaques terroristes dans son secteur. Elle ne savait que très peu de choses sur le sujet, et ce minimum datait d'une autre époque.

Au début de sa carrière, l'IRA avait fait sauter des véhicules pour générer une atmosphère de peur. Et l'IRA terrifiait les gens, mais seulement parce que personne n'avait encore entendu parler d'al-Qaeda. Qui avait fait monter le curseur d'un cran avec ses attentats suicides. Là, elle avait compris que la terreur, c'était de faire face à un tueur qui se moquait bien de vivre ou de mourir. Il y avait quelque chose d'inhumain, d'inconcevable, dans le fait de vouloir mourir pour une cause. Au-delà du non-respect de la loi, ce qui la terrifiait, c'était qu'une personne puisse ne plus obéir aux lois de la nature humaine.

Il était trop tôt pour savoir à quel genre appartenaient les terroristes qui venaient de frapper en ville. Elle ne pouvait appliquer que les règles apprises à l'époque concernant les voitures piégées.

Et donc… Sa formation lui avait enseigné de chercher tout ce qui pouvait être CAV. C'est-à-dire C pour caché. Des paquets exagérément lourds glissés dans des objets quotidiens, par exemple. Mais elle avait déjà conclu que l'essieu arrière de la voiture n'était pas surchargé. Le A était pour atypique. Chercher tout ce qui sort de l'ordinaire. Le dessous de la voiture était typique d'une vieille bagnole, rouillé et couvert d'huile. Et le V signifiait visible. Toute la situation était *visiblement* suspecte. Donc elle n'avait ni C ni A – seulement le V. Elle inspira profondément. Certains explosifs ont une odeur d'amande. Elle ne sentit que sa propre odeur et celle des gaz d'échappement.

Billy se releva, les jambes raides dans son jean poisseux. Elle scruta l'intérieur du véhicule. Les voitures piégées se déclenchaient parfois quand on ouvrait les portières. Mais ça, c'était avant. De nos jours, les détonateurs les plus courants étaient les téléphones portables.

C'est alors qu'elle en repéra un dans l'habitacle. Un simple Nokia prépayé posé sur la console centrale, mis à charger.

Merde.

Il y a des gens qui partent sans leur téléphone ? Et il ne se chargeait même pas, puisque le moteur était coupé. Ça, c'était atypique. Elle avait maintenant le A et le V. Et il ne lui restait que trois minutes.

Elle tendit le doigt vers les trois autres conducteurs.

– Je vous demande de reculer. Tous. Maintenant !

Lunettes Rétro parla pour la première fois.

– Il faudrait peut-être évacuer toute l'autoroute ?

– On en discutera là-bas, dit-elle en écartant les bras pour les faire reculer.

– Et ma voiture, fit Manif Pour Tous, de plus en plus tendue, en pointant l'index vers le cochon. Si vous vous décalez sur la bande d'arrêt d'urgence, on pourra tous changer de file et s'éloigner.

– S'il vous plaît Madame, écartez-vous. La bande d'arrêt d'urgence est réservée aux véhicules de secours, ce n'est pas un parking. Allez, on s'en va, maintenant.

Elle les repoussa de quelques mètres – l'équivalent de deux voitures.

Lunettes Rétro recommença :

– Et pourquoi ne pas évacuer tout le monde ? D'abord cette voiture, et ensuite ce mort…

– Il n'y a nulle part où aller, Monsieur, dit Billy. Il y a plus de trois kilomètres avant la prochaine sortie.

– Mais on y serait plus en sûreté qu'ici ?

– Tout endroit public avec un attroupement est une cible intéressante pour un terroriste, donc je vous dis que c'est du pareil au même. Nous sommes probablement plus en sécurité ici parce que personne ne peut arriver avec une voiture piégée. Pas si la route est bloquée. Vous voulez bien continuer à avancer, s'il vous plaît ?

Billy réussit à leur faire faire quelques mètres de plus. C'était comme s'ils étaient enchaînés les uns aux autres et qu'elle ne pouvait en faire avancer un que si les deux autres bougeaient aussi.

– On pourrait tous marcher le long de la bande d'arrêt d'urgence pour quitter l'autoroute, répéta Lunettes Rétro.

Un vrai disque rayé.

– Et pour aller où ? rétorqua le cochon. Elle a raison, il vaut mieux attendre.

– À bonne distance, compléta Billy.

– Comme des cibles faciles ? dit Manif Pour Tous.

– Si on y réfléchit bien, aucun endroit n'est vraiment sûr, déclara le cochon avec philosophie.

– Le bas-côté est sûr. La distance et un écran pour se protéger sont les meilleurs moyens de ne pas être blessé, dit Billy en prenant un ton apaisant. Continuez à avancer. Encore quelques mètres.

C'était comme essayer de faire manger des légumes à un enfant.

– Encore deux voitures. Voilà. À l'abri des éclats de verre.

À l'abri de cette foutue voiture piégée.

Deux minutes.

Quand ils traversèrent enfin la bande d'arrêt d'urgence et rejoignirent l'accotement, Billy faillit pousser un hourra. Elle sortit son téléphone pendant qu'ils avançaient. Elle essaya d'appeler le commissariat de Dom mais n'obtint qu'une drôle de tonalité. Elle lui envoya par SMS le numéro minéralogique de la voiture abandonnée. Ne sachant pas si le texto était parti, elle laissa son téléphone continuer d'essayer de l'envoyer.

– Eh !

Une voix derrière elle. Sur la chaussée opposée, de l'autre côté du terre-plein central, un jeune homme avait passé les épaules et les bras par-dessus la barrière métallique. À moins de cinq mètres de la vieille guimbarde. Il leva la main pour faire signe à Billy et attirer son attention.

Putain de merde.

Il ne restait qu'une minute.

Billy sprinta vers la voiture abandonnée.

ZARA

Vauxhall Astra (modèle 1997)

Le téléphone n'arrive pas à choper du réseau. Mais ils savent déjà où est la bagnole. Le plan est foutu, mais c'est aux chefs de décider. J'ai dû passer un coup de fil. Pour limiter les dégâts. Ils ne remonteront jamais jusqu'à la voiture. Mais ils pouvaient remonter jusqu'à moi. Donc…

J'ai dû me barrer.

Encore deux minutes, d'après ma montre.

J'ai fait quatre kilomètres à pied sur l'autoroute en vingt-neuf minutes. Par cette chaleur. Les automobilistes m'ont fusillée du regard tout le long du trajet. Et sur la bretelle d'accès bloquée. Ça va être comme ça pendant encore trois bornes. Mais j'ai bien avancé. Jusqu'à maintenant.

Scènes d'Apocalypse sur les routes. Il y a des gens qui mangent sur le capot de leur voiture. Des couvertures tendues entre deux panneaux de signalisation pour faire un peu d'ombre. Des bébés qui hurlent. Des voitures abandonnées. Des gens qui marchent en cherchant une aire de services. Il fait un peu plus frais, avec ce vent de travers, maintenant qu'il n'y a plus la palissade pour le couper. Mais l'atmosphère reste la même. Le calme avant la tempête.

Encore une minute.

Continue à marcher. Tranquillement mais résolument. Vite, mais sans courir. Sans attirer l'attention. Ici, les routes sont plus étroites, avec des gens dans les espaces entre les voitures. Une atmosphère primitive. Des émotions primaires. Colère. Stupéfaction. Larmes. Explosions de rage. Éclats de racisme, de sexisme, ou tout simplement de violence. Je ne m'arrête pas. Les gens sont en éruption, comme si du magma remontait par les fissures du goudron, par les points faibles de la société. C'est toujours pareil. La peur fait ressortir les instincts les plus primitifs. Ne ralentis pas. Ne t'excuse pas. Les gens lèvent les yeux vers moi, s'écartent d'un pas, détournent le regard. Ils ne voient que mon foulard. Je n'ai rien de remarquable.

Ma montre me dit que c'est l'heure…

Derrière moi, au loin, une explosion. Maintenant, je m'arrête. Comme les autres, je me tourne vers l'ouest.

Une radio passe le jingle des infos de 18 heures.

Je ne vois rien, même pas une colonne de fumée. Ça a dû arriver à plusieurs kilomètres. Le son était perceptible parce que le grondement habituel de la circulation s'est tu. Et puis j'entends des cris. Des grognements. Une femme serre son enfant contre elle.

Je repars.

DEUXIÈME HEURE

DOUZE

18 h 03

Billy se releva. Elle s'était étalée par terre après avoir trébuché. Elle se débarrassa des gravillons qui avaient imprimé leur marque en relief dans la paume de ses mains. Et constata que son jean était déchiré au genou.

Elle leva brusquement la tête en entendant des éclats de voix outragées provenant de la chaussée opposée. Des gens qui s'étaient regroupés autour d'une voiture pour écouter la radio s'en écartèrent en poussant des grognements et des cris qui ricochaient sur les voitures alentour, repris en écho par d'autres groupes qui venaient aussi d'entendre les infos. Une nouvelle voiture piégée, dans l'ouest de la ville. Exactement ce que Dom avait prédit.

Billy fusilla du regard le véhicule abandonné qui n'était qu'à quelques mètres d'elle. Ses phares avaient la forme d'yeux tristes. Comme ceux d'un chien. Elle n'était pas sûre de pouvoir être rassurée. Mais ça n'était en tout cas pas la bombe prévue à 18 heures.

Elle écouta la radio que quelqu'un avait poussée à plein volume. Le dernier attentat avait eu lieu à 18 heures précises. Un véhicule s'était garé dans une station de taxis juste devant un des studios de radio de la BBC et avait explosé. Les journalistes du studio avaient dû continuer à effectuer leur travail normalement car quelques minutes plus tard, ils évoquaient aux informations l'explosion qui venait d'avoir lieu sous leur nez.

Au moins, personne sur l'autoroute n'avait été témoin de sa chute : ils étaient tous occupés à réagir à la nouvelle, chacun à leur manière. Certains s'étaient redressés, les mains sur la nuque, comme si on venait de les arrêter dans un film policier. Certains s'étaient, au contraire, recroquevillés. Quelques-uns pleuraient. Très peu avaient préféré rester seuls dans leur voiture. Les autres s'étaient rassemblés pour avoir de la compagnie. D'autres paraissaient totalement abasourdis, incapables de comprendre, et continuaient comme si rien n'était arrivé. Comme ce type qui avait obligé Billy à foncer sur la chaussée pour le « sauver ».

Il avait toujours les bras posés sur la glissière de sécurité, et attendait patiemment, un bonnet sur la tête (par cette chaleur).

– Je voudrais quand même signaler un délit.

Il repoussa son bonnet pour découvrir son front de quelques centimètres. Le signe de l'infini était brodé sur son couvre-chef.

– Il paraît que vous êtes policière. Un vol a été commis de notre côté. Les gens se mettent à faire n'importe quoi.

Billy avait encore mal à la tête après sa chute. Au lieu de : « Espèce d'abruti complet », elle répondit :

– Qu'est-ce qu'on vous a volé ?

– Mon panier de pique-nique. Je l'avais laissé là et je suis retourné à ma voiture pour prendre une couverture, dit-il en indiquant le bas-côté gazonné de son côté de l'autoroute. Et un salaud me l'a volé. Je sais bien que tout le monde a faim mais…

Billy changea de posture. Elle avait maintenant très envie de faire pipi, ce qui ne l'aidait pas à être patiente.

– Il n'a pas pu aller bien loin.

– Mais on me l'a quand même volé, dit-il en haussant ostensiblement les épaules. La police n'a plus le temps pour rien, de nos jours.

– Il y a eu un mort. Ça risque de passer avant votre pique-nique.

– Bon, je vais m'en occuper moi-même, alors.

Il tourna les talons et repartit.

– Monsieur ?

Comme il ne répondait pas, elle n'insista pas. Il pouvait aller se faire cuire un œuf. Pour son pique-nique.

Billy consulta sa montre. Les 18 heures fatidiques étant passées, il y avait finalement peu de risques que la voiture abandonnée soit piégée. Le mode opératoire des terroristes consistait visiblement à arriver en un lieu stratégique et à faire exploser immédiatement une bombe, pas à laisser une voiture au milieu de nulle part en risquant de la faire exploser au mauvais moment. Billy en savait assez sur le terrorisme pour comprendre que les attentats de cette envergure étaient méticuleusement préparés. Ces gens-là recherchaient surtout le meilleur moment, le spectaculaire, la couverture médiatique. Ils voulaient que le monde entier, et pas seulement une poignée d'anonymes sur une autoroute, s'intéresse à eux. Si elle dressait un autre périmètre de sécurité autour de la voiture sans conductrice pour que personne ne vienne y fourrer son nez, cela lui laissait une demi-heure avant de devoir s'en inquiéter une seconde fois. Il était temps de se concentrer sur son Conducteur Mort. Elle revint en trottinant vers sa scène de crime à elle.

Donc Chad McClusky était mort juste avant 17 heures. Une pique de métal noir, de la taille d'une brochette, plantée dans la nuque. Pas d'autre plaie apparente. Une circulation très dense, en accordéon. Pas de vidéosurveillance. Le véhicule non verrouillé. Citoyen des États-Unis. Deux pièces d'identité au nom de Chad McClusky. Une alliance qui semblait toute neuve. Il se rendait à Howle Green, où se trouve une base de l'armée de l'Air des États-Unis, en provenance de Washington DC. Le lien avec cette base aérienne était peut-être très direct…

Pendant qu'elle y réfléchissait, son regard tomba sur l'étrange Module aménagé hybride, sur la chaussée opposée, le van qui avait l'air d'appartenir à la CIA. Il n'avait pas bougé, évidemment. Le conducteur était resté à son volant.

Il y avait des vitres sur le côté du véhicule, mais si teintées qu'on ne pouvait pas voir ce qui se trouvait à l'intérieur. Quoique…

Elle détourna les yeux. Avait-elle perçu un mouvement ? La trace presque imperceptible d'une ombre derrière la vitre fumée. Y avait-il quelqu'un à l'arrière de ce van ?

Un van de surveillance.

Quelqu'un qui observait, peut-être.

Mais si ce van bizarre était lié au meurtre de Chad McClusky, quelles étaient les probabilités qu'il s'arrête exactement en face de sa voiture, alors qu'il était de l'autre côté de l'autoroute, roulant dans la direction opposée ? Si le van avait suivi la berline, elle aurait pu comprendre, mais en se dirigeant dans l'autre sens ? Il n'y avait quasiment aucune chance que la circulation se soit bloquée exactement à cet instant.

Non, elle se faisait des idées, rien de plus.

Elle regarda droit vers le van noir.

Et ne vit rien. Plus aucun mouvement. Juste le conducteur, écouteurs sans fil vissés dans les oreilles, qui tapait du doigt sur son volant pour marquer la mesure. Il devait profiter de la climatisation, être tranquillement installé bien au frais.

Arrête de divaguer.

Heureusement, Pat s'apprêtait à la ramener sur terre. Elle s'avançait entre les voitures pour la rejoindre.

– Les réseaux téléphoniques sont brouillés, je suppose. Ils font ça à cause des terroristes. Pour empêcher ces enfoirés de communiquer entre eux.

Billy ne s'arrêta pas et Pat dut tourner les talons pour lui emboîter le pas.

– J'étais en Inde au moment des attentats de Mumbai. Un des terroristes donnait ses instructions aux autres par téléphone. Ils se servent de tout, ces gens-là, hein. En quelle année c'était déjà ? La fin des années 2000… Ils doivent sûrement passer par WhatsApp, maintenant.

Elles arrivèrent à la corde qui entourait la berline noire et s'arrêtèrent.

– Mumbai, c'était en 2008, dit Daisy d'une voix assez forte pour faire exploser elle-même une bombe. Le 11 septembre en 2001. Madrid en 2004. Londres, 2005. Mumbai, 2008. J'étudie la criminologie et les politiques publiques, ajouta-t-elle en haussant les épaules comme pour s'excuser.

Ce qui expliquait toutes ses questions.

– Elle va devenir Première ministre, dit Olly.

Mais allez vous trouver une chambre d'hôtel quelque part, vous deux, bon sang !

Billy voulut demander à Pat ce qu'elle était allée faire en Inde. L'infirmière était un curieux personnage. Mais le moment était mal choisi.

– Oui, ils ont peut-être brouillé les communications, dit Billy. Ou alors le réseau est saturé.

– Ils ont brouillé, rétorqua Gros Mots. Je me rappelle très bien cette tonalité. La même, exactement. On formait des infirmières, et on a voulu les envoyer dehors pour secourir les blessés. Mais j'ai dû appeler Londres et leur demander de téléphoner à mes collègues de l'hôpital, un peu plus loin dans la même rue, et de me rappeler ensuite. Les appels internationaux fonctionnaient, mais ils avaient brouillé les réseaux locaux. Elles bossaient dur, ces infirmières. Elles ne s'arrêtaient jamais. La vache !

Pat secoua la tête en regardant l'autoroute comme si elle était pleine d'infirmières anglaises paresseuses.

– Bon, reprenons, dit Billy. Il me faut un autre périmètre de sécurité autour de cette voiture abandonnée, là-bas. Je peux vous emprunter une autre corde ? demanda-t-elle à Olly.

Elle le suivit jusqu'à son camping-car. Il fit coulisser la porte latérale, mais leva la main pour l'empêcher d'avancer.

– Si ça ne vous dérange pas, je suis un peu…

Olly ne dit pas ce qu'il était un peu.

Billy leva les mains. Elle n'avait aucune intention d'entrer de force dans son véhicule. Mais ce camping-car attisait de plus en plus sa curiosité. Elle resta à bonne distance tandis qu'il se faufilait près d'un VTT haut de gamme rangé dans le coin salon.

– Vous allez où, comme ça ? demanda-t-elle.

Olly, qui s'était accroupi pour fouiller dans une caisse de rangement en plastique, répondit d'une voix étouffée :

– Je rentre chez moi, tout simplement. Dans le manoir de mes parents pour mettre tout ça au garage. Et après, retour à l'université.

Avec l'accent qu'il avait, il était difficile de savoir s'il parlait de manoir parental par pure affectation, à la Guy Ritchie, ou s'il disposait effectivement d'un immense château à la campagne.

– Et vous vous y plaisez ?

– Mes parents habitent pas très loin d'Avon Spa.

Billy avait voulu parler de son université, mais ça n'avait pas d'importance. Avon Spa, ça avait l'air très bien aussi.

– Avon Spa, c'est plutôt au sud d'ici, non ? Et là, on va vers le nord…

– Je vois que vous connaissez votre géographie.

Elle acquiesça sans répondre.

– Je fais un petit détour pour aller chercher des pièces de vélo.

Olly se tortilla à nouveau pour contourner le vélo et sauta sur le macadam. Il referma la portière avant de lui tendre un second rouleau de corde fluorescente.

– Eh !

Le cri, venu de derrière elle, fut suivi d'un incongru mais indéniable martèlement de sabots. Un cheval arrivait au trot sur la bande d'arrêt d'urgence. Une jeune fille sur son dos, sans selle ni bride, se tenait uniquement aux rênes de l'animal.

– Non, non, non !

Billy se précipita pour lui couper la route en agitant sa corde aux couleurs vives.

Le cheval s'écarta sur l'accotement et passa au petit galop.

– Stop ! cria Billy en s'avançant d'un pas pour lui barrer le chemin. Police !

La gamine ne voulait pas s'arrêter. Les pieds tournés vers l'extérieur elle enfonça les talons dans les flancs du cheval pour le pousser. Billy pensa un instant à saisir les rênes pour l'obliger à s'arrêter mais l'espace lui manquait – sa monture pouvait déraper et heurter le minibus de la mère et de sa fille. Ou faire tomber la gamine. Billy n'avait aucune envie de devoir s'occuper en plus d'une clavicule cassée. Elle agita les bras et, quand il fut évident que le cheval ne s'arrêterait pas, s'écarta de son chemin au dernier moment. Il la frôla à toute allure.

– Petite conne ! cria Billy à l'adresse du cul de l'équidé.

La gamine agita la main, comme si elle faisait semblant de s'excuser. Pat surgit derrière Billy.

– Eh ben, c'est *Mad Max*, ici !

– Elle n'ira pas loin. Mais je ne voudrais pas qu'elle se blesse.

– Elle ne perd rien pour attendre, à en juger par votre tête, dit Pat, moqueuse, en tirant sur le mince tissu du caftan qui lui servait de chemisier. Je ne sais pas où elle trouve l'énergie de monter, il fait bien trop chaud.

Elle leva les bras pour laisser l'air circuler et ses manches remontèrent jusqu'à ses coudes. Billy remarqua un tatouage à son poignet. À ses deux poignets. Des hirondelles.

Une taularde.

Merde, merde, merde.

Les tatouages d'hirondelle indiquent une femme qui a fait de la prison. Pat était une ex-taularde. Et Billy l'avait laissée entrer dans la berline noire quand elles avaient examiné le mort. Très malin. Tout le monde l'avait vue contaminer la scène de crime.

TREIZE

18 h 06

Pat Mackey fit une grimace qui révéla une dentition en vrac. Les dents de Billy, elles, avaient toujours été bien rangées (tout comme elle), un coup de chance pour une personne née dans les années 1970, époque où les avantages physiques étaient naturels ou n'étaient pas du tout. Tandis que Pat continuait à vitupérer contre l'absence de réseau, Billy remarqua qu'elle parlait en gardant les lèvres pincées, pour masquer sa mauvaise dentition. Et on aurait dit que ça la mettait en colère. Que, peut-être, ça avait influencé toute son existence. Billy avait vu des vies prendre des mauvais chemins pour moins que ça.

Concentre-toi, Belinda.

Donc Pat est une ex-taularde.

Taularde puis infirmière ? Ça devait plutôt être l'inverse. Infirmière d'abord, et prison ensuite.

Une infirmière avait les connaissances nécessaires pour porter un coup mortel. Par exemple en enfonçant une brochette dans la nuque d'un homme.

Billy pensait que chacun avait droit à une seconde chance. Mais elle devait quand même poser la question.

– Vous avez fait combien de temps en taule ?

– Bon Dieu de merde !

L'infirmière aspira ses joues vers l'intérieur puis les libéra avec un grand *smack* !

– Douze ans. Je suis sortie l'été dernier.

Douze ans.

Pas de la gnognotte.

Billy se retrouvait coincée dans un embouteillage en compagnie d'une ex-taularde et d'un homme assassiné. Le temps s'arrêta. La situation inhabituelle lui donnait un léger sentiment de désaffection. Un peu comme l'humeur qui s'était emparée d'elle pendant le long vol de retour. À la fois vulnérable et protégée. Elle avait mangé et bu tout ce que l'hôtesse lui avait présenté, obéissant à un insondable horaire aérien, aussi passive qu'un enfant ou un malade à l'hôpital. Ou une prisonnière. Crème glacée au petit déjeuner. Un inutile paquet de cacahuètes. Une pomme verte, bien brillante, sur un napperon. Ce sentiment de détachement lui était resté. Tout comme le café lavasse dans sa vessie. Mais elle devait s'en débarrasser.

– Pourquoi les tatouages ?

Billy fut distraite par un mouvement dans le ciel (*un hélicoptère ?*) mais ça n'était qu'un rapace qui planait au loin. Un signe de vie venu d'au-delà de l'autoroute.

– Une sorte de rite de passage, je suppose.

– J'aurais plutôt pensé que vous chercheriez à oublier la prison.

– Il y a des choses qu'on ne peut pas oublier, répondit Pat d'un ton calme que Billy ne lui connaissait pas encore.

Une odeur de caoutchouc chaud rappela à Billy l'accident de scooter et la vérité de ces paroles.

– Tout va bien ? demanda Pat. Vous êtes toute pâle.

– Le jet-lag.

Pat fit la moue, comme si l'explication était un peu tirée par les cheveux.

– Vous connaissiez cet homme ? demanda Billy. Le mort ?

– Jamais vu de ma vie. Ni vivant ni mort.

– Le nom Chad McClusky, ça vous dit quelque chose ?

– C'est un nom bizarre.

– Mais ça vous dit quelque chose ?

– Jamais entendu non plus. Pas avant que vous en ayez parlé à votre copain, là, l'autre flic.

La finaude. Elle retenait tout.

– Qu'avez-vous vu quand la circulation s'est bloquée, au début ? Avant qu'on découvre le cadavre ?

Pat fronça les sourcils.

– Pas grand-chose. J'ai entendu parler des terroristes à la radio. La circulation s'est bloquée. J'ai réécouté les infos. J'ai commencé à m'agacer. Et puis j'ai entendu crier.

– Vous avez vu passer une moto ? Juste après qu'on s'est arrêtés.

Pat fronça les sourcils si fort qu'elle laissa apparaître sa dentition de sous-prolétaire.

– Non.

– Vous êtes sûre ?

– Sûre.

– Parce que je me souviens avoir entendu une moto rugir, dit Billy. J'ai dû monter le volume de la radio pour couvrir le boucan qu'elle faisait.

– Peut-être que…

Pat se frotta le nez du dos de la main.

– … J'étais assez agacée. D'être prise dans ce bouchon.

Agacée. Bel euphémisme. Elle avait craché des jurons comme si elle venait d'avaler des mouches.

– J'avais promis à quelqu'un d'être quelque part, et je n'y suis pas, évidemment. Je suis coincée ici. Donc j'étais agacée. Ou peut-être distraite. Et une moto qui fait du bruit sur une autoroute, ça n'a rien d'exceptionnel, si ?

Tout le monde avait été distrait. Y compris Billy, à qui l'idée de conduire donnait des suées. Ce qui lui paraissait fou, maintenant qu'elle était à l'arrêt. Sa peur s'allumait en même temps que son moteur. Tout le monde était absorbé par ses petites affaires, sans prêter attention à ce qui se passait autour. Ni aux autres, qui étaient à peine plus que des objets qu'il fallait contourner, comme des cônes de signalisation ; des vies entières réduites à de simples collisions qu'il fallait éviter.

– Et vous alliez où ?

– Je suis bénévole. Pour des sans-abri.

– Un foyer ?

– Un centre d'accueil. On les aide à accéder à divers services, à des soins médicaux, à l'aide sociale, des choses comme ça. Des trucs qui doivent se faire en ligne, et qu'ils ne peuvent pas faire tout seuls. La moitié d'entre eux sont illettrés. Certains ont fait de la prison, aussi. Ils ne savent pas se servir d'un ordinateur ou remplir des dossiers. Des gens m'ont aidée ainsi à ma sortie de prison, m'ont remise sur le droit chemin, et maintenant, c'est à mon tour de transmettre le flambeau.

– C'est très louable de votre part.

– Sauf que je ne suis pas là-bas. Je suis coincée ici.

Pat croisa les bras et se gratta le dessous des poignets. Les hirondelles.

– Je suis sûre qu'ils comprendront, vu les circonstances.

– Ça m'étonnerait. Ils vont juste me prendre pour une feignasse.

– Je témoignerai en votre faveur, dit Billy. Au besoin.

Pat cessa de se gratter et se tourna en lançant un regard noir à l'autoroute, derrière elles.

– Il y a bien un truc que j'ai remarqué, dit-elle. Ce type, là, dans la Range Rover.

Elle désigna la voiture arrêtée derrière la berline noire.

– L'agent immobilier ?

– Oui. Je ne suis pas une balance, mais il est allé ramasser quelque chose sur la bande d'arrêt d'urgence.

– Vous avez vu ce que c'était ?

– On aurait dit un téléphone.

Lorsque Billy se dirigea vers l'agent immobilier, Pat voulut lui emboîter le pas.

– Je vais me débrouiller toute seule.

– Appelez-moi si vous avez besoin de renfort, alors. Une femme seule ne devrait pas avoir à s'occuper d'une histoire aussi pourrie, flic ou pas.

– Je vais m'en sortir.

– Et je ne suis pas idiote, je sais quand on m'envoie paître, dit Pat en regagnant lentement sa propre voiture.

L'infirmière en savait déjà trop. Billy la regarda s'éloigner, puis s'approcha de la Range Rover. À l'arrêt juste derrière la berline noire, l'agent immobilier était le mieux placé pour arriver jusqu'au mort.

PAT, *ALIAS* GROS MOTS

Golf Volkswagen (modèle 2010)

Le pare-soleil dispose d'un miroir intégré. Et il y a une petite lampe. Astucieux. J'avais oublié ces petits éclairages. C'était un petit luxe, à l'époque. Mais à l'époque, je n'avais pas une tête de la couleur et de la texture qu'un biscuit mal cuit. Douze ans, envolés. Qui ne m'ont rapporté que des petites rides bien creuses au-dessus de la lèvre supérieure. Je me suis à peine regardée dans la glace, depuis tout ce temps. Je le faisais, avant, pourtant. J'avais du temps à perdre. Enfin c'est ce que je croyais. J'aimais bien enfiler mon uniforme et prendre un air sérieux. J'ai la même tête, mais je ne suis plus la même femme. Et un miroir rétroéclairé, ça ne m'épate plus autant qu'avant.

Je pourrais vendre la voiture. Mettre l'argent de côté. Mais ça serait un peu contradictoire, après l'avoir gardée aussi longtemps. Même pas dix mille bornes au compteur. Combien de temps m'en suis-je servie avant de tomber ? Je l'avais achetée un été, pour emmener Janey en France. C'est là que j'ai appris ce qui lui tombait dessus, et elle est morte l'automne suivant.

Arrête de grincer des dents. Serre plutôt ton volant. Serre, serre, et relâche ! C'est mieux que de grincer des dents – les soins dentaires sont gratuits en prison, mais pas dehors.

Il faisait le même temps quand c'est arrivé. Trop chaud pour la saison. Brume de chaleur. Hébétude. Je ne me rappelle même pas vraiment l'avoir fait. Alors qu'on pourrait croire qu'un truc pareil, ça ne s'oublie pas. Mais la colère forme comme un voile, c'est vrai. Et j'essayais de ne pas laisser Janey se démerder toute seule. Ça n'a fait qu'empirer les choses, de tout garder à l'intérieur. La rage, la douleur, compressées, réduites à une pointe chauffée à blanc – ce sentiment-là, au moins, je ne l'ai pas oublié. Dur comme du métal, comme une aiguille. Dévorant, perturbant. Et c'est là que c'est arrivé. Elle le voulait. Et je l'ai fait. Et voilà.

Je recommence à grincer des dents. Fais ce truc avec tes mains. Paumes vers le haut. Serre les poings. Serre… Et… Relâche. Ouvre les doigts…

Je ne me souviens plus de l'avoir fait. Je ne me souviens que du parc, ensuite. J'avais besoin d'air frais, et je n'ai senti qu'une odeur de feuilles pourries. J'ai jeté la seringue dans une poubelle. La police ne l'a jamais retrouvée. Même si ça n'a rien changé : ce qui s'était passé était assez clair, ils n'ont pas eu besoin de beaucoup de preuves matérielles.

Poings. Serre. Relâche.

Dans mon rétroviseur latéral, je vois le cadavre, deux voitures plus loin. J'ai su qu'il était mort dès que j'ai posé les yeux sur lui. Je sais très bien reconnaître le visage d'un mort. J'en ai vu assez, en mon temps. C'est difficile à expliquer. Ils ont l'air absent, sans plus aucune volonté de se battre. Et quand on le voit, on ne peut pas en douter.

Ils ne sont pas en paix. Ils se sont rendus.

Janey avait fini par se rendre.

D'une certaine façon, on est mortes toutes les deux. Mais je le referais sans hésiter. Ma vocation, c'est d'aider les gens. Et puisque je parle de ça… la policière est allée voir le type à la drôle de barbe, là. On a l'impression qu'il se l'est dessinée au feutre. À quoi ils pensent quand ils se regardent dans une glace, ces gens ? C'est comme ceux qui se refont les lèvres au Botox. Depuis quand est-ce devenu la norme ? Tout a beaucoup changé, en douze ans. Pour les fringues, on s'attend à ce qu'elles changent, bien sûr, mais se faire modifier le visage ? Et je ne parle même pas des cils…

Qu'est-ce qu'elle trafique avec lui ? Elle risque d'avoir besoin d'aide. S'il le faut, je suis prête.

QUATORZE

18 h 13

Billy envoya un message à Dom tout en traversant la chaussée, pour lui demander de vérifier le casier judiciaire de Pat Mackey. Une fois de plus, WhatsApp afficha une petite horloge, signe que le message ne pouvait pas être envoyé. Le précédent était encore en attente, lui aussi. Il lui fallait trouver une autre solution. Mais d'abord, l'agent immobilier. La senteur d'eau de Cologne acidulée qui émanait de la Range Rover fit reculer Billy d'un demi-pas. Derrière elle, de l'autre côté de l'autoroute, un trio de jeunes hommes jouait à faire des têtes avec un ballon de football mal gonflé, qui émettait des bruits de pets fatigués. Ça lui faisait penser aux villageois du Moyen Âge qui jouaient avec une vessie de porc.

Ne pense pas à des vessies !

Elle se retourna vers la Range Rover.

– Vous êtes sorti de votre véhicule pour ramasser quelque chose sur la bande d'arrêt d'urgence ?

Son envie de faire pipi la poussait à aller droit au but.

– Tout à l'heure ? demanda Carl.

Évidemment ! Pas hier !

– Euh, oui, j'ai eu une sorte de… d'absence.

– D'absence ? Vous voulez dire, quand vous êtes descendu de voiture pour récupérer quelque chose sur la bande d'arrêt d'urgence, ou quand vous ne m'avez pas répondu alors que je vous interrogeais ?

– Je ne savais pas que c'était un interrogatoire. Vous n'êtes pas en tenue.

– Vous croyez quoi, que je fais la circulation ?

Il avait eu deux occasions de lui dire ce qu'il était allé ramasser au bord de l'autoroute, et n'en avait saisi aucune.

– Excusez-moi. Je…

Il se caressa la barbe. Elle était taillée en forme d'ancre sous ses lèvres, mais d'une manière si minutieuse et nette qu'on aurait dit une barbe de déguisement pour enfants.

– C'était tellement sans importance que j'ai oublié de vous en parler.

– Quel genre de chose sans importance ?

– Un truc que j'ai jeté par la fenêtre. Je l'ai regretté ensuite, et je suis allé le ramasser.

– Un truc… quoi ?

– Quoi ?

– C'est une simple question.

Son envie était tellement pressante qu'il fallait absolument qu'elle se soulage, d'une manière ou d'une autre. Une bonne tape sur la nuque, ça réveillerait ce mec. Gagnante sur les deux tableaux. Mais elle préféra glisser les pouces dans la ceinture de son jean pour l'élargir un peu.

– Qu'est-ce que vous avez jeté par la fenêtre pour le ramasser ensuite ?

– Un emballage. En plastique. Mais je n'aime pas jeter mes détritus n'importe où.

– Quel genre d'emballage ?

– Barre chocolatée.

– Quelle sorte ?

– Des Snickers.

– Où est-il ?

– Quoi ?

Seigneur !

– L'emballage du Snickers, où est-il, maintenant ?

– Je…

Nouvelle caresse à sa barbe.

– Je ne sais pas.

– Je suppose que vous ne l'avez pas jeté puis ramassé pour le jeter à nouveau. Alors où est-il ?

– Je ne sais pas.

– Ce n'était pas un emballage, n'est-ce pas ?

– De quel droit… commença-t-il.

Billy planta les coudes sur le bord de sa portière, se pencha tout près de sa barbe d'obsédé sexuel, sentit son haleine fétide et insista :

– Qu'est-ce que vous avez ramassé sur la bande d'arrêt d'urgence, *mon chou* ? Ou si vous préférez, je vous traîne jusqu'au commissariat dès qu'on repart et vous me raconterez tout là-bas.

Il rejeta ostensiblement la tête en arrière.

– C'était un téléphone, OK ?

Billy se redressa. Pat ne s'était pas trompée. Rien ne lui échappait, à celle-là.

– Continuez, dit Billy.

– C'était juste un petit Nokia. On ne donne pas nos numéros personnels aux clients, par mesure de sécurité, donc on se sert de petits portables prépayés. Ça nous donne l'air de dealeurs, mais l'agence est radine, on n'y peut rien.

– Et qu'est-ce qu'il faisait sur la bande d'arrêt d'urgence ?

– Comme je vous le disais, je l'ai jeté, et je suis allé le ramasser.

– Pourquoi l'avoir jeté ?

– Parce que j'étais énervé. J'étais parti pour toucher une grosse commission. C'était la deuxième visite du client, je pensais qu'il allait faire une offre, j'avais une chance de boucler l'affaire aujourd'hui. Mais je me suis retrouvé coincé ici, et pendant que j'essayais de reprogrammer la visite, j'ai reçu un message comme quoi le vendeur s'était impatienté et avait accepté l'offre d'une autre agence. Donc je venais de perdre dix bâtons, ma fenêtre était grande ouverte, et j'ai balancé mon téléphone. Et puis je me suis dit que c'était idiot, donc je suis allé le chercher, la queue entre les jambes. Heureusement, il n'était pas cassé. Fin de l'histoire.

– Vous aviez la fenêtre grande ouverte, sur l'autoroute, par cette chaleur ?

– Oui pour avoir un peu d'air. Il fait chaud.

– Et ça, c'était avant ou après avoir vu la moto ?

Il réfléchit.

– La moto était là dès le début, et elle s'est barrée au bout d'une minute environ.

– Et vous, vous êtes sorti de votre voiture combien de temps après qu'on s'est tous arrêtés ?

– Quelques minutes, je dirais.

Billy plissa les yeux en regardant le ciel. Le soleil était si blanc qu'il piquait. Elle cligna des paupières pour chasser les taches noires.

– Si ça ne faisait que quelques minutes, comment expliquez-vous que la maison ait déjà été vendue ?

Il se mit à loucher et passa les doigts dans sa barbe, comme si la question lui faisait physiquement mal.

– Je vous l'ai dit, le proprio a perdu patience, a cru que je ne viendrais pas, et a vendu à quelqu'un qui était venu visiter un peu avant. Et il y a beaucoup plus de demandes que d'offres…

– Je peux voir ce téléphone ?

Il leva les mains et tendit le bras vers un Nokia posé sur la console centrale. Billy l'arrêta et prit des photos de l'appareil là où il se trouvait. En zoomant, elle vit sur le clavier une rayure qui paraissait confirmer le fait qu'on avait jeté l'appareil sur la route. Idéalement, il lui aurait fallu une boîte de Faraday pour empêcher toute interférence électronique. Peut-on effacer à distance un téléphone prépayé ? Ou seulement un smartphone ? Elle ne savait plus très bien. En temps normal, elle n'aurait pris aucun risque, mais aujourd'hui n'était pas un jour normal. Elle sortit un sac à crottes de chien, se lécha le bout des doigts pour l'ouvrir plus facilement, et tendit le sachet ouvert. Il la fusilla du regard mais y laissa tomber le téléphone. Billy referma le sachet, nota les détails et un numéro de référence sur un bout de papier, et enferma le tout dans un second sachet.

– Je vais devoir conserver ce téléphone.

– Quoi ?

– Enquête sur un meurtre. Le numéro de l'appareil ?

Il soupira lourdement, les lèvres tremblantes, mais dénicha le numéro dans son propre smartphone et le lut à haute voix. Billy le nota sur son carnet.

– Le code PIN ?

– Tout le monde est devenu dingue, ici, marmonna-t-il en secouant la tête.

Mais il lui donna le code PIN.

Le chien beige choisit ce moment pour repasser à fond de train devant Billy mais elle ne fut pas assez prompte pour se saisir de sa laisse. Il bondissait sur l'asphalte, remuant la queue, langue pendante.

Billy revint à sa voiture et enferma le téléphone prépayé dans sa boîte à gants. Du coin de l'œil, elle surveillait Carl, mais il restait assis paisiblement dans sa voiture de luxe. Il réajusta sa cravate bleu ciel, s'étira la nuque, à droite, à gauche, comme s'il était sorti victorieusement d'un duel…

– Sergent Kidd ! appela Daisy, flanquée d'Olly et de Charlotte. J'ai entendu crier !

Elle désignait le van de la CIA de l'autre côté de l'autoroute.

– Ça venait de là-bas.

CARL, *ALIAS* L'OBSÉDÉ SEXUEL DE BIRMINGHAM

Range Rover Evoque

Je ne peux pas m'empêcher de toucher cette barbe. On dirait que c'est celle de quelqu'un d'autre. Bon, je n'ai jamais touché une barbe d'homme – je n'ai rien contre ça, bien sûr, mais ça n'est pas mon genre, c'est tout. Et la pilosité des femmes ne donne pas la même sensation. Sauf celle qui avait les cheveux longs mais presque rasés sur la nuque. Ça m'a fait presque le même effet quand j'ai mis la main sur son cou. Assez érotique, en fait. Mais les poils de barbe sont plus gros, plus rêches. Comme les mecs, dirait ma femme.

Qu'est-ce qu'elle va bien pouvoir faire quand elle apprendra ça ?

J'arrive à peine à penser.

J'ai la tête… comme pleine d'orties. Ça me pique les yeux. Ça fait des années que je n'ai pas pleuré. Bon Dieu de bon Dieu, j'ai l'estomac tout retourné. Et il y a un endroit sensible, sous le menton, qui me fait mal quand je prends ma barbe à rebrousse-poil. Un point aveugle. Ou alors c'est le cancer. Il y en a dans ma famille. Je devrais faire examiner ça. On peut faire des examens en prison ? Ça n'ira pas jusque-là.

Ou bien ?

J'aurais dû me débarrasser de cette barbe. Mais se raser sur une aire d'autoroute, ça n'est pas très discret. Et comment l'expliquer à ma femme, si j'étais revenu glabre ? Oh oui, non, tu as raison mon chou ; j'ai mis un mois à me faire pousser cette barbe alors que tu me disais qu'elle me donnait l'air d'un pédophile, et je la taillais de cette manière complètement débile, mais j'ai changé d'avis et je me suis rasé, en pleine journée, dans des toilettes publiques. Elle aurait eu du mal à gober ça, je crois. Elle m'aurait soupçonné d'avoir une maîtresse.

Ironic, comme dirait Alanis Morissette.

C'est une chanson.

« Pris dans un bouchon, quand on est déjà en retard »...

Ça n'est pas de l'ironie, juste un mauvais calcul.

Au moins, je me suis débarrassé de cette casquette de base-ball, donc ça ne correspondra pas aux bandes de vidéosurveillance. Il y a forcément des caméras. J'ai l'estomac qui chavire. S'il y a des caméras, on pourra me voir jeter la casquette. Ils sont peut-être en train de la récupérer dans les buissons à l'heure qu'il est. Avec des gants aux mains. Des sachets scellés. Comme cette policière. J'aurais dû me raser la barbe. Bon Dieu, j'ai le bide plus brûlant que ce foutu macadam.

QUINZE

18 h 18

Le cri avait été bref.

– Comme si quelqu'un avait raté une marche d'escalier mais s'était rattrapé avant de tomber…

Seule Daisy l'avait entendu, parce qu'elle était revenue à sa voiture pour boire un peu d'eau, puisqu'elle avait gardé la gourde d'Olly dans son vide-poches. Elle montra la gourde à Billy comme pour prouver ses dires.

Billy avait du mal à se concentrer parce que son esprit avait réagi de manière pavlovienne lorsqu'elle avait entendu l'eau clapoter dans la gourde et elle ne pensait qu'à sa vessie, toute proche de déborder. Elle avait du mal à se concentrer quand elle avait besoin de faire pipi. Et maintenant, il lui fallait se hisser par-dessus la glissière de sécurité centrale. Comme un tonneau qui devait franchir les chutes du Niagara.

Arrête de penser à l'eau !

La barrière métallique qui séparait les deux chaussées lui arrivait à la poitrine. Billy demanda à Pat de lui faire la courte échelle, enjamba la glissière et atterrit de l'autre côté, le jean et le ventre barbouillés de graisse. Et maintenant qu'elle avait franchi l'obstacle, elle était plus convaincue que jamais que la personne qui avait tué Chad McClusky ne s'était pas échappée en traversant le terre-plein central – on l'aurait forcément vue. La manœuvre n'était pas subtile.

Le conducteur du Mobile aménagé hybride ne réagit pas en la voyant apparaître par-dessus la glissière, juste devant son van. Il regardait fixement droit devant lui.

Si on avait dessiné proprement un visage sur un ballon de football, le résultat aurait été très ressemblant. Il avait la peau si lisse qu'elle semblait tirée. Un âge difficile à déterminer. Si on l'avait forcée, Billy lui aurait donné une trentaine d'années. Des cheveux bruns coupés court, mais pas assez pour le décrire comme un skinhead. Des traits ordinaires, arrangés de telle façon qu'il ne semblait ni beau ni laid. Ni remarquable. Pratique pour un barbouze. Idéal, même. Elle s'était toujours demandé comment un type qui ressemblait à James Bond pouvait passer inaperçu. Il y avait là une belle incohérence.

Concentre-toi, Billy !

Mister Van portait un T-shirt noir uni. Billy ne voyait pas le reste, parce qu'il restait assis là-haut sur son siège. Il abaissa sa vitre lorsqu'elle lui fit signe.

– Bonjour, dit-il avec un accent anglais impossible à situer.

Sans poser aucune question, sans commenter la situation dramatique sur laquelle il avait une vue parfaitement dégagée depuis un peu plus d'une heure.

– Comment vous appelez-vous ? demanda Billy.

– Bob.

– Bob ? Vraiment ?

Il haussa les épaules.

– Nom de famille ?

– Et vous, qui êtes-vous, pour me demander ça ?
– Je suis policière.
– Je répète, qui êtes-vous ?
Ah c'est comme ça ! Attends un peu…
– Quelqu'un a crié ?
– Quand ?
– À l'instant. On m'a signalé un cri.
Les coins de ses lèvres s'affaissèrent et il secoua la tête.
– J'écoutais quelque chose sur mon téléphone.
– Qu'est-ce que vous écoutiez ?
– Un podcast.
– Quel genre ?
– *Affaires criminelles.*
– Oh, j'adore. C'est lequel ?
– Quelqu'un condamné pour un meurtre qu'il n'a pas commis.
– Ils disent tous ça.
Mister Van sourit malgré lui. Il se pencha en avant, tapota sur son téléphone et le tendit à Billy. Elle découvrit le logo noir et rouge familier d'une émission qui lui avait tenu compagnie pendant de nombreuses balades à pied sur la plage de Perth.
– Je ne veux pas divulgâcher…
Il reposa le téléphone sur son socle, et prit le temps de rebrancher le câble au chargeur.
– Et donc, ce cri ?
– Je ne crois pas.
– Vous ne croyez pas quoi ?
– Je ne crois pas avoir entendu crier.
Billy hocha la tête.
– Qu'est-ce qu'un Mobile aménagé hybride ?

– Je ne fais que livrer ce camion. Hybride, c'est pour le carburant. Il fonctionne à moitié à l'électricité.

– Et Aménagé ?

– Sais pas.

– Je peux jeter un coup d'œil à l'arrière ?

– Je ne préfère pas.

Billy fit semblant d'être surprise :

– Pourquoi ?

– Le van n'est pas à moi, vous comprenez.

– Et c'est grave si je jette un coup d'œil ?

Sa poitrine se souleva, s'affaissa, et il poussa un petit soupir. Puis il ouvrit sa portière – obligeant Billy à faire un pas en arrière – et descendit. Billy constata qu'il était physiquement affûté et que son T-shirt avait été choisi pour mettre en valeur son torse.

– C'est une fouille en règle ? Vous êtes obligée de me dire pourquoi. Et ce que vous cherchez.

Il se tenait un tout petit peu trop près d'elle. Il paraissait détendu, amusé, presque.

– Et puis-je voir votre plaque de police ? J'ai le droit de voir votre matricule.

Merde.

– Je ne suis pas en service, dit Billy.

– Vous êtes en préretraite.

Comment sait-il ça ?

– C'est la première chose que vous ayez dite en descendant de voiture.

Il la jaugea des pieds à la tête, en clignant des paupières.

– Vous paraissez un peu jeune pour être en retraite.

Drague ? Défi ? Il était difficile à décrypter.

– Ou est-ce qu'on vous a virée à cause de la faute professionnelle ?

Défi, donc.

– Vous avez écouté trop de podcasts, Bob.

– J'imagine que vous ne pouvez pas réintégrer la police après avoir renversé ce scooter.

Elle hésita un tout petit peu trop longtemps.

Il sourit largement, sachant qu'il l'avait prise au dépourvu.

Bon Dieu de m… est-ce qu'il sait… ?

Billy secoua la tête. Une fois. Violemment.

– Puis-je jeter un coup d'œil à l'intérieur de votre van ou non ?

Ce fut à son tour de secouer la tête, mais lentement, tristement, comme si ça lui faisait de la peine.

– Pas sans me montrer votre plaque. Ce n'est pas mon camion, et il vaut cher. S'il arrivait quoi que ce soit au matériel derrière… Je suis allergique au risque, vous comprenez ? Par certains côtés, c'est une bénédiction, dit-il en levant les mains pour prendre Dieu à témoin. Je suis extrêmement prudent. Mais tout le monde ne peut pas en dire autant. N'est-ce pas, madame la policière ?

Il avait de nouveau l'air détendu. Parler à cet homme, c'était comme parler à un curé. Chacune de ses phrases paraissait pleine de sous-entendus.

Billy n'avait qu'une envie : repasser de l'autre côté de l'autoroute. Tout à coup, elle eut l'impression que c'était chez elle.

– Si j'entends le moindre cri, je vous appelle. Sergent Belinda Kidd.

Elle fronça les sourcils.

– Vous êtes passée aux infos, ajouta-t-il.

Le cœur de Billy fit un saut périlleux, comme une crêpe mal lancée. Maintenant, elle savait à quoi correspondait son expression. Une menace, pure et simple.

– Vous n'avez aucunement le droit de m'interroger, dit-il à voix basse.

– Il s'agit d'un meurtre.

– Vous êtes gonflée, de vous balader sur la route en faisant semblant de vous occuper de tout, après ce que vous avez fait à ce gamin.

– Ce n'était pas un gamin.

– Un ado. Je vous ai cherchée sur Google. Et j'ai tout lu sur…

– Ça suffit, dit Billy.

Il se mit à rire.

– C'est bien ce que je me disais.

Billy l'entendit faire claquer sa portière tandis qu'elle retraversait avec peine le séparateur central.

BOB, *ALIAS* MISTER VAN

Mercedes Sprinter (customisé)

Je n'arrive plus à me concentrer sur mon podcast. Et on sait qui est le coupable, ça crève les yeux. C'est celui auquel on s'attend le moins. C'est toujours le même qui fait le coup. Un personnage secondaire, qui apparaît vaguement dans le premier épisode et qu'on remarque à peine, du genre un vieux qui se mêle de tout, ou un livreur. Mais ce n'est *jamais* la personne qu'on vous fait soupçonner à partir du troisième épisode dans une série de dix...

On a frappé à l'arrière du van. Je l'ai senti autant qu'entendu. Baisse le volume.

Rien.

Au bout de quelques secondes, je me rends compte que je suis tendu. Pas besoin de s'inquiéter, tout est sous contrôle. Je m'oblige à me relâcher.

Je remets le son.

Les podcasts d'affaires criminelles finissent par tous se ressembler, au bout d'un moment. J'en ai trop écouté. Je suis comme ça, obsessionnel, incapable de me modérer. Je m'avale toute une série d'un coup quand je fais ces longs trajets pour redistribuer ma « cargaison », la nuit, et qu'à la radio, il n'y a plus que de la musique bizarre, électronique. Je préfère entendre des vraies voix humaines quand je suis coincé pendant des heures dans cette cabine. Je devrais être capable d'écrire moi-même un podcast, à l'heure qu'il est. J'ai la matière aussi, avec tout ce que j'ai vu. Je vais peut-être m'y mettre. Quand j'aurai arrêté ce petit jeu.

J'entrouvre la fenêtre, je préfère entendre ce qu'ils disent, de l'autre côté de l'autoroute. Les voix portent loin. Elle a réussi à repasser le séparateur central. On aurait dit un cochon à la broche, mais elle a réussi, il faut lui reconnaître ça. Une truie autoritaire. Et les autres qui lui tournent autour comme des porcelets. S'il le faut, je briserai leurs illusions. Eux qui la prennent plutôt pour une mère poule…

Tu vois, je pourrais faire un podcast, si je m'y mettais.

Un autre coup à l'arrière du van.

Lève le poing. Attends…

Un raclement, puis un gémissement.

Je tape doucement contre la cloison métallique qui sépare ma cabine de l'arrière du van.

Bam, bam, bam.

Il faut qu'ils la ferment. J'ai l'impression qu'ils ne comprennent pas ce qu'on risque, ici. Les bruits s'arrêtent, mais je tape une dernière fois, pour marquer le coup.

Bam.

SEIZE

18 h 28

– Dites-moi si vous voyez le moindre mouvement dans ce van, dit Billy à voix basse à Daisy et Olly.

Leur position, sur la file de droite, leur permettait de bien voir l'autre côté de l'autoroute. Et le van noir en particulier.

– On dirait un camion du FBI, chuchota Olly.

– De la CIA, corrigea Daisy. Certaines sources, dans les milieux du renseignement, disent que la moitié des opérations de surveillance de la CIA pour empêcher une attaque terroriste sur le sol des États-Unis ont lieu ici, au Royaume-Uni.

Elle attendit un peu pour leur laisser le temps de comprendre. Comme ils n'y arrivaient pas, elle ajouta :

– Parce que nous hébergeons beaucoup de terroristes.

– Ah, d'accord, dit Olly. Oh, mais c'est très intéressant.

Il devait vraiment avoir un faible pour la jeune femme.

Mais Billy se demanda tout de même s'il pouvait y avoir un lien entre ce meurtre-ci et les attentats terroristes. Elle laissa l'idée rebondir sous son crâne comme une balle de flipper, mais ne gagna aucune partie gratuite. Pas même une extraballe. En dehors du fait évident que s'ils étaient coincés dans ce bouchon, c'était à cause des attentats.

Elle consulta sa montre.

Elle reprit la corde fournie par Olly et se mit à courir. Ses jambes crépitaient comme de l'Alka-Seltzer. Elle arriva à la voiture abandonnée et se hâta de vérifier que les véhicules qui l'entouraient étaient vides, qu'aucun inconscient n'était venu se rapprocher en catimini. Mais il lui sembla qu'il y avait moins de monde sur l'herbe du bas-côté que précédemment. Elle commença à dévider la corde entre les capots pour délimiter son périmètre de sécurité.

– Qu'est-ce qui se passe ? lui cria le cochon.

Le coup de soleil, sur sa figure, avait pris la couleur d'un furoncle.

– Où sont les autres ? répliqua-t-elle.

– Dans le box à chevaux, à l'ombre.

– Très bien.

Dans un petit véhicule trois portes, quatre rangs derrière la voiture suspecte, une femme âgée était restée derrière son volant. Elle ouvrit sa fenêtre de quelques centimètres. Ses yeux tournoyaient comme des billes, mais ses cheveux blancs, brillants, étaient soigneusement coiffés.

– Il faut que vous évacuiez…

– C'est vous, la gardienne de la paix ?

En s'approchant, Billy constata que la femme avait retiré son haut et ne portait que son soutien-gorge. Elle prit soin de la regarder bien au-dessus des clavicules.

– Ce terme n'est plus en vigueur depuis un siècle, je suis le sergent Kidd.

– N'approchez pas, alors, n'approchez pas !

La femme se tortillait sur son siège comme si elle voulait s'y enfoncer. Billy leva les mains. Supposant que la femme voulait préserver son intimité, dévêtue comme elle l'était, elle s'arrêta à quelques mètres de sa fenêtre.

– Ne me touchez pas ! dit l'autre en se redressant. Vous avez touché ce qui a servi à tuer ce type, vous en avez partout sur les mains.

La fenêtre remonta pour ne laisser qu'un interstice d'un centimètre. Billy contempla ses mains.

– Je ne crois pas qu'il y ait le moindre risque…

– Si vous ne savez pas ce qui l'a tué, vous n'avez aucune idée des risques. Je suis restée là, et j'ai bien réfléchi. Je pense que c'est du Novichok.

– L'agent innervant ?

– Vous devriez vous mettre en quarantaine.

– Il vous faut sortir de votre voiture, Madame, et vous éloigner de ce véhicule suspect.

– Je n'irai nulle part. On ne sait pas qui peut rôder dehors. Mes portières sont verrouillées. Vous ne me ferez pas changer d'avis, pas la peine d'essayer.

– Cette voiture est suspecte.

– Balivernes ! Si elle n'a pas déjà explosé, elle n'explosera plus. C'est de lui qu'il faut s'inquiéter, dit-elle en tendant un index noueux vers la berline noire. Je reste ici, avec la climatisation coupée pour que les toxines ne puissent pas entrer.

Billy jeta un coup d'œil à sa montre. 18 h 29.

– Ce n'est pas le Novichok qui l'a tué.

– Allez vous laver les mains. Et prévenez ces pauvres gens, ajouta-t-elle en désignant vaguement les voitures qui entouraient la berline. Ils sont trop vulnérables.

Si c'était du Novichok, j'aurais la bave au coin des lèvres.

Et tous les autres autour aussi. Charlotte, Pat, Daisy et Olly...

Le poison ne l'inquiétait pas du tout.

Elle fit passer la corde derrière la voiture de la femme, jusqu'à la bande d'arrêt d'urgence.

Si elle refusait de bouger, elle ne pouvait pas l'y obliger.

Une tache brune qui s'agitait au loin s'avéra être le cheval qui revenait au galop dans sa direction.

– Vérifiez que personne ne franchisse la corde, OK ? cria Billy au cochon.

Il grogna pour toute réponse.

Billy repartit sur la bande d'arrêt d'urgence, dans le sens que la circulation aurait dû suivre. Elle s'arrêta six voitures devant la voiture suspecte, et attendit sur le goudron rosâtre l'arrivée du cheval.

18 h 30.

Elle jeta un coup d'œil à la voiture abandonnée. À ses phares tristes, comme s'ils attendaient l'inévitable.

18 h 31.

Rien.

Bon.

Donc ce n'était qu'une voiture vide. Fausse alerte.

Un aboiement humain attira son regard vers les jeunes gars qui jouaient avec le ballon dégonflé, de l'autre côté. Leurs ahanements et leurs gestes lui paraissaient plus désordonnés, à présent. Leur jeu avait pris l'allure d'une danse tribale.

« Tous les êtres humains vivent en tribu. »

C'est ce qu'un guide de musée lui avait dit, en Australie, déclenchant chez elle un sentiment de solitude si violent qu'elle s'était sentie comme déshydratée.

Et une personne qui vit seule, sans famille ni tribu ? Est-elle moins humaine ?

Le plaisir des jeunes gens qui jouaient avec le ballon avait quelque chose de tribal. Elle pouvait très bien les imaginer se déchaîner tout à coup. Ils seraient les premiers à traverser le séparateur central, si la pagaille s'installait. Les premiers à agrandir leur territoire en envahissant celui des plus faibles.

Elle ne devait pas laisser la pagaille s'installer.

Les jeunes hommes de la tribu lancèrent un cri de guerre. Si Mister Van balançait ce qu'il savait, elle perdrait son peu de territoire, son peu d'autorité. Elle ne maîtriserait plus du tout cette scène de crime. Mais il y avait autre chose qui la tracassait. Le fait qu'il ait mis au jour son passé lui fit comprendre qu'elle ne pouvait pas oublier la faute professionnelle. Qu'elle la porterait toujours comme un fardeau. Et qu'elle finirait par y succomber.

Elle eut tout à coup besoin d'entendre une voix réconfortante. Presque autant qu'elle avait besoin de faire pipi, et de boire un grand verre d'eau fraîche. Dans cet ordre précis. Sur sa droite, dans la file du milieu, il y avait un taxi.

Un taxi, qui devait disposer d'une radio.

Le cheval était encore loin, et avait ralenti l'allure.

La fenêtre côté passager du taxi s'abaissa quand elle s'approcha.

– Ça va, Madame ?

Le chauffeur de taxi lui tendit une boîte de pastilles à la menthe. Billy en accepta une après avoir un peu hésité. La plaque d'identification collée au pare-brise disait qu'il s'appelait Mandeep Singh, avec une photo pour le confirmer. Billy se présenta. Un jeu de cartes était posé sur le siège avant, côté passager. Mandeep jouait au poker.

– Brelan, déclara Billy en indiquant ses cartes.

Il posa un doigt sur ses lèvres et indiqua le siège arrière du menton :

– Ne dites rien à Jack, il n'arrête pas de me battre.

Elle scruta l'arrière du taxi et vit un jeune garçon noir d'une dizaine d'années, étendu de tout son long sur la banquette. Son sweater à capuche lui masquait le visage et il serrait des cartes dans ses mains.

La vitre s'abaissa pour que Billy puisse lui parler, et elle remercia le chauffeur d'un hochement de tête.

– Bonjour Jack. Je suis officier de police. Tu n'as pas chaud avec ta capuche remontée sur la tête ?

Le garçon fit oui de la tête, mais ne leva pas les yeux de ses cartes.

– Sa mère était coincée au boulot et m'a demandé de passer le prendre à la fin de ses activités périscolaires, dit Mandeep. L'école chic qui est après l'aéroport. C'est la première fois qu'il prend un taxi, et on s'est retrouvés pris dans ce bouchon. Mais ça va. J'arrive à l'occuper. Et je lui mets la clim de temps en temps. Je ne sais pas combien de temps je vais pouvoir faire tourner le moteur avant d'être en panne de batterie.

– Vous devriez pouvoir tenir un moment.

Billy s'accroupit pour parler au gamin. Il se remit en position assise et montra ses cinq cartes à Billy. Cinq cœurs. Il chuchota :

– On joue pour des pastilles.

Il ouvrit sa poche pour lui montrer une dizaine de bonbons.

– Tu as besoin d'aide, Jack ? Quelque chose te tracasse ?

– Non, je peux le battre facilement, chuchota ce dernier. Je suis inscrit à un club de poker. Et à un club d'échecs.

– Génial. N'hésite pas à m'appeler si tu as besoin de quoi que ce soit. Je m'appelle Billy.

Il acquiesça, et elle revint à la fenêtre avant.

– Vous pouvez contacter votre répartitrice et lui demander si elle peut téléphoner à un commissariat ? Le réseau est toujours HS et j'ai besoin de parler à un collègue.

– Le mieux serait de lui demander de transmettre un message.

Billy lui donna le nom et le numéro de téléphone fixe de Dom, puis s'écarta sur la bande d'arrêt d'urgence, où le cheval se rapprochait.

Cette fois, elle ouvrit grand les bras et plongea pour attraper les rênes de l'animal.

La jeune fille s'arrêta, le cheval dérapa sur le côté, cul sur le goudron.

– Qu'est-ce que tu as vu ?

– Vous allez m'arrêter ?

Vu l'air de défi qu'elle affichait, l'idée paraissait la ravir. Des mèches de fins cheveux blonds collaient au velours de sa bombe. Elle ne devait pas être beaucoup plus âgée que Jack.

– Je suis officier de police, et je te demande de retourner à ta remorque à chevaux et d'y rester. C'est dangereux, de faire du cheval le long de l'autoroute.

– Alors je ne vous dirai pas ce que j'ai vu, dit la gamine en soutenant son regard.

– Qu'est-ce que tu as vu ?

– Rien.

Un sourire lui colora les joues.

– Rien-rien, ou rien-je-ne vous-le-dirai-pas-nananère ?

– Rien-rien. Il n'y a que cette grande palissade jusqu'au tunnel.

– Ça, j'aurais pu te le dire si tu t'étais arrêtée quand je te l'ai demandé. Tu es allée jusqu'au tunnel ?

– Non. Un vilain monsieur m'a ordonné de faire demi-tour.

– Le vilain monsieur avait bien raison. Il y avait des voitures de police, là-bas ?

– Non, que des voitures normales.

Les secours devaient être de l'autre côté du tunnel de Deadwall. À des kilomètres de là.

– Bon, maintenant, tu veux bien m'écouter et retourner à ta remorque ? Il faut que ce cheval se repose, il écume.

Sous le ventre de l'animal, la sueur s'était transformée en une sorte de mousse à raser. Dans son dos, Billy entendit Mandeep l'appeler. Elle lâcha les rênes de sa monture, qui tourna sa large croupe et s'éloigna au trot.

En s'approchant, elle entendit une voix de femme sur la radio du taxi.

– Je suis débordée, je ne peux pas être au four et au moulin !

Même les parasites de la radio semblaient fâchés.

Mandeep leva les yeux au ciel :

– Comment peut-elle aller du four au moulin alors que rien ne bouge ? Mais elle aime bien les séries policières donc elle ne résistera pas à l'envie de vous parler.

Il appuya sur le bouton de sa radio, le laissa enfoncé.

– L'inspectrice est là. Il s'agit d'un meurtre. Merci de nous mettre en communication.

– Je ne suis pas inspectrice, corrigea Billy, seulement sergent.

– Elle aime bien les séries policières, répéta-t-il.

Tout le monde aime les séries policières.

La radio se mit à bourdonner.

– Il est en ligne – l'autre inspecteur, je veux dire, annonça la répartitrice.

Lui non plus n'est pas inspecteur, bon sang.

– Je vais coller mon téléphone contre le micro mais je ne sais pas si vous allez entendre grand-chose. Allez-y je vous en prie, inspectrice.

– Commissaire Day ? dit Billy.

– Sergent Kidd, dit Dom.

Sa voix la rassura comme s'il avait posé la main sur son épaule.

Mandeep lui tendit son micro et sortit se dégourdir les jambes. Billy s'affala sur le siège passager.

– Comment ça va, Billy ?

Elle inspira vivement, une main sur la bouche. Elle ne voulait pas qu'il entende son hoquet, entre rire et larmes. Puis elle ôta sa main comme si elle voulait la chasser.

– J'ai besoin d'aller aux toilettes.

Elle n'était pas à l'agonie, pas encore, mais si sa vessie avait eu un système d'alerte, il serait passé à l'orange. Et être assise ne faisait qu'empirer les choses.

– Et c'est impossible ?

– Devant tout le monde ?

– Il n'y a pas de bas-côté ?

– L'accotement mesure deux mètres de large. Et qui ferait confiance à une policière qui fait ses besoins devant tout le monde ?

– Tu ne peux pas leur demander de se retourner ? Ou t'accroupir entre deux voitures ?

– Tu as déjà demandé à des suspects de se tourner pendant que tu pissais sur une route entre deux bagnoles ?

Elle se rappela que Jack était toujours sur la banquette arrière, mais il jouait à un jeu de solitaire, et ne devait pas (elle l'espérait) prêter attention à ses grossièretés.

– Non, Billy, écoute…

– C'est bon, commissaire, pas besoin de jouer au directeur des ressources humaines avec moi.

Son soupir crépita sur la ligne.

Ne joue pas les pisse-vinaigre avec Dom ! C'est le seul qui soit de ton côté !

Devant elle, un break Volvo bleu métallisé. Qui devait avoir trente ans. En parfait état.

– Tu te rappelles la Volvo de ton père ? dit-elle.

– Elle vaut une fortune, maintenant.

– Tu crois vraiment ? Il y en a une juste devant moi. On dirait une caisse à savon à roulettes.

– La 240 ? Une merveille, tu veux dire ! Ne me dis pas que tu as oublié les sièges en velours.

Elle n'avait pas oublié. Ils étaient allés partout avec cette Volvo. Dom n'était pas un gros buveur (l'alcool lui donnait des migraines et Billy le soupçonnait de détester perdre le contrôle de lui-même) donc il était immanquablement capitaine de soirée. Sa voiture était toujours pleine. Le siège passager de la Volvo paternelle était devenu la place de Billy. Gagnée à force de persévérance, ou peut-être parce qu'elle essayait d'attirer le mauvais œil sur les usurpatrices potentielles. En tout cas, cette place lui conférait un statut particulier. Jusqu'à ce qu'elle se rende compte que c'était toujours Dom au volant. Et qu'il y avait toujours quelqu'un d'autre avec eux. Une nouvelle fille, sur la banquette arrière, qui lui jetait des coups d'œil dans le rétroviseur et s'attirait des sourires discrets en retour. Dom souriait à Billy en public, mais les sourires secrets n'étaient jamais pour elle.

Billy s'était retrouvée engluée dans une sorte d'amour platonique dont elle n'avait jamais trouvé le courage de s'extraire. D'ailleurs en y réfléchissant, il y avait beaucoup de choses qu'elle n'avait pas eu le courage de faire. Elle avait passé sa vie sur un siège passager.

Concentre-toi, Billy.

– Tu as quelque chose sur mes plaques d'immatriculation ?

– Je t'ai envoyé un message, mais j'imagine que tu ne l'as pas reçu. Une alerte a été déclenchée pour un de tes véhicules il y a une vingtaine de minutes. Une voiture, déclarée volée cet après-midi.

Billy regarda les voitures qui entouraient la sienne, un peu plus loin. Dans la file de droite, Daisy et Olly se tenaient tout près l'un de l'autre. Pat discutait avec le propriétaire du pub, malgré son antipathie initiale. La mère et la fille étaient toujours enfermées dans leur véhicule, tout comme Charlotte, dans son SUV. La portière du conducteur de l'automobile avec les sièges enfants était restée ouverte. Billy scruta l'autoroute et repéra un homme qui pissait derrière un des arbres maigrichons du talus. Le salaud. Il avait de la chance.

L'une de ces personnes avait-elle pu commettre ce crime ?

Le meurtre donnait l'impression d'une vengeance personnelle, brutale.

Et pourtant ces gens ne se connaissaient pas. Ou alors…

Sauf peut-être Daisy et Olly. Il y avait quelque chose, entre ces deux-là.

Elle aurait voulu qu'ils remontent tous en voiture.

Elle ne voulait pas… qu'ils complotent.

– Belinda ? dit Dom d'une voix que les parasites rendaient rocailleuse. C'est le SUV noir. L'Audi. Son propriétaire, un certain Chester McVie, dit que sa femme le lui a volé, ainsi que certains objets de valeur qu'ils avaient chez eux. Elle s'est enfuie.

Charlotte McVie. Lady Contravention. Au volant d'un SUV volé. Mais… Un mari qui appelle la police pour dénoncer sa femme ? Comment peut-on voler des objets de valeur alors qu'on les a chez soi ? Et à quel point serait-on stressé si on venait de voler une voiture et qu'on se retrouvait coincé dans un embouteillage juste à côté d'un homme assassiné ?

Suffisamment pour sucer des pastilles Rescue aux fleurs de Bach.

DIX-SEPT

18 h 37

L'intérieur du SUV était absolument impeccable. Pas comme la voiture de Billy, qui sentait le vieux chien, alors même qu'elle ne possédait pas de chien. Elle grimpa à côté de Charlotte quand celle-ci lui fit signe de la rejoindre. L'habitacle de l'Audi était propre jusque dans les moindres recoins. Pas de miettes dans les plis des sièges, pas de paquet de chips oublié dans les vide-poches, pas de câbles de chargeurs emmêlés ; il n'y en avait qu'un, bien enroulé et maintenu par un petit clip tarabiscoté sur la console centrale.

On devait apporter régulièrement la voiture au nettoyage pour qu'elle soit aussi propre.

Billy jeta un coup d'œil à l'arrière. Au pied de la banquette, une chaussure avait été oubliée. Une chaussure de football, taille enfant.

– Vous avez combien d'enfants ?

– Trois. Des petites terreurs.

Charlotte hoqueta faiblement.

Une voiture transportant trois gamins ne pouvait pas être aussi propre. Il aurait fallu un entretien régulier *et* des règles draconiennes sur ce qu'on a le droit d'y faire. Interdiction de peindre les vitres avec du yaourt sur les doigts, par exemple. Contrairement à sa petite-nièce, en Australie.

– Quel âge ?

– Les jumeaux ont deux ans, et l'aîné a huit ans.

– Où sont les sièges enfants ?

– Dans ma voiture. Ils ne montent jamais dans celle-là.

Pourquoi avoir un SUV s'il ne sert pas à la famille, alors ?

– C'est la voiture de votre mari ?

– Oui.

– Vous savez pourquoi il a signalé qu'on la lui avait volée cet après-midi ?

Charlotte dévisagea Billy.

Puis elle hocha la tête et laissa échapper un rire rauque.

– Cet idiot a dû rentrer tôt de l'aéroport et il aura paniqué. Il était absent cette nuit. Il n'a pas dû penser à allumer la radio pour savoir ce qui se passait. J'imagine qu'il ne peut pas me téléphoner, non plus, ajouta-t-elle en indiquant son portable inutile.

– Ça paraît un peu exagéré de sa part d'appeler la police. Vous prenez souvent sa voiture quand il s'absente ?

– Non, mais j'avais des choses à déménager, et elle est plus grande que la mienne.

– Quel genre de choses ?

Charlotte se cambra pour sortir la boîte de Rescue de la poche de son cardigan. Elle la tendit à Billy, qui refusa, avant de se fourrer une pastille dans la bouche.

– Je faisais du rangement, dit Charlotte en coinçant le bonbon dans sa joue. Les affaires des enfants. Mais pourquoi toutes ces questions ? J'ai l'impression d'être une criminelle.

– Vous êtes au volant d'une voiture déclarée volée.

– C'est visiblement un malentendu.

Elle fit passer le bonbon de l'autre côté de sa bouche.

– Et vous les emportiez où ?

– Quoi ?

– Les affaires dont vous vous débarrassiez.

– Une boutique solidaire.

– Laquelle ?

Charlotte soupira, agacée.

– Il y a un point de collecte, on y va, on dépose les objets et ils les distribuent ensuite. C'est mieux que de les laisser en vrac devant les vitrines des boutiques, où tout s'abîme dès qu'il se met à pleuvoir et ça fait des tas peu ragoûtants sur les trottoirs.

Billy dut bien reconnaître qu'elle n'avait pas tort.

– Comment s'appelle ce point de collecte ?

– Euh, Oxfam, tout court.

– À quelle adresse ?

Charlotte soupira encore.

– Il y a un cadavre, là. Vous ne croyez pas que vous feriez mieux de vous occuper de lui ?

Billy lui laissa le temps de comprendre.

Il fallut une seconde à Charlotte. Pas deux.

– Vous ne pensez quand même pas… Vous n'auriez même pas remarqué qu'il était mort si je n'avais pas crié !

– Je pense qu'on aurait fini par le trouver.

– C'est ridicule ! dit Charlotte, les yeux embués de larmes. Il vient de se produire un énorme attentat terroriste – un attentat *spectaculaire*, comme ils disent. Comme si c'était un spectacle de son et lumière. Mais tout ce qui vous intéresse, c'est ma voiture ?

– Comment ça, *spectaculaire* ?

– C'est ce qu'ils disent à la radio. J'ai dû l'éteindre, je ne supporte pas d'entendre ça, c'est trop horrible. Dans ma ville.

– Désolée, j'étais occupée. Qu'est-ce qui vient d'arriver ?

– Ils disent que les voitures piégées n'étaient que le décompte avant la grosse bombe qui vient tout juste d'exploser dans le centre.

Billy avait cru que les renforts finiraient par arriver. Mais avec ce dernier attentat…

Ne te déconcentre pas !

Elle ne pouvait rien faire, pour la dernière bombe.

– La gare a été… pulvérisée. C'est le chaos absolu, on dirait, poursuivit Charlotte.

Le bonbon lui échappa des lèvres. Elle le rattrapa sur son menton d'un seul doigt et le renfonça dans sa bouche. Elle essuya un filament de bave, et cette dernière humiliation sembla la faire craquer tout à coup.

– Et vous ne me parlez que de ma voiture. Police de merde !

Elle se tordit sur son siège pour se détourner de Billy.

– Sortez ! À moins que vous n'ayez un mandat… ou une bonne raison pour m'arrêter, sortez de ma voiture !

– Ce véhicule a été signalé comme volé, répliqua Billy d'une voix douce. Je veux seulement vous poser quelques questions.

– Ah oui ? C'est lamentable !

Elle se tourna à nouveau sur son siège et, cette fois, cracha son bonbon qui atterrit sur son genou, où elle l'y laissa.

– Des questions, toujours des questions, et il ne se passe jamais rien. Ou alors, puisqu'il s'agit de biens matériels, de la propriété d'un *homme*, de l'argent de *son* assurance, cette fois-ci, vous allez peut-être faire quelque chose ! Parce que vous, les flics, vous ne voulez pas qu'une atteinte à la propriété reste impunie, c'est ça ? Parce que ça ferait mauvais genre dans vos chiffres officiels. Mais est-ce que vous vous intéressez aux personnes ? On devrait peut-être revenir au temps où les femmes étaient la *propriété* de leurs maris, et là, on serait peut-être protégées. En tant que... qu'effets personnels.

– Madame McVie...

– Foutez le camp de ma voiture, si vous n'êtes pas là pour m'aider !

Billy ne bougea pas.

– Avez-vous besoin d'aide, madame McVie ?

– Ne m'appelez pas comme ça !

– Comment dois-je vous appeler ?

– Ne m'appelez pas, parce que vous allez foutre le camp de ma voiture.

Billy prit une grande inspiration et souffla lentement par le nez.

– Il se passe ici quelque chose que je ne comprends pas.

– Ah vous croyez !?!

– Oui... Charlotte. Vous avez l'air bouleversée.

Charlotte ferma les yeux puis les rouvrit grand, comme si elle se montrait très patiente avec Billy.

– Je vous l'ai déjà dit. Je devais laisser mes enfants une heure, il y a déjà trois heures. Et rien ne dit qu'on va pouvoir sortir d'ici bientôt. Je suis sûre que vous avez des enfants et que vous savez ce que c'est. Et maintenant cette histoire ridicule... de voiture volée... Ce n'est qu'un malentendu.

Elle chassa les larmes sur ses joues comme si elle décollait un pansement.

Billy ne voulait pas aborder le sujet des enfants. Son histoire, tragique, ne ferait rien pour calmer les angoisses de cette mère.

– Il y a un chauffeur de taxi, un peu plus loin derrière. Il vient de demander à sa répartitrice de contacter un commissariat pour moi. Je suis sûre qu'il vous aidera à appeler votre baby-sitter, si ça peut vous rassurer. Je peux le lui demander.

Charlotte pressa ses deux paumes sur son visage, et resta ainsi un bon moment. Puis elle essuya ses dernières larmes avec une détermination qui annonçait à Billy que la crise était passée.

– OK.

Elle renifla plusieurs fois et lissa ses vêtements. Puis elle sortit son téléphone et parcourut la liste des messages pour trouver le numéro qu'elle cherchait. Pendant ce temps, Billy fixait la route, droit devant. Pat, Heathcote et les deux jeunes avaient formé un petit groupe. De quoi pouvaient-ils bien discuter ? Derrière eux, l'homme plutôt jeune qui conduisait la Renault avec les sièges enfants ressortit et se dirigea vers les arbres maigrichons du bas-côté. Pour pisser, encore une fois ?

Le veinard.

– Il n'arrête pas de faire ça, dit Charlotte.

– Quoi, d'aller faire pipi ?

– Oui. Je l'ai remarqué parce que moi aussi, j'ai besoin de faire pipi, mais je ne peux aller nulle part. À chaque fois qu'il y va, ça me donne encore plus envie.

Ô comme je te comprends, ma sœur !

– Il a bien dû y aller dix fois.

– Dix ?

Elle exagérait, sûrement.

– Sérieusement. Je l'ai observé. Il doit avoir la plus petite vessie du monde. Il n'arrête pas de faire des allers-retours. Un arbre différent à chaque fois.

Déficience vésicale.

Dix fois, c'était beaucoup, même pour Billy.

– Vous avez vu des enfants, dans sa voiture ? demanda-t-elle.

– J'imagine qu'ils sont attachés à leurs sièges. Il n'arrête pas de se retourner, il doit leur parler, essayer de les distraire. J'imagine qu'il n'a pas envie qu'ils sortent, à cause du cadavre. Mais ils doivent tourner en bourrique, parce que la voiture remue.

Billy l'avait remarqué aussi.

Elle décida d'aller voir ce qu'il s'y passait. Mais elle accompagna d'abord Charlotte jusqu'au taxi, pour demander à Mandeep de persuader sa répartitrice de contacter la baby-sitter. Billy décida de ne pas s'occuper du véhicule volé pour l'instant. Elle avait l'impression qu'il s'agissait d'un problème conjugal compliqué, et elle n'y voyait pas de lien possible avec le mort. Elle devait se contenter de garder Charlotte à l'œil.

Elle la laissa en compagnie de Mandeep et se dirigea vers la Renault qui remuait sur ses amortisseurs. Elle avait eu une idée.

Il y a des années, une de ses jeunes collègues avait effectué une mission d'infiltration, clandestine. Elle était repassée un jour au commissariat prendre une tasse de thé et Billy se souvenait qu'une autre policière lui avait conseillé de toujours avoir des couches pour bébé dans son sac, au cas où elle aurait besoin d'uriner pendant une planque.

Billy pouvait peut-être trouver une couche ?

Ces rehausseurs étaient synonymes de jeunes enfants, et jeunes enfants signifiait couches.

Elle n'était pas encore totalement convaincue qu'une couche était une meilleure solution que l'herbe du bas-côté.

Devenait-elle folle ? La cervelle inondée par l'excès de liquide ? Non, elle pouvait faire pipi dans une couche, c'était fait pour ça. Elle demanderait peut-être deux couches, au cas où.

Billy repassa devant le SUV volé de Charlotte, devant le minibus de la mère et de la fille (Hyacinth, la fille, avait recommencé à sucer son pouce) et remonta jusqu'à la Renault avec les sièges enfants. Le déficient vésical s'était remis au volant. Billy jeta un coup d'œil à l'arrière. Pas de bambins. Juste deux rehausseurs vides.

Et donc pas de couches.

Mais alors, à qui parlait-il depuis tout à l'heure ?

DIX-HUIT

18 h 47

La voiture familiale que conduisait le déficient vésical était tout le contraire du SUV de Charlotte. La Renault sentait la vieille boîte à biscuits.

Billy se pencha vers la fenêtre ouverte, côté passager.

Une autre odeur expliquait pourquoi le conducteur faisait tous ces allers-retours. Ce n'était peut-être pas une déficience de la vessie. Il fumait du cannabis. Pas dans sa voiture, sinon l'odeur aurait été plus forte, mais il émanait de ses vêtements une senteur douceâtre.

Billy jeta un nouveau coup d'œil à l'arrière. Les deux sièges enfants étaient bien vides.

– Bonjour, jeune papa. Comment vous appelez-vous ?

– Charlie.

Appuyé à sa portière, il s'écartait le plus possible de Billy, comme si elle était contagieuse. Ou qu'elle allait lui sauter dessus.

– Vous pensez que ça peut être un défaut de son véhicule ?

– Quoi ?

– Le type qui est mort. Dans la berline. Du monoxyde de carbone qui serait remonté depuis le moteur vers l'intérieur et qui l'aurait tué. En passant par la clim, ou quelque chose comme ça. Je sens des gaz d'échappement.

– Vous sentez surtout l'herbe.

– Je me disais que les gaz d'échappement, ça expliquerait tout. Il n'y a pas eu meurtre. Il s'est asphyxié comme dans un four.

Eh, Sherlock Holmes, chacun son métier, OK ?

– Ces sièges enfants ne sont pas à vous ?

– À mes neveux.

– La voiture n'est pas à vous ?

– C'est celle de ma sœur. Je dois passer les prendre, on doit aller à un festival.

– Elle sait que vous conduisez en étant stone ?

– C'est faux.

– Vous sentez la marijuana.

– Prouvez-le.

– Je ne peux pas, mais je peux vous faire embarquer au commissariat. Là, on le prouvera.

Charlie regarda ostensiblement des deux côtés de l'autoroute.

– Et qui va bien pouvoir m'emmener au commissariat ? demanda-t-il d'un air innocent.

– L'endroit va bientôt grouiller de flics.

– Personne ne sera là avant un bon moment. Et vous pouvez me faire souffler dans un ballon, je n'ai rien pris.

– Je vais contacter votre sœur, pour la mettre au courant.

– Mais faites donc votre devoir de citoyenne, M'dame.

Il entreprit de fixer ses pieds avec insistance.

Charlie était aussi défait que sa voiture. L'odeur de levure devait venir de ses cheveux, qui commençaient à feutrer à la racine. Il portait un sweater à capuche bas de gamme, lustré aux coudes comme un costume de vieux. Sur le volant, ses mains étaient bronzées et osseuses, mais avec des ongles longs et propres.

– Et qu'est-ce que vous faites dans la vie ? demanda Billy.

– Maçon.

– Pas avec des mains pareilles, non.

– Quoi ? dit-il en détournant le menton, agacé.

– Vos mains, expliqua-t-elle, ne sont pas celles d'un travailleur manuel.

– Qu'est-ce que vous voulez ?

– Je veux savoir pourquoi vous n'arrêtez pas d'aller jusqu'à ces arbres, là-bas. Et pourquoi votre voiture se balance dans tous les sens.

Elle se tut. Charlotte avait dit qu'il ne cessait de se retourner. Qu'y avait-il donc à l'arrière ?

– Je regarde ce qui se passe sur l'autoroute. Par curiosité, vous voyez ? Avec ce cadavre, et tout, juste derrière moi. Donc je n'arrête pas de me retourner pour voir ce qui se passe. Mais comme je ne voulais pas vous gêner, je reste dans ma voiture. Il est mort, alors, ce type ?

Il s'était mis à parler très vite dès que Billy avait commencé à regarder vers le siège arrière.

Mon petit Charlie.

De quoi essaies-tu de me détourner ?

– Je vais jeter un coup d'œil dans la voiture, d'accord ?

– Pourquoi ?

Elle ouvrit la portière arrière. Il n'avait pas le cran de lui refuser l'autorisation de fouiller sa voiture. Même s'il l'avait fait, elle serait passée outre. Tout ça n'avait rien à voir avec le meurtre. C'était… élémentaire. Elle reniflait un petit délinquant à des kilomètres, même sans l'odeur de la marijuana. Mais cet idiot lui fournirait un bon petit scalp à agiter devant son public autoroutier. Les incroyants. Elle pouvait se permettre de corrompre cette scène de crime-là, elle n'arriverait jamais à le traîner devant un tribunal pour les petites imbécillités qu'il trafiquait dans la Renault de sa sœur. Billy avait simplement besoin de montrer les muscles. D'afficher aux sceptiques son autorité. Elle grimpa sur la banquette arrière, fit passer comme elle put son postérieur par-dessus un rehausseur pour s'asseoir dans l'espace entre les deux.

– Mais qu'est-ce que vous faites ?

Elle ne se laissa pas prendre à son faux ton outragé.

Qu'est-ce que tu ne veux pas que je voie ?

Elle fouilla dans les poches au dos des sièges avant, se mit sur une fesse pour déployer l'accoudoir amovible, mais il n'y avait rien nulle part. Elle jeta un coup d'œil dans le coffre, tendit le bras pour s'emparer d'un sac de marin mais n'y trouva que des vêtements et un flacon de déodorant. Elle laissa tomber le tout.

Charlie grommelait tout en se grattant simultanément les deux aisselles.

Elle contempla les deux rehausseurs. Ils étaient là, anormalement raides et droits comme des gamins immobiles jouant à un-deux-trois-soleil.

Qu'est-ce qu'ils me cachent ?

Elle détacha les ceintures de sécurité et fit bouger un des deux sièges.

C'est alors que Charlie tenta de s'échapper.

En un éclair, il ouvrit sa porte et se mit à courir sur l'autoroute.

Billy essaya de sortir en tenant le siège devant elle – et tomba à sa suite sur l'asphalte. Elle se releva et contourna la Renault pour partir à la poursuite de Charlie. Elle entendit un cri. Quelques mètres plus loin, Charlie et Pat, coincés entre deux voitures, étaient à la lutte. Billy les rejoignit, tordit le bras de Charlie dans son dos. Comme il continuait à se débattre, elle serra un peu plus, lui adressant un douloureux avertissement.

– Ne rends pas les choses plus compliquées.

– C'est la voiture de ma sœur, la came doit être à elle.

– Ne me fais pas rire, j'ai déjà trop envie de pisser.

Elle fit signe à Pat et sous leurs deux poids combinés, le jeune homme bascula au sol, face contre terre. Billy appuya du genou sur son bras tordu, lui arrachant un petit cri.

Une paire de menottes apparut dans son champ de vision.

Billy leva les yeux.

– Tenez, prenez ça, dit Daisy.

Billy releva Charlie, l'obligea à se rasseoir au volant de la Renault et le menotta à son volant. Elle recula d'un pas, haletante.

L'infirmière se frottait la poitrine.

– Ça va ? demanda Billy.

– J'ai pris un coup sur le sein.

– Je ferai ajouter ça à l'acte d'accusation.

– Ce n'est pas lui, c'est vous ! protesta Pat.

Billy lui présenta ses excuses et remercia Daisy pour son aide opportune. La jeune femme se hâta de préciser que si elle avait des menottes, c'était uniquement parce qu'on lui en avait fait cadeau.

– Personne ne vous jugera pour ça, dit Billy.

Mais elle se demandait déjà pourquoi Daisy se baladait avec des menottes dans son sac à main.

CHARLIE, LE DÉFICIENT VÉSICAL

Renault Megane

J'allais lui dire ce que j'ai vu mais elle peut aller se faire foutre. Elle m'a déboîté l'épaule. Et j'ai entendu ce qu'a dit le type du van bizarre, de l'autre côté de l'autoroute. Elle est devenue blanche comme un paquet de kétamine quand il a dit qu'elle avait renversé un gamin.

Elle a dû faire quelque chose de pas net.

Ouais, elle peut aller se gratter. Moi, je toucherais pas à un gosse, alors, qu'elle commence pas à me faire la leçon ! C'est toujours pareil. Deux poids, deux mesures. Du coup, je crèverai sans dire ce que j'ai vu l'autre faire.

Ça fait mal, ces menottes, la vache. J'ai le poignet qui me lance. Et ça me fait encore plus mal si ça tourne, vaut mieux ne pas bouger. Difficile, avec cette chaleur.

Et si ce type s'était vraiment fait assassiner ? Assassin, c'est quand même pire que dealer. Je peux peut-être envisager un deal avec elle ? Des infos contre – comment ça s'appelle, déjà ? – l'immunité, comme ce qu'ils proposent aux gangsters et aux mouchards. Je ne trahirais pas mes potes, évidemment, je ne suis pas fou. Mais ce mort, je ne le connaissais pas. J'étais là derrière les arbres, à m'occuper de mes oignons, l'œil ouvert, faut être malin – parce que c'est comme ça que je repère un bon plan qui passe.

Et c'est grâce à ça que j'ai vu ce que j'ai vu. Les yeux grands ouverts, c'est tout moi.

Cette fliquette a trop serré les menottes. Ça coupe la circulation. J'ai l'impression que mon pouls enfle. Qu'il grossit. Je pourrais y perdre la main. Et ma sœur va me tuer. Je l'entends d'ici. « Imagine ce que papa et maman auraient dit, gna-gna. » Elle fait la maligne parce qu'elle a hérité de leur baraque et moi, de rien. Enfin, presque de rien.

La fliquette revient. Le mieux, c'est d'en parler, comme ils disent sur les affiches du métro contre le harcèlement.

DIX-NEUF

18 h 54

Charlie voulut parler dès qu'elle ouvrit la portière, mais elle leva la main pour le faire taire.

– Je vous arrête…

– J'ai un truc à vous dire d'abord, glapit-il.

– Calmez-vous, ou je vous inculpe pour refus d'obtempérer.

– Vous ne voulez pas savoir ce que j'ai vu ? Je croyais que vous enquêtiez ! Y a un complot. On fait un deal, vous et moi. Gagnant-gagnant. On en profite tous les deux. Je vous raconte tout ce que j'ai vu. Et je ne dis à personne ce que le mec du van a dit. Que vous avez buté ce gamin…

Billy leva une nouvelle fois la main.

– Carotte ou bâton, Charlie ?

– Quoi ?

– Tu essaies de me menacer ou de négocier avec moi ? Je te conseille de choisir l'un des deux, une bonne fois pour toutes. Carotte ou bâton ? Tu ne peux pas faire les deux à la fois.

Comme il restait muet comme un poisson rouge, hébété, elle lui claqua la portière au nez.

– Figure-toi, menaça-t-elle en haussant la voix pour se faire entendre à travers la vitre, que j'en ai ras le bol, des abrutis dans ton genre. Tes idioties, tu te les gardes.

D'un pas décidé, elle rejoignit l'herbe du bas-côté, à l'endroit où il avait effectué tous ses allers-retours. D'une voix étouffée qu'elle entendait à peine, il continuait à parler de deal, d'échange et de donnant-donnant. Mais l'échangisme, très peu pour elle. Elle enfonça la pointe de sa chaussure sur une petite zone où la terre semblait retournée, derrière les arbres maigrichons. *Rien n'est plus énervant qu'un délinquant arrogant, un petit merdeux qui se croit malin, un prétentieux sans cervelle.*

On avait enterré quelque chose là. Elle s'accroupit et dégagea la terre avec ses ongles. Un tas de sachets en plastique apparut.

Charlie avait fait comme Tim Robbins dans *Les Évadés*. Des petits voyages réguliers pour se débarrasser de la camelote planquée dans sa voiture. Il avait dû se faire dessus en comprenant qu'il était coincé sur une scène de crime avec une voiture remplie de drogue.

Elle rapporta un petit sachet jusqu'à la Renault et ouvrit la porte pour la lui agiter sous le nez.

– Les menaces, la tentative de corruption, et bien sûr le deal que tu voulais passer, c'est fini ! Je t'arrête pour possession de stupéfiants de catégorie A.

Le choc le fit taire pour de bon. Billy lui récita les droits d'accusé tandis qu'il fixait ses mains, en se massant le poignet meurtri par les menottes.

– Alors où emmenais-tu ta sœur et ses enfants, déjà ?

Comme il ne répondait pas, Billy reprit :

– Un festival, c'est ça ? Donc, tu voulais entrer avec la drogue cachée dans les sièges des gamins, et dealer sur place ? Et que se serait-il passé si les enfants étaient tombés sur les sachets ? S'ils avaient pris ça pour des bonbons et avaient tout gobé ? Tu aurais un homicide involontaire sur la conscience.

Charlie se taisait toujours. Il tremblait à présent. Billy lui claqua de nouveau la portière au nez. Pour le laisser mariner un peu dans sa boîte de conserve. Il n'avait rien d'important à lui dire. Elle étiqueta les sachets, même si elle savait très bien que la preuve n'était pas recevable puisqu'elle était entrée de force dans la voiture. Elle avait en tout cas mis fin à son projet stupide.

Elle se retourna et vit que des spectateurs l'observaient avec attention de l'autre côté de la voie. Au moins, si sa démonstration d'autorité avait été crédible, cela lui donnait une petite chance de garder le contrôle sur sa scène de crime.

– C'était génial, dit Daisy.

– Oh là là, oui, la grande classe ! renchérit Olly.

– Bon, il faut remercier Pat, qui l'a intercepté.

Pat haussa modestement les épaules.

– Je revenais juste de faire pipi et il m'est rentré dedans. Je n'ai fait que résister.

– Bien joué, dit Billy. Et où avez-vous réussi à aller faire pipi ?

– Là-bas.

Elle indiquait le bas-côté, quelques mètres plus loin. À la vue de tous.

– En prison, on s'habitue à pisser devant des gens. Qu'on me voie faire ou pas, j'en ai littéralement rien à caguer.

Mais ça n'était pas le cas de Billy, qui ne pouvait pas se permettre de perdre le peu d'autorité qu'elle venait de regagner en s'accroupissant devant tout le monde.

Point final. Il fallait qu'elle se retienne. Même si ça commençait à être douloureux.

Elle se retourna à temps pour voir Heathcote toiser Pat de la tête aux pieds. L'infirmière s'en aperçut également.

– Qu'est-ce qui vous fait tordre le nez ? cracha-t-elle. Les besoins naturels d'une femme ou le fait d'avoir droit à une deuxième chance dans la vie ?

– Je n'ai rien dit, protesta Heathcote.

– Pas besoin. Vous voudriez que je remonte en voiture pour faire marche arrière sur l'autoroute des regrets, c'est ça ? Il est trop tard pour ça, mon gars. Les regrets n'y changeraient rien. Mais avoir une deuxième chance, peut-être que c'est possible.

Le propriétaire du pub leva les paumes vers le ciel.

– Ne commençons pas à nous battre, dit Billy en posant une main sur le bras de Pat et en la poussant gentiment vers sa Golf.

Heathcote battit de lui-même en retraite vers sa BMW.

Charlotte se tourna, elle aussi, vers sa voiture, sa petite boîte jaune toujours à la main. Sur la file de gauche, Kerry et sa fille s'attardaient. Hyacinth leva la main pour montrer à sa mère un des bonbons calmants et Billy l'entendit demander :

– Je les aime, ceux-là, ou pas ?

Kerry dut décider que oui parce que sa fille haussa les épaules et fourra la pastille dans sa bouche. Pas étonnant qu'elle soit si maigre, si elle se posait la question à chaque fois qu'elle avalait quelque chose.

Le calme que Billy espérait n'avait duré que quelques minutes. Ils étaient tous accablés de chaleur, fatigués, énervés. Mais de là à être capables de tuer ?

Si oui, il n'y avait aucune lézarde dans leurs façades. Et pourtant, quelqu'un avait commis ce meurtre.

Alors de quoi d'autre le tueur était-il capable ?

Daisy Finch était passionnée par chaque avancée de l'enquête et elle avait des menottes dans son sac. Pat Mackey était une ancienne taularde avec un sale caractère. Charlotte McVie roulait dans une voiture volée. Nigel Heathcote jouait à la fois le juge et le jury – était-il aussi le bourreau ? Kerry et Hyacinth restaient secrètes. L'agent immobilier, Carl Dawes, avait un téléphone prépayé et était le mieux placé pour être l'assassin. « Bob », Mister Van, s'était montré agressif. Et même Olly Sims s'était montré un peu trop serviable…

… Jusqu'à ce qu'elle s'approche de son camping-car. Là, Olly s'était montré particulièrement peu coopératif.

La piste était vague, mais elle pouvait tenter le coup.

Il était remonté dans son Combi Volkswagen.

Billy fit les quelques mètres qui les séparaient. Il était temps d'avoir une petite discussion.

Quand elle s'approcha de la porte latérale, Olly voulut la refermer mais Billy le devança.

– C'est un beau vélo que vous avez là.

Il était trop poli pour lui claquer la porte au nez. Quelques années plus tôt, elle avait travaillé sur un trafic de VTT volés. Leurs caractéristiques – roues en Kevlar, cadres en carbone, couleurs personnalisées – et leur prix l'avaient stupéfaite. Ils valaient plus que sa voiture. Et ce vélo-là avait l'air tout aussi haut de gamme.

– Vous êtes cycliste professionnel, non ? On dirait. C'est quoi, votre spécialité ? Enduro ? Trail ?

Le compliment fit rire Olly, qui rouvrit la porte.

– J'aimerais bien. Non, je suis seulement passionné. Le genre d'amateur qui fait rigoler les pros. Tout le matos, mais aucune technique. Mais je suis une formation d'ingénieur et j'aimerais bien concevoir des vélos. Donc…

Il fit tourner la roue du VTT posé sur sa béquille. Les rayons devinrent flous.

Des rayons de vélos.

Billy fit un pas en avant. Olly tendit le pouce, les rayons se mirent à cliqueter contre son ongle et la roue cessa de tourner. Les rayons étaient noirs. Des tiges métalliques. Fines comme des brochettes.

Comme la pique dans la nuque du cadavre.

Mais il ne semblait manquer aucun rayon aux roues de ce vélo.

– Vous faites vos réparations vous-même ?

– Oh, oui, ça fait partie du plaisir, dit-il en se moquant de lui-même. Les réparations et les modifications.

– Les rayons, aussi ?

– Les rayons des roues ? Bien sûr. C'est aussi simple que de réparer un vélo d'enfant.

– Ils sont difficiles à retirer ?

– Pas vraiment, non. Il suffit d'enlever le pneu, et de les retirer depuis l'intérieur de la jante. Pourquoi ?

– Et on en trouve facilement ?

– Bien sûr. Dans les boutiques de cycles. Ou en ligne. J'en ai un stock de rechange.

– Vous avez des rayons de rechange dans votre camion ?

– Oui, je… Attendez.

Olly ouvrit un tiroir, souleva un petit carton qui ressemblait à une très étroite boîte à chaussures et le lui tendit. Il contenait des baguettes de métal noir. Avec un bout recourbé qui se terminait par une tête aplatie, exactement comme l'objet enfoncé dans le cou du mort.

– Il faut qu'ils soient du bon diamètre, donc j'en ai toujours quelques-uns, en cas d'urgence. Ça me rend populaire auprès des autres cyclistes.

– Vous aimez bien rendre service, vous, non ?

Olly parut presque offensé.

– Comme tout le monde, n'est-ce pas ?

Elle avait même rencontré quelques témoins trop empressés.

– Oui, j'imagine que j'aime bien être utile, concéda-t-il en commençant à ranger sa boîte. Mais je n'ai fait que vous prêter quelques vieilles cordes. D'ailleurs, j'aimerais bien les récupérer quand vous aurez fini parce que les bonnes cordes d'escalade, ça coûte un pognon de dingue.

– Puis-je vous emprunter un de ces rayons ? demanda Billy en cherchant dans sa poche un sac de couches à enfiler sur ses mains.

Olly haussa les épaules et rouvrit la boîte.

– Bien sûr. Mais pourquoi… ?

– Je veux juste vérifier une théorie.

Elle prit la baguette de métal noir qu'il lui tendait.

– Vous disiez qu'il y en a de différents diamètres ?

– Ceux-là sont tous identiques. Ils vont sur mon vélo. J'en ai eu des plus fins mais je les ai donnés.

– À qui ?

– À une cycliste. En France. Elle avait eu un accident sur un sentier et en avait cassé plusieurs.

– Donc, pas ici ?

La lèvre supérieure d'Olly se retroussa, en pleine confusion, dévoilant des dents parfaitement alignées.

– Mais qu'est-ce que vous faites ? Pourquoi ces sachets en plastique sur les mains, comme si vous manipuliez un indice matériel ?

– Toute l'autoroute est un indice matériel. Vous collaborez à l'enquête de police et vous êtes vraiment très serviable, merci.

Il haussa une épaule. Poli mais un tantinet agacé. Il était énervé mais trop réservé pour le montrer. D'après ce que Billy en savait, les gens qui maîtrisent leurs émotions en public sont souvent ceux qui pètent les plombs en privé.

Son pouls était plus rapide que son pas lorsqu'elle traversa les deux voies et se baissa sous la corde pour rejoindre la berline. Elle tenait peut-être une piste. Elle enfila de nouveaux sachets et ouvrit la portière arrière. La chaleur l'enveloppa. Elle prit une grande inspiration avant de se pencher dans l'habitacle étouffant où l'air épais lui colla au visage. L'odeur de sang et d'urine était plus forte, après deux heures en plein soleil. Le cou de l'homme était plus pâle que tout à l'heure. La tige mince qui émergeait de sa nuque sur un centimètre était bien visible. Sans toucher le cadavre, Billy leva le rayon de vélo qu'elle tenait à la main pour comparer son extrémité au bout recourbé de la chose qui l'avait tué.

La même épaisseur. Le même noir brillant. La même tête aplatie.

Les mêmes, exactement.

On l'avait tué avec un rayon de vélo.

TROISIÈME HEURE

VINGT

18 h 59

Les rayons de vélo. Certains gangs – des petits voyous – en limaient la pointe pour en faire des armes. Bon marché, mortelles, et faciles à cacher. Mais il ne s'agissait pas ici d'un règlement de comptes entre gangs. Si ? Alors comment ce rayon de vélo avait-il fini dans la nuque du mort ?

– Inspectrice ?

Mandeep et le petit garçon s'approchaient du périmètre de sécurité.

– J'ai un message pour vous. Reçu par radio.

Le chauffeur de taxi lui tendit un bout de papier. Une note, griffonnée sur une facture de taxi.

Chad n'est peut-être pas Chad.

– Le commissaire Day demande que vous le rappeliez dès que possible, ajouta Mandeep.

– Quelle heure est-il ? demanda Billy pour la forme en consultant sa montre.

Mandeep lui répondit tout de même.

– Presque 19 heures.

Ça faisait deux heures qu'elle était sur cette autoroute, et elle était de retour à la case départ.

Le seul élément sérieux qu'elle pensait avoir trouvé (l'identité du mort) était peut-être bidon.

Sauf que…

Qui se balade avec de faux papiers ? Les mineurs qui essaient d'acheter de l'alcool. Et les criminels.

Chad McClusky (ou quel que soit son nom) n'était pas de la première catégorie, donc il devait appartenir à la seconde.

Qui es-tu, Conducteur Mort, et qu'as-tu fait ?

Billy ouvrit vivement la porte côté passager et fouilla la boîte à gants, ignorant l'odeur d'entrejambe moite qui montait de l'habitacle. Peut-être quelque chose l'éclairerait-elle sur l'identité de celui qui ne s'appelait pas Chad. Elle y trouva un contrat de location.

Comme le sien, il était plié dans une chemise bleu ciel. Ils étaient passés par la même agence à l'aéroport. Ils avaient peut-être même fait la queue ensemble. Mais son visage, son profil ne lui disaient rien.

Cela dit, à l'aéroport, elle était complètement dans le brouillard, à la fois parce que le vol avait été très long, et parce qu'elle revenait en Angleterre après six mois passés à l'étranger. Submergé par ce retour à la normalité, son esprit n'avait cessé de s'étonner de détails pourtant très familiers. De choses qui, auparavant, n'auraient jamais été des *choses* pour elle : les vitrines des boutiques, les tendances vestimentaires, la signalisation, la nature chiche de la lumière du jour, l'ambiance sinistre des fast-foods, la distance à laquelle les Britanniques se tiennent les uns des autres lorsqu'ils font la queue, si précise qu'on la dirait mesurée au centimètre près. Les accents, les airs renfrognés, les chaussettes. Le temps qu'elle arrive au comptoir de l'agence de location, son espace mental était saturé et elle n'avait pas remarqué l'Américain plutôt bel homme qui…

Suis-je bête !

S'il ne s'appelle pas Chad, il n'est peut-être pas américain non plus.

Elle se redressa trop vite, fut prise d'un vertige. Jet-lag. Chaleur. Déshydratation. Elle devait faire attention. Sa vision s'éclaircit. Elle jeta un coup d'œil vers le Module aménagé hybride sur la chaussée opposée. Elle n'avait pensé à la CIA que parce qu'elle imaginait que le faux Chad était citoyen des États-Unis. Cette connexion ayant disparu, ses soupçons devenaient totalement futiles. Bizarres, même. Toute peur la quitta. Le van n'était qu'un gros véhicule noir avec des vitres fumées.

J'ai peur des vitres fumées, maintenant.

Bon sang, Billy, Merde !

C'était la même chose que cette phobie de conduire ménopausique qui l'avait submergée, en Australie. Dans sa panique, elle avait coupé brutalement deux files (coups de frein, coups de volant, coups de klaxon) pour se rabattre sur la bande d'arrêt d'urgence, en attendant que ça s'arrête.

Ses mains qui s'ouvraient et se refermaient sur le volant comme des poissons échoués. La puissance incontrôlable de l'anxiété qui s'était emparée de son corps.

Un véritable Hulk au féminin.

Si l'angoisse me prend, ça ne va pas vous plaire !

Ressaisis-toi, Belinda.

Ça avait recommencé sur l'autoroute, un peu plus tôt. La même force qui recommençait à s'accumuler. Qui sait ce qui se serait produit si la circulation n'avait pas été bloquée à ce moment-là ? Mme Hulk aurait refait surface et en cet instant même, elle serait un peu plus loin sur la bande d'arrêt d'urgence, les mains crispées sur le volant, en train de pleurer et de se demander comment rentrer chez elle, puisque sa sœur n'était pas là pour venir la chercher cette fois-ci. Seigneur, la seule solution aurait été d'appeler la police ! Quelle humiliation de voir sa voiture quitter l'autoroute, avec au volant une jeune policière prétentieuse et persuadée que ses genoux et sa confiance en soi seraient éternels.

Billy pressa le bout de ses doigts sur son sein gauche pour sentir les battements désordonnés de son cœur.

Et maintenant, ce maudit van noir aux vitres teintées.

Comment pouvait-elle continuer à travailler si elle ne savait pas faire la différence entre l'instinct, l'intuition qui l'avaient si bien servie tout au long de sa carrière, et cette nouvelle angoisse irrationnelle et trompeuse ? Comment redevenir policière si elle ne savait pas séparer la réalité de ce qui se passait dans sa tête ?

Elle pouvait peut-être parler à Dom grâce à la radio du taxi… Entendre une voix amie. Mais si elle devait le contacter, il valait mieux avoir quelque chose de nouveau à lui dire. Sinon il allait penser qu'elle perdait les pédales. Une fois de plus.

Bon. Ce conducteur mort. *Qui est-ce ?*

Elle déchira l'enveloppe contenant le contrat de location. Tout était au nom de Chad McClusky, et l'adresse fournie était celle de Howle Green.

Elle jeta un regard à Heathcote, tenancier de pub à Howle Green. Il avait pris la pose d'une sculpture de

Rodin, appuyé à sa voiture, le menton sur son poing. *Le Penseur.* À quoi donc pouvait-il bien penser ?

Suis-je bête, bis !

Le lien avec Howle Green était peut-être tout aussi bidon. Peut-être que non-Chad avait donné une fausse adresse en plus de sa fausse identité. Ce qui expliquait pourquoi Heathcote n'avait jamais entendu parler de l'Airbnb à proximité de son pub.

Bon sang, je repars vraiment de zéro.

Ça fait deux heures, et je ne sais absolument rien.

Que savait-elle *vraiment* sur Conducteur Mort ? Non-Chad était arrivé par l'avion de Washington avec de faux papiers. Le lien avec Washington était solide. Si elle pouvait le confirmer, ce serait déjà un début…

Qu'avait dit Pat tout à l'heure, déjà ? Que quand le gouvernement avait bloqué le réseau local, les appels vers l'étranger passaient toujours. OK, ça valait le coup d'essayer. Billy fit le numéro des renseignements internationaux. Et obtint une sonnerie. Quand on décrocha, elle demanda à être mise en relation avec l'aéroport international de Washington-Dulles.

Une sonnerie étrange se fit entendre cinq fois avant qu'on lui réponde. Billy demanda à parler aux services de sécurité.

– C'est à quel sujet, Madame ?

Son interlocutrice lui parut très imbue de son importance, même à des milliers de kilomètres de distance.

Billy lui donna son rang et lui expliqua qu'une série d'attentats était en cours en Angleterre, et que donc elle avait un besoin urgent de renseignements sur un passager qui avait décollé de Washington ce matin même.

– Il y a des canaux officiels pour ce genre de demandes, Madame. La police ne passe normalement pas par les numéros publics.

– Mais la situation est anormale, dit Billy, qui avait espéré que l'opératrice refilerait la patate chaude à un agent de sécurité à qui elle pourrait demander de l'aide. Les lignes téléphoniques intérieures du Royaume-Uni sont coupées, et je ne peux pas passer par les canaux habituels. Il y a énormément de victimes.

Elle entendit le cliquetis des faux ongles sur un clavier. Une seconde plus tard, l'opératrice poussait un juron à voix basse. Billy tenta de pousser son avantage :

– Nous devons impérativement identifier un suspect qui a débarqué chez nous en provenance de Washington juste avant les attentats.

– Il vous faut quand même passer par les canaux officiels, Madame. Je suis désolée de ne pas pouvoir vous aider davantage…

– Attendez, ne raccrochez pas ! OK, je comprends qu'il y a une procédure à suivre, mais pouvez-vous demander à votre chef de la sécurité de contacter la police britannique *via* ces canaux officiels ? Je peux vous donner un nom. Mon supérieur a une habilitation de sécurité.

Mini-soupir.

– OK. Le nom et le numéro ?

– Commissaire Dominic Day.

Billy lui donna les informations nécessaires. L'opératrice raccrocha en la prévenant qu'elle ne pouvait rien lui promettre.

Billy sentit quelque chose bouger à l'intérieur d'elle-même. Dans le grand jeu de Tetris qu'est une enquête, une pièce d'une forme bizarre venait d'apparaître et se rapprochait. Elle espéra la faire tomber à la bonne place.

Un glapissement de l'autre côté de l'autoroute la fit se redresser. Une maman qui élevait la voix contre son enfant :

– Mais je ne sais pas combien de temps ça va durer !

Et l'enfant qui se mettait à pleurer.

Les nerfs étaient à vif. Combien d'actes de violence sur lesquels Billy avait dû intervenir tout au long de sa carrière étaient dus à des nerfs à bout ? Impossible de compter. Elle pouvait comprendre l'énervement, les actes inexplicables commis quand l'émotion était insoutenable. Mais ce meurtre était différent. L'utilisation d'un rayon de vélo indiquait un geste de haine, pure, maîtrisée et impitoyable.

Elle devait accélérer.

L'arme du crime. Ça, c'était un progrès tangible. Et ça voulait dire qu'elle pouvait encore se fier à son instinct.

Affûter un rayon de vélo pour en faire une arme mortelle… Qu'est-ce que ça disait du tueur ?

Qu'il avait dû cacher son arme.

Qu'avoir du sang sur les mains ne lui faisait pas peur.

Donc qu'il devait être en colère.

Et qu'il avait dû agir vite – *tchak, tchak, tchak !*

Et qu'il pouvait encore être tout près, au nez et à la barbe de tous. Absolument n'importe lequel de ces gens pouvait avoir une arme dans sa manche.

VINGT ET UN

19 h 05

Billy se rendit compte qu'une femme agitait un linge blanc au-dessus du séparateur central. Elle cherchait soit à se rendre, soit à attirer son attention.

Le bambin qui avait crié une minute plus tôt s'accrochait mollement à elle, contre sa hanche. Il portait une sorte de marinière bretonne, et ses boucles blondes étaient collées de sueur sur ses oreilles roses. Un garçon, nota Billy en traversant la voie de droite pour rejoindre la femme – une bourgeoise, sans doute.

– C'est mon fils, dit-elle comme si c'était la faute de Billy. Il se nomme Otto.

– Hello, Moto.

– Otto, insista la femme. Il s'appelle Otto.

Oups !

Le gouffre l'attendait de nouveau, prêt à l'engloutir. Mais ces gens à la parentalité si nonchalante qu'ils prenaient leurs enfants pour des accessoires de mode l'agaçaient au plus haut point.

Concentre-toi, Belinda.

Elle prit la petite main humide et grassouillette du garçonnet et l'agita.

– Désolée, Otto.

– Bon, il faut qu'on sorte d'ici parce que mon petit garçon n'en peut plus. Il va bientôt faire nuit, et je pense que nous ne sommes pas en sécurité. J'ai entendu parler de tueurs, de terroristes, et maintenant de drogués. C'est le chaos le plus total, à vrai dire. Et je crains pour la santé physique et mentale d'Otto.

Oh, sa santé mentale ?!

Elle joue sa carte maîtresse d'entrée.

Otto tira sur le col de sa mère pour se tourner face à Billy, lui offrant une vue plongeante sur son décolleté luisant de sueur. La femme se rajusta vivement.

– Je comprends votre inquiétude, dit Billy, mais vous serez plus en sécurité en patientant dans votre voiture. Verrouillez les portières au besoin. Et si Otto ne supporte pas la chaleur…

– Otto supporte très bien la chaleur. Il voyage souvent. La question n'est pas là.

Billy fit un nouvel essai.

– Si vous avez besoin d'eau…

– J'ai toujours de quoi boire et de quoi manger pour lui. Mais nous devons partir d'ici.

– C'est impossible tant que la circulation est bloquée. La bande d'arrêt d'urgence doit rester libre, pour le passage des véhicules de secours.

– Quels véhicules de secours ? On nous a abandonnés. C'est un véritable scandale. Il y a des enfants, ici.

– Même si vous repartiez d'ici, vous n'iriez nulle part. Les routes adjacentes sont également bloquées. Il va falloir rester calme et patienter. Si vous avez besoin d'une aide quelconque…

– Je n'ai pas besoin d'aide, j'ai besoin d'assistance. Ça n'est pas la même chose.

– Ah bon ? fit Pat qui venait d'arriver derrière Billy. Alors expliquez-nous la différence.

– Eh bien…

Otto recommença à tirer sur son col et elle lui donna une tape sur la main.

– « Aide », ça sous-entendrait que je suis en détresse alors qu'en fait, je demande simplement aux gens d'effectuer convenablement leur travail. Ce qui, dans le cas présent, est de proposer en premier lieu une « assistance » à ceux qui en ont le plus besoin…

Elle redressa brusquement la hanche et Otto, qui tentait d'ajuster sa prise à sa nouvelle position, eut droit à une seconde petite tape.

– … Je pense que nous sommes tous d'accord pour dire qu'Otto a le droit d'être mis à l'abri.

– Ce qu'elle vous a déjà conseillé de faire en restant assise dans votre voiture, portières verrouillées, dit Pat.

– Et qui êtes-vous, d'abord ?

– Je m'appelle Pat, et je viens de passer douze ans en prison, donc je sais me débrouiller toute seule. Si vous voulez, je peux venir m'asseoir dans votre voiture, pour vous protéger ? Je serais heureuse de vous offrir toute l'assistance que vous désirez.

– Je vais déposer plainte contre vous, déclara la mère en tendant un doigt vengeur vers Billy. Vous mettez en danger un enfant innocent, avec votre attitude. Nous devrions être évacués et…

Elle continua à râler tout en s'éloignant, tandis qu'Otto les regardait par-dessus son épaule.

– Évacuer ? Je pourrais lui administrer un lavement, marmonna Pat.

– Pour être honnête, elle n'a pas tout à fait tort. Ça va être difficile de garder les choses sous contrôle une fois la nuit venue.

– Alors vous feriez bien de vous y remettre, non ?

Billy recommença à penser à l'arme du crime.

À ce rayon de vélo qui semblait désigner Olly comme le principal suspect.

Mais l'assassin avait fait passer son acte avant tout le reste, et même avant son instinct de conservation parce que, en tout état de cause, il n'avait aucune chance de passer à travers les mailles du filet. Si ? Un meurtre, en plein jour, dans un lieu public. Ce qui reliait l'assassin à l'humanité, peut-être même à la réalité, ne tenait plus qu'à un fil. Mince comme un rayon de vélo. Il n'était pas si différent des terroristes de la capitale, prêts à mourir pour leur cause. Un fanatique. Avait-elle affaire à un tueur ou à un zélote ?

Olly semblait-il être l'un ou l'autre ?

Non.

Mais il l'avait détournée de la scène de crime. Et c'est lui qui avait annoncé à ceux qui entouraient la voiture abandonnée qu'elle était policière. Ce qui l'avait obligée à aller voir et à s'occuper de la fausse « voiture piégée ». Une grosse perte de temps, en fin de compte. L'avait-il fait exprès ? Si oui, il était manipulateur et opportuniste – et capable de réfléchir vite.

Il ne faut pas sous-estimer un grand bourgeois affable qui a besoin d'une bonne coupe de cheveux. La politique britannique ne lui avait-elle donc rien appris ?

– Toc, toc ! dit-elle en arrivant à la porte latérale du camping-car d'Olly.

Daisy était assise à l'arrière, les bras autour de ses genoux repliés.

– Pourrais-je vous dire deux mots ? En privé ?

Daisy se déplia et les laissa seuls.

– Vous connaissez le nom de Chad McClusky ? demanda Billy.

– Non.

– Prenez votre temps.

– C'est un nom assez particulier. Que je n'ai jamais entendu.

– Vous reconnaissez l'homme qui est mort ? Vous ne l'avez jamais vu ?

– Mon Dieu, non. Pourquoi ?

– Accepteriez-vous que je fouille votre camion ?

– Il ne faut pas un mandat, pour ça ?

– Pas si vous m'en donnez l'autorisation.

– Ma mère est juriste. Avocate pénaliste, en fait…

Génial !

– … Je pourrais lui téléphoner pour savoir si vous avez de quoi appuyer vos dires mais je soupçonne fortement que, vu les circonstances, vous n'avez rien du tout.

– Ne vous gênez pas, appelez votre mère – dès que le réseau sera rétabli. Je n'enfreins les droits de personne. Je vous demande gentiment quelque chose. Mais vous l'aurez remarqué, je suis en train d'enquêter sur un meurtre et l'heure tourne.

– Sans vouloir faire de mauvais esprit, je pensais que la priorité était plutôt la voiture piégée.

– Il n'y a pas de voiture piégée. Pas ici. Les explosions n'étaient qu'un prélude au gros attentat du centre-ville. Donc ma priorité est bien ce mort, ici.

– Mais quel est le rapport avec mon camping-car ? J'ai essayé de vous rendre service. J'ai fait ce que vous m'avez envoyé faire, je vous ai prêté mon matériel, que j'espère récupérer, d'ailleurs. Et vous, vous me soupçonnez.

Il continua à ruminer à propos de sa mère, l'avocate pénaliste. Billy prit une grande inspiration et souffla très lentement par le nez. Comme Olly commençait à s'échauffer, il fallait qu'elle se calme, pour contrebalancer les choses. Et comme de juste, après avoir fulminé quelques instants, il se tut, à bout de souffle.

– Bon, très bien !

Olly descendit d'un bond de son camping-car, bousculant Billy au passage. Il fit demi-tour sur le macadam pour lui faire face.

– Tout le monde croit que vous n'êtes pas une vraie policière, vous savez ça ? Rien ne nous oblige à vous laisser fouiller dans nos affaires. Mais allez-y, retournez tout mon camion si ça vous chante.

Il se grattait frénétiquement le sommet du crâne.

La sœur de Billy avait un tic du même genre, quand elle était jeune. Avant un examen, elle allait même jusqu'à se faire saigner. Autrefois, c'était Mel la plus nerveuse des deux. Billy était d'un calme olympien, en comparaison. Mais Mel n'avait pas passé trente ans de sa vie à affronter des trouducs.

– Ce n'est pas comme dans les films. Je n'ai pas besoin de tout retourner, dit-elle en vérifiant que ses gants de fortune étaient en place. Je vais faire attention.

Olly ne répondit pas mais plissa la bouche comme un petit garçon. Billy ne voyait pas du tout pour quel motif il aurait pu vouloir tuer l'homme de la berline noire, et pénétra malgré tout dans l'espace confiné du camping-car.

Elle œuvra vite, prit des photos tandis qu'elle fouillait. Elle contourna le vélo pour inspecter le contenu d'un petit placard. Que cherchait-elle, en fait ? Des rayons de vélo à la pointe aiguisée, ou n'importe quoi qui puisse relier Olly au mort dont elle ignorait le vrai nom.

Des menottes.

Dans le tiroir supérieur gauche du petit placard, Billy découvrit une paire de menottes. Elle les photographia avant de les montrer à Olly.

– Pourquoi possédez-vous des menottes ?

Ses yeux roulèrent jusqu'à ses épaules.

– C'est une simple blague, on me les a offertes.

Possible, mais quand même. Des menottes.

Daisy aussi en avait une paire – un « cadeau ». Et celles-là étaient « une blague ». C'était un truc de la génération Z ? Il fallait pouvoir matcher sur Tinder à tout moment ? Elle décida de confisquer les menottes. Ne fût-ce que pour les mettre hors de portée de tous ces gens bloqués ensemble sur cette autoroute. La clé était sur les menottes. Billy déposa le tout dans un sachet à crottes de chien et y fit un nœud.

Les autres tiroirs ne contenaient que des outils et autres accessoires qui, à son œil peu exercé, ressemblaient à du matériel authentiquement destiné aux accros à l'adrénaline : mousquetons, lubrifiant, tournevis de précision. Cartes. Cartouche de réchaud à gaz. Réchaud à gaz. Soupe en sachet, gobelets, casseroles. Ustensiles à mi-chemin entre la fourchette et la cuillère, dont elle ne connaissait pas le nom.

Pas de rayon de vélo taillé en pointe pour accabler Olly.

Billy s'accroupit.

Des cuichettes ! Voilà comment on appelle ça.

Et comment Olly aurait-il pu assassiner le faux Chad, d'ailleurs ? Il lui aurait fallu traverser les trois voies de l'autoroute, aller et retour, sans être vu.

À moins que…

Y avait-il ici un espace où une seconde personne pouvait se cacher ?

Billy souleva les coussins des bancs, les couvercles des coffres en bois sous les coussins, mais les boîtes de rangement ne contenaient que du matériel. Pas d'assassin caché.

Elle tomba sur la petite boîte en carton contenant les rayons de vélo. Elle l'ouvrit et passa le bout de ses doigts gantés sur les rayons. Aucun n'avait été aiguisé.

– Ah, vous voulez peut-être ceci ?

Olly tenait une enveloppe pleine de reçus. Il les feuilleta et lui en tendit un.

– C'est un reçu pour vingt rayons de vélo. Achetés la semaine dernière. Ils y sont tous – sauf celui que je vous ai donné tout à l'heure. Au cas où vous penseriez qu'il en manque un.

– Et qu'est-ce qui vous fait croire que je cherche un rayon de vélo en particulier ?

– Le fait que vous les examinez attentivement. Je veux dire vraiment très attentivement. Et que vous les prenez en photo. Et que vous m'en avez emprunté un, un peu plus tôt. Et que vous enquêtez sur un meurtre. Et vous me prenez visiblement pour un idiot de bourgeois patenté, mais je suis aussi le fils d'une avocate pénaliste, donc je ne suis pas le dernier des idiots de bourgeois patentés.

Ce qui était précisément ce que Billy avait cru. Elle compta les rayons dans la boîte et il y en avait effectivement dix-neuf, en plus de celui qu'elle avait emprunté et qu'elle avait laissé dans sa voiture. Ça ne prouvait rien, mais elle lui demanda de déposer son reçu dans un sachet à déjections. Elle l'inspecta à travers le plastique, par pure forme, parce qu'il était rédigé en français, langue qu'elle ne comprenait pas. Olly, lui, parlait probablement le français, parce qu'il avait dû recevoir une éducation de ce genre. Elle essaya de ne pas se laisser piquer par le moustique du sentiment d'infériorité. Elle devait se concentrer.

– C'est loin, la Corse ? demanda-t-elle en désignant l'adresse sur le reçu.

– Pas tant que ça. Deux jours pour descendre à Marseille, et un ferry de nuit, dit Olly en flattant les flancs du camping-car comme si c'était un cheval.

– Bon, grogna Billy en contournant tant bien que mal le VTT pour ressortir.

Dieu seul savait pourquoi les gens aimaient les camping-cars. Ils donnaient plus de boulot que de repos. Elle s'appuya d'une main au siège conducteur pour s'aider à descendre sur la chaussée. Et aperçut un téléphone portable dans son support, fixé au tableau de bord. Olly devait s'en servir comme d'un GPS. Elle se pencha entre les sièges et posa le doigt sur l'écran. Il s'alluma sur Google Maps. Avec deux doigts, Billy zooma sur le repère de destination affiché à l'écran. *Wheelers Supplies.*

Une boutique d'accessoires de vélo. D'accord. Il faisait vraiment un détour pour acheter des pièces, comme il le lui avait déclaré. Elle hocha la tête en descendant du véhicule.

– Je suis libre ? dit-il en souriant en coin.

Billy lui rendit son demi-sourire, en vérifiant que leurs autres compagnons d'embouteillage étaient là où ils devaient être. Daisy était suffisamment proche pour les entendre. Elle attira son attention et se mit à lui poser des questions sur la manipulation des éléments matériels. Sur la manière dont il fallait qu'ils soient répertoriés, sur ce qu'un policier pouvait décider de confisquer, comment il fallait rédiger les étiquettes et comment s'assurer que les éléments n'étaient ni contaminés ni altérés…

– Aujourd'hui n'est pas un jour normal, coupa Billy.

Daisy acquiesça en silence, les joues rouges, comme si elle trouvait tout ça excitant. Qu'avait-elle dit qu'elle étudiait, déjà ? Criminologie ? Politiques publiques ? Quelque chose comme ça. Billy devait peut-être vérifier que cet intérêt marqué n'était dû qu'à ses études. La jeune femme portait un chapeau de paille tout froissé, à présent. Avec un hippocampe et le mot « Corse » sur le devant. Même Billy savait reconnaître ce mot en français – et puis elle venait de le lire sur le reçu fourni par Olly.

Tous deux disaient qu'ils s'étaient rencontrés ici sur l'autoroute. Et peut-être Olly lui avait-il prêté un chapeau. Mais le lien qu'il y avait entre Daisy et Olly chatouillait le nez de Billy comme un éternuement qui tardait à venir.

OLIVER, *ALIAS* LORD BYRON

Combi Volkswagen T2 Split Screen

Mes mains ne tremblent pas. Elle n'est que sergent, pas assez gradée pour me causer des ennuis. Elle ne sait rien. Tout va bien. Mais je n'ai plus de lingettes désinfectantes. Je vais devoir vider le van et tout mettre à laver en arrivant chez maman. Il doit y avoir des traces partout, comme avec ces lampes UV qui permettent de voir le sang, le sperme ou je ne sais quoi d'autre, les germes et les bactéries. Et la dernière chose que la policière a touchée est un cadavre, donc il doit y avoir ça en plus. Même si elle avait des sacs en plastique sur les mains, j'ai l'impression qu'elle a laissé ses empreintes pleines de sueur partout, même sur ma figure et sur mes lèvres.

Il y a peut-être des lingettes désinfectantes dans le tiroir ? Non.

Je me coince le pouce en le refermant. Aïe ! Je reste un peu sur le siège passager, le temps d'avoir moins mal. Mon doigt me lance comme un petit oiseau assommé, niché contre ma poitrine. Pauvre petit moineau.

Daisy est là, près de sa Micra rose vif. Une couleur très séduisante. Les types de l'autre côté de l'autoroute ont commencé à la reluquer mais ont arrêté quand elle les a envoyés paître. Ils ont cru à une fille facile, avec sa robe qui brille, mais elle est sérieuse. Mon chapeau de paille lui va bien. Mais elle va devoir le garder, maintenant. À cause de toute cette peau morte. Elle est incroyablement belle, avec ce soleil qui embrase ses longs cheveux. J'attends cinq minutes et j'irai la retrouver.

Je dois d'abord nettoyer le van. Mon pouce a l'air d'aller mieux.

Sous le siège peut-être ?

Oui, un paquet de lingettes, gagné ! Je commence par les rayons de vélo, que le sergent a manipulés de ses mains sales, gants ou pas gants. Ça va me prendre une éternité de nettoyer ce paquet, plus de cinq minutes, mais j'irai voir Daisy dès que j'aurai fini.

Dommage, pour les menottes. J'aurais dû tenir tête à cette femme, ne pas la laisser me dominer. Il faut que je me défende, c'est ce que dit ma mère, que mes excentricités exaspèrent. C'est vrai, je ne suis bon à rien dès qu'il faut s'appliquer un peu. Mais comme maman, Daisy ira loin. Criminologie et politiques publiques, c'est du sérieux. Et qu'est-ce qui m'autorise à croire que je la mérite, petit merdeux que je suis ? C'est parce que je suis un privilégié, c'est tout, je n'ai jamais rien eu au mérite. Si je retiens mes larmes, je vais encore avoir la migraine, donc je vais les laisser couler sur la lingette. Et après, j'aurai fini.

Je tapote sur l'écran pour consulter WhatsApp. Un message de ma mère, envoyé avant que le réseau ne lâche, qui me demande à quelle heure je compte arriver pour dîner ce soir. Elle va s'inquiéter. Elle va voir les deux coches, elle saura que je l'ai lu, mais pas pourquoi je ne peux pas répondre. Je tape une rangée d'émoticônes en forme de vans et une tête qui pleure. « Bouchon. » Et puis je l'efface, parce que c'est infantile. Elle dit que les émoticônes sont pour les gens qui ne savent pas s'exprimer. Et puis les téléphones ne fonctionnent plus, de toute façon. Elle attendra.

VINGT-DEUX

19 h 10

Billy aperçut son reflet dans la vitre en arrivant devant la Micra rose de Daisy. Même en transparence, à peine visible, elle avait l'air épuisée. Elle accommoda sa vue au-delà de la vitre pour scruter l'intérieur de la voiture. On aurait dit que quelqu'un avait vidé une valise en vrac sur la banquette arrière. Comment une jeune femme à l'esprit aussi bien organisé pouvait-elle avoir un véhicule aussi bordélique ?

Sur le dessus du tas de linge, il y avait un T-shirt avec un dessin de VTT. Et une date (le vendredi précédent) avec à nouveau le mot « Corse ». Le T-shirt était celui d'une compétition ou d'une course qui avait eu lieu la semaine précédente. Alors pourquoi disaient-ils qu'ils venaient tout juste de se rencontrer ? Le doute la taraudait depuis trop longtemps.

Elle se tourna vers Daisy.

– Parlez-moi de la Corse. Vous y étiez la semaine dernière.

La jeune femme hésita, rajusta son chapeau de paille. Olly émergea de son camping-car, un paquet de lingettes à la main, et rejoignit Daisy en trottinant.

– Oui, quelle coïncidence, la Corse, hein ! dit-il.

Il donna un coup de coude à Daisy pour qu'elle approuve. La jeune femme se tint le biceps comme s'il lui avait déboîté le bras.

– Je ne sais pas ce que vous trafiquez tous les deux, mais je n'aime ni les mensonges, ni les omissions, dit Billy.

C'était peut-être le jet-lag, ou l'envie de faire pipi, ou l'horreur de son reflet aperçu dans la vitre, mais elle se sentait trop mal pour enrober ses paroles de miel.

Les deux jeunes gens échangèrent un regard lourd de sens puis Daisy ouvrit la bouche pour parler.

Juste au moment où le téléphone de Billy se mit à sonner.

Cela faisait si longtemps qu'ils n'avaient pas entendu un téléphone sonner qu'ils en restèrent muets.

Numéro masqué. Ce devait être l'aéroport de Washington, un appel international, qui passait alors que le réseau local était bloqué.

Billy s'écarta sur la bande d'arrêt d'urgence avant de répondre. Elle donna son nom complet et son grade.

– Madame, je m'appelle John Vega. Sécurité aéroportuaire. J'ai cru comprendre que vous aviez un problème.

– Merci de me rappeler, dit-elle en levant les yeux vers le ciel pour remercier l'opératrice qui avait pris l'initiative de faire passer le message à son chef.

– J'ai l'autorisation de vous parler, mais je dois avouer que tout ça n'est pas très orthodoxe.

– Je suis bien d'accord, Monsieur. Mais la situation n'est pas très orthodoxe non plus. Je suis sur une autoroute, la circulation est arrêtée, et un homme a été assassiné dans son véhicule. Et je dois trouver son meurtrier, qui est encore en liberté.

– Comment savez-vous que le criminel est toujours sur place ?

Billy lui décrivit soigneusement le décor qui l'entourait. L'autoroute, la palissade et le tunnel bloqué qui les enfermaient, le fait que personne ne pouvait partir, ni en voiture, ni même à pied. Pas sans être vu, en tout cas.

– Et la seule chose que je sache, conclut-elle, est que la victime est montée dans un avion dans votre aéroport ce matin même pour atterrir chez nous. Cet homme est mort, et des attentats terroristes de grande ampleur ont lieu en ce moment même en ville, à quelques kilomètres d'ici.

– Je le vois en ce moment même sur mon écran, Madame.

– Et je ne sais pas si les deux événements ont un lien quelconque. Peut-être pas. Mais si vous pouviez m'apprendre quoi que ce soit sur cet homme…

– Je vais faire mon possible. Sergent Kidd, c'est bien ça ?

– Belinda Kidd, oui. Mais tout le monde m'appelle Billy.

– Oui, évidemment. Appelez-moi John. Pouvez-vous me donner le nom du passager ? Son numéro de vol ?

Billy lui donna son nom, en ajoutant qu'il était probablement faux.

– Une description ? demanda Vega. Pour que je puisse le retrouver sur les caméras de vidéosurveillance.

Billy observa le mort à travers le pare-brise. Elle ne l'avait pas regardé de très près. Elle ouvrit la portière pour le dévisager.

– Alors, il a des cheveux bruns, coupés court derrière mais plus longs sur le haut du crâne.

– Je suppose qu'il s'agit d'un homme de type caucasien, puisque vous ne l'avez pas précisé.

Billy fit la grimace.

– Oui, désolée. Un homme blanc, d'une trentaine d'années, je dirais. Plutôt beau et bien bâti.

– Un beau parti, on dirait. Ses vêtements ?

– Un pantalon bleu foncé qui n'est pas un jean, mais pas non plus un pantalon de costume.

Elle prit le tissu entre le pouce et l'index pour en évaluer la densité, même à travers le plastique des sacs qui lui couvraient les mains.

– On dirait un bas de jogging.

– De survêtement ?

– Oui, ce genre de tissu, mais en plus chic. Il est neuf, ou sort tout juste du pressing. Il y a encore le pli du cintre marqué aux genoux.

Billy baissa les yeux sur son propre jean, froissé, et fut soudain gênée par sa propre odeur.

– Ses vêtements ont l'air neufs, pas comme s'il les avait portés pendant tout un trajet en avion.

– Il s'est peut-être changé ? On dirait qu'il avait les moyens de s'acheter des vêtements neufs…

– Peut-être. J'imagine que beaucoup de gens aiment faire un brin de toilette après un vol ? demanda Billy.

– Il y a des douches qu'on peut louer à l'heure à l'aéroport. Je dirais que ça n'est pas inhabituel.

– Alors supposons qu'il s'est changé. Donc vous avez un homme blanc aux cheveux bruns, courts et raides sur la nuque et sur les côtés, mais tout mous sur le haut de la tête.

– Mous ?

– Un peu comme Hugh Grant dans *Coup de foudre à Notting Hill*. Bon, moins mous que ceux de Hugh Grant, quand même.

– Je vois. Taille ?

– Il est assis dans sa voiture, donc c'est difficile à dire, mais il semble être de taille moyenne.

Elle baissa les yeux sur les jambes du mort pour en estimer la longueur.

– Ses chaussures sont assez particulières. Des chaussures de sport.

– Des baskets ?

– Oui, mais montantes. En cuir. De marque Nike. Elles ont l'air neuves, flambant neuves même, mais elles ont un petit air démodé.

– Elles n'auraient pas un basketteur en train de sauter, sur la languette ? demanda Vega d'un ton légèrement amusé.

– Si. Et une sorte d'aile double avec… on dirait une hélice d'avion.

Il y eut un blanc pendant que Vega réfléchissait.

– Je ne pense pas que ce soit une hélice. C'est un ballon de basket.

Billy s'approcha un peu.

– Oui, un ballon de basket.

– Des Air Jordan vintage. Ce type a la classe. OK, je vais jeter un coup d'œil aux bandes de vidéosurveillance.

– Il serait intéressant de savoir s'il voyageait seul. Et comment il est arrivé à l'aéroport : la plaque d'immatriculation de son taxi, qui pourrait nous apprendre à quelle adresse il l'a chargé, ou celle de la voiture de sa femme si c'est elle qui l'a déposé à l'aéroport. N'importe quel élément nous permettant d'apprendre sa véritable identité. Et tout ce qui vous paraît suspect, évidemment. Et…

Billy soupira en contemplant le visage paisible de celui qui ne s'appelait pas Chad.

– … Et tout ce qui pourrait nous dire s'il est britannique ou américain, et pourquoi il s'est fait assassiner sur une autoroute anglaise.

– Puis-je vous demander comment il est mort ?

Billy regarda par-dessus son épaule pour s'assurer que personne n'écoutait.

– On lui a enfoncé un rayon de vélo aiguisé dans la nuque.

– Oh !

– Oui.

– C'est horrible.

– Absolument. Et prémédité. Il a débarqué au Royaume-Uni et il est mort une heure plus tard. C'est un assassinat.

Un moment passa. C'était la première fois que Billy y pensait ainsi.

Un assassinat. Son regard glissa par-dessus le séparateur central jusqu'au van de la CIA. Elle avait peut-être écarté cette possibilité un peu trop vite.

– Bon, je pense qu'il est citoyen des États-Unis, dit Vega pensivement.

– Comment ça ?

– Je ne le trouve pas sur le registre de la RF.

– RF ?

– Reconnaissance faciale. OK, laissez-moi vous expliquer. Quand vous prenez un avion, vous passez par différents points de contrôle. Dans l'Antiquité, il fallait montrer des papiers à chaque point de passage. Billet d'avion, passeport, carte d'embarquement. Mais aujourd'hui, il y a de plus en plus de terminaux sans contact, et la reconnaissance faciale numérique remplace les documents papier. Vous me suivez ?

– Parfaitement.

– Les passages sont plus fluides, et les aéroports, plus sûrs. Mais – car il y a toujours un « mais » – une partie non négligeable de la population refuse de se soumettre aux données biométriques. Même si on ne s'en sert que pour leur propre sécurité, d'accord ?

– D'accord.

– Donc on a toujours la possibilité légale de refuser la reconnaissance faciale pour passer les différents contrôles aéroportuaires. Cependant…

Vega aimait les suspensions dramatiques.

– Cependant ?

– Ça n'est accordé qu'aux citoyens des États-Unis. Les ressortissants étrangers n'ont pas la possibilité de refuser, ils doivent passer par la RF. Donc si on ne le trouve pas dans notre base de données de la RF, c'est qu'il l'a refusée, et donc qu'il est de nationalité américaine. Vous suivez ?

– Pas de RF, donc pas étranger.

– C'est ça. Tout ce que je peux vous dire pour l'instant, c'est qu'il a pris l'avion avec un passeport américain, sinon j'aurais sa tête sous les yeux en ce moment même.

– OK.

Billy se tut.

– Vous espériez en apprendre plus ? demanda Vega.

Billy avala une goulée d'air. Elle se reprit et lui demanda le numéro de sa ligne directe, qu'elle entra soigneusement dans la liste de ses contacts tout en revenant à sa voiture. Elle dut soupirer car Vega lui demanda si tout allait bien. Alors que sa situation était assez stressante…

– Je rentrais de vacances, répondit-elle. Je pensais à ma retraite.

– On y pense tous, non ? dit Vega en pouffant, d'un rire qui semblait étrangement intime malgré la distance. Mais prendre votre retraite ? Vous m'étonnez, sergent Billy The Kidd. J'ai l'impression que vous n'êtes pas du genre à lâcher le morceau.

VINGT-TROIS

19 h 18

Bon. Un nouveau bloc de Tetris qui avançait. Il lui faudrait attendre des nouvelles de John Vega pour le faire tomber au bon endroit. Il était temps maintenant de bousculer un peu Daisy et Olly et de savoir ce qu'ils fabriquaient vraiment. Les deux jeunes gens se tenaient près du camping-car. Daisy buvait ce qui restait de sa bouteille d'eau. En la voyant, Billy se sentit toute desséchée. Comment pouvait-on en même temps avoir soif et envie de faire pipi ? Et comment faisait Daisy pour ne pas en avoir envie ? Mince comme elle l'était, où trouvait-elle la place de stocker un demi-litre de liquide ?

– Vous me paraissez un peu jeune, dit Pat en rejoignant Billy, un mini-ventilateur à piles presque collé à la peau marbrée de son cou. Pour prendre votre retraite, je veux dire.

Cette femme avait le chic pour surgir de nulle part comme un génie de sa lampe.

– Je n'ai pas tout à fait l'âge, je viens d'avoir cinquante et un ans. Mais je suis entrée dans la police à dix-neuf ans, donc je peux prendre ma retraite maintenant, si je le souhaite…

Pat approuva avec un petit sourire.

– … Mais je tarde à me décider.

Billy se tut. Pat était une sorte d'alcool humain, elle avait une incroyable facilité à faire parler les gens.

– Je crois que vous ne devriez pas partir à la retraite, dit Daisy, à une voiture de là.

Mais ils ont tous un avis sur ce que je dois faire, ou quoi ?

À moins que la gamine ne cherche à me passer de la pommade.

– La façon dont vous avez mouché ce boloss… dit Daisy.

Olly éclata de rire.

– Ah, ah, un « boloss » ? Qu'est-ce que c'est que ça ? Je ne t'ai encore jamais entendue prononcer ce mot.

Intéressant.

– J'ai entendu ça dans une série australienne ! C'est mon péché mignon.

Avant que Billy puisse ouvrir la bouche, Pat sauta sur l'occasion :

– Je croyais que vous veniez de vous rencontrer ?

L'infirmière, les mains sur les hanches, semblait mécontente.

– Ils mentaient, dit Billy. Je voudrais vous dire deux mots. Maintenant. Allons sur la bande d'arrêt d'urgence, ajouta-t-elle à l'intention du jeune couple.

Olly et Daisy s'avancèrent honteusement jusqu'à un carré d'herbe triste, à la hauteur de la voiture du mort.

– On doit rester là ? Si près de lui ? demanda Daisy. C'est perturbant.

Billy les emmena jusqu'à l'espace vide entre la berline noire et la Range Rover de l'agent immobilier, Carl, l'homme à la barbe dessinée au feutre.

– Là, dit Billy, en tournant le dos à la voiture.

Le jeune couple obéit immédiatement et s'arrêta.

– On se connaissait déjà avant, déclara Daisy brusquement.

– Daisy ! protesta Olly.

– Je t'aime, mais je n'irai pas en prison à cause de toi !

– Personne n'ira en prison, dit Billy en hochant la tête. Dites-moi simplement ce qui se passe. Je n'ai plus beaucoup de patience…

– C'est à toi de tout dire, fit Daisy à Olly. C'est toi qui as voulu mentir, pas moi. Et maintenant ça s'aggrave. Ça risque de ruiner ma carrière !

– Je ne peux pas, c'est trop embarrassant.

– Mais tout ça, c'était ton idée, à toi. Alors tu…

– Les enfants ! dit Billy en levant la main.

Ils se turent.

– Si je vous dis que j'ai vu et entendu tout ce qu'on peut imaginer, c'est vraiment tout, y compris les choses les plus embarrassantes, vous pouvez me croire. J'ai vu une femme avec la tête coincée dans un four. J'ai vu un homme qui s'était étouffé avec une poupée gonflable. Et un autre qui s'était menotté à un cheval…

Billy s'interrompit.

– Ah. Oui. Les menottes. Vous en aviez une paire chacun.

La robe inconvenante de Daisy. L'énergie juvénile d'Olly. Elle avait cru qu'il n'était qu'un bourgeois prétentieux, mais elle comprenait maintenant pourquoi il avait l'air si content de lui.

Deux paires de menottes. Une chacun.

C'était une sorte de jeu sexuel.

– Racontez-moi, dit Billy.

– On n'est pas de vulgaires exhibitionnistes, se défendit Olly du ton qu'aurait pu prendre sa mère si on l'avait accusée d'oublier de scanner un produit aux caisses automatiques d'un Waitrose.

– Vous êtes trop jeunes et trop mignons pour jouer aux exhibitionnistes. Il y en a pour des années avant que vous n'en soyez réduits à ça. Alors à quoi jouez-vous ?

Daisy poussa un grand soupir d'acquiescement qui fit voleter ses jolis cheveux.

– On fait semblant de ne pas se connaître et de se comporter comme des étrangers quand on se croise dans des lieux publics.

Ah, ouf !

– On prend des faux noms et… commença Olly.

– N'en dis pas trop, siffla Daisy.

– Donc vous passez vos journées à vous balader sur les routes, habillés comme pour sortir en boîte, en attendant de vous croiser « par hasard ». Et après… où ça ? Dans une station-service d'autoroute ?

– Diantre, oui, dit Olly en étrécissant les yeux comme s'il craignait de dire ce qu'il ne fallait pas et de s'attirer des ennuis. Ou sur une aire de repos, ou sur un chemin de campagne. Un endroit où on ne peut pas nous voir.

– Et puis… ? Ah, mais oui, le camping-car, évidemment.

Daisy haussa les épaules.

– Bon. Tant que ce n'est pas en public, dit Billy.

– Oh non ! dit Daisy en agitant ostensiblement les cheveux.

– Seigneur, non ! renchérit vivement Olly.

– Alors pourquoi cette mascarade aujourd'hui ? Pourquoi avoir fait semblant de ne pas vous connaître ?

Daisy fit rouler ses grands yeux bleus.

– Parce que quand la circulation s'est bloquée, au début, il m'a envoyé ça.

Elle alluma son téléphone et montra un SMS à Billy. Il affichait trois émoticônes : un camping-car, une femme couleur moutarde masquée par des lunettes noires et un chapeau, et une fusée. Daisy baissa le bras.

– Donc on allait jouer…

– Ici même, dans l'embouteillage ? demanda Billy pour être sûre.

– Ça avait l'air parti pour durer, dit Olly.

– Et donc on a commencé à faire semblant de ne pas se connaître. Comme d'habitude. Et puis il s'est avéré que ce type était mort.

– Ça a refroidi l'ambiance, dit Billy.

– Ça paraissait mal venu de continuer le Jeu, reconnut Daisy. Mais on s'est dit que si on changeait d'histoire, ça aurait l'air louche.

– Et vous sembliez m'avoir dans le collimateur, pour être honnête, alors que je n'avais fait que vous aider, compléta Olly. Je ne voulais pas apporter de l'eau à votre moulin.

– Et la Corse ?

– On y a passé des petites vacances. On venait de rentrer.

– C'est la voiture de ma mère, dit Daisy en indiquant la Micra rose. Je la lui ai empruntée pour la journée.

– Pour aller faire du non-exhibitionnisme ?

– Sa mère n'est pas obligée de tout savoir, n'est-ce pas ? dit Olly. Et puis c'est elle qui a refait les sièges de mon camping-car. Ça aurait été un manque de respect pour ses coussins…

Un cri derrière Billy la sauva. Mandeep, debout près de son taxi, l'appelait de loin.

– J'ai votre patron à la radio ! L'inspecteur !

Il n'est pas inspecteur. Et ce n'est pas mon patron.

Mais elle leva la main pour indiquer qu'elle arrivait, avant d'admonester Daisy et Olly :

– Et si j'entends les amortisseurs de ce van couiner, c'est vous qui allez m'entendre, compris ?

DAISY, *ALIAS* MISS SIRÈNE

Nissan Micra

Il a le regard posé sur moi jusqu'à ce que je regagne ma voiture. J'ai l'impression d'avoir du caca d'oiseau qui me dégouline dans le dos. Il va me faire payer ce moment de solitude, mais je dois m'éloigner sinon je risque de dire quelque chose que je regretterais.

La Micra est un vrai sauna. La petite grotte sombre de l'espace entre les sièges me fait de l'œil : je pourrais m'y rouler en boule sur un tas de chaussures comme un chiot. Mais je prends un petit haut qui traîne sur le siège passager pour l'étaler sur mes jambes. Mon pantalon de survêtement est quelque part sur la banquette arrière, où il a jeté en vrac tout ce que j'avais laissé dans son Combi. Mais si je me retourne pour chercher mon pantalon alors qu'il m'observe, et que nos regards se croisent, il va prendre ça pour une invitation. Alors que si j'évite son regard, il va se mettre à bouder tout seul dans son camping-car et recommencer à pleurer. Pleurer et parler. C'est sans fin. La seule chose qui pourrait le faire aller mieux, c'est que je rétrécisse jusqu'à devenir un petit chien en plastique à coller sur son tableau de bord, avec une tête montée sur ressort, pour pouvoir lui dire oui tout le temps.

Si je joue à ce Jeu, c'est parce que tu es si parfaite que tout le monde te désire, et que tu céderais à la première tentation si je ne te rendais pas heureuse. Voilà ce qu'il me dit. Et je lui dis que je suis heureuse. Il est beau gosse, sexy et généreux, et tout le monde dit qu'on est très bien assortis, même nos parents le disent. Mais ils n'ont pas à vivre constamment dans le drame, eux. Ni avec toutes ces émoticônes. Je dois répondre dès qu'il m'envoie un message sinon il vérifie que je l'ai bien lu et il me demande pourquoi je le snobe, ou, pourquoi je n'ai pas lu son message, ou, puisque je ne regarde pas mon téléphone, c'est que je suis trop occupée, et alors qu'est-ce qui m'occupe autant ? Quelqu'un d'autre, c'est ça ? il y a quelqu'un d'autre dans ma vie ? Et même si je lui dis que je ne faisais que papoter avec Jess ou Aïsha, il va me répondre : « Oui, mais elles sont célibataires et elles sortent draguer tous les soirs » (ce qui est la vérité, soyons honnêtes) et il va me dire : « Tu préférerais peut-être aller draguer avec elles. » Ce qui nous ramène au Jeu et au fait qu'il est obligé de Jouer pour que je lui reste fidèle. Et puis il pleure. Et je m'excuse. Je ne sais même pas de quoi je m'excuse, la moitié du temps. En ce moment même, cette culpabilité fantôme me ronge le ventre. Je dois avoir quelque chose de tordu à l'intérieur. C'est à cause de ses larmes… Je n'ai jamais vu un homme pleurer pour de vrai. Ni mon père, ni mes frères. Sauf à cause du football. Donc ça veut dire que je lui ai fait mal. J'ai dû faire quelque chose qui le rend malheureux, assez malheureux pour qu'il se mette à pleurer, et je me sens coupable alors que si je n'ai pas jeté un coup d'œil à WhatsApp, c'est parce que j'étais à la salle de sport. Et je n'ai pas parlé à Jess et à Aïsha depuis des lustres parce qu'elles ont arrêté de me relancer, et comment leur en vouloir ? C'est comme si j'étais mariée – pire encore que si j'étais mariée, en fait, parce que maman est mariée et qu'elle peut voir ses copines sans que papa se mette à pleurer.

C'est presque comme…

Être en prison.

Menottée.

Bon, d'un autre côté, Jess est déjà sortie avec un type qui la frappait avec une spatule.

Et si je finissais avec un mec de ce genre ?

C'est pire qu'un mec qui pleure, non ?

OK, je vais aller récupérer mes menottes auprès du sergent Kidd et en faire cadeau à Olly, comme ça, il sera content. Et si je tords le bras pour tâtonner la banquette arrière, j'arriverai peut-être à attraper le lacet de la ceinture de mon survêt'. Même s'il fait trop chaud, je peux l'enfiler, tout vaudra mieux que cette robe de pute, surtout maintenant que tout le monde est au courant du Jeu…

Mon téléphone bipe. Mais le réseau ne marche pas, comment peut-il…

Un autre bip.

Il me les envoie par AirDrop.

Bip !

C'est comme si on m'étranglait sans les mains.

Bip, bip, bip ! Et je m'étouffe avec des larmes que je ne peux pas laisser couler parce que ça le bouleverserait vraiment, il ne supporte pas de me voir mal. Je pose mon pied nu sur l'accélérateur et je pompe. Pompe, pompe, pompe. *Bip, bip, bip*. Pompe, pompe, pompe. Et je continue, je m'agite dans tous les sens comme un mannequin dans un crash test. J'ai l'arrière de la tête qui cogne contre l'appuie-tête, les cheveux en bataille autour de la figure, les bras qui tremblent. C'est tellement dingue que ça me défoule. Contrôlée et déchaînée en même temps. Pompe, pompe, pompe. Le soulagement.

Alors je m'arrête.

Le téléphone a cessé de biper. Il doit me voir. Il sait.

J'ai envie d'appuyer sur l'accélérateur pour de vrai, de démarrer, de rouler jusqu'au bout de la route, ou que mon réservoir soit vide, l'un ou l'autre, je m'en fiche. Et je resterais là. Je sais que je ne trouverai jamais quelqu'un qui m'aime autant que lui. Mais il y a des moments où je me demande s'il ne vaudrait pas mieux qu'il m'aime un peu moins.

J'écarte les cheveux de mon visage. Les mèches qui sont restées collées. Du bout des doigts, j'appuie au-dessous de mes yeux, pour vérifier qu'ils n'ont pas gonflé. Je respire un bon coup. Et je descends de voiture pour aller le rassurer.

VINGT-QUATRE

19 h 22

Tout en se dirigeant vers le taxi de Mandeep, Billy composa un numéro à Washington en priant pour que les appels internationaux continuent à passer, alors que rien d'autre ne fonctionnait. Son soulagement s'étiola lorsqu'elle arriva à la dixième sonnerie. Puis, enfin, on décrocha et une voix de femme dit simplement :

– Quoi ?

Billy demanda à parler à John Vega.

Une main sur le micro. Des voix étouffées. Billy entendit clairement le mot « Starbucks ».

Puis le son redevint clair et la femme dit :

– Il n'est pas disponible actuellement.

Billy remercia sans user plus de salive et coupa la communication. Elle était heureuse de constater que John Vega faisait de la sécurité de la Grande-Bretagne sa priorité absolue.

Bonne pause-café !

Dans son taxi, Mandeep annonça par radio à sa répartitrice que l'agente de police était prête à prendre la communication.

– *L'officière*, dit la répartitrice. Elle est *officière* de police.

– Pardon, dit Mandeep à Billy en lui passant le micro.

Elle répondit qu'il n'y avait pas de mal.

Il s'éloigna à nouveau, par discrétion, et Billy prit sa place en attendant d'avoir Dom au bout du fil. La boîte de bonbons, sur le siège passager, était vide. Le garçon, Jack, faisait semblant de dormir sur la banquette arrière. Mais ses battements de paupières le trahissaient.

– Tout va bien derrière ? demanda Billy en élevant la voix pour être entendue malgré la cloison qui séparait les deux rangées.

– Quand est-ce que je pourrai revoir ma mère ?

– Tu vas bientôt rentrer chez toi.

– C'est ce que dit Mandeep. Il est de mauvaise humeur.

– Tu devrais peut-être le laisser gagner un bonbon ?

Jack soupira comme si on lui demandait un gros effort, mais il accepta.

La radio grésilla et Billy porta le micro à sa bouche.

– Allô ?

– Liaison établie entre le commissaire Day, au commissariat, et le sergent Kidd, dans le véhicule, annonça la répartitrice, très satisfaite d'elle-même. Maintenant, je sais que vous autres, policiers, devez parler en toute confidentialité ; je vais vous laisser quelques minutes.

– Bien reçu. Commissaire Dominic Day au rapport…

Son ton faussement sérieux fit sourire Billy. *Gros malin.*

– … J'apprécie vraiment votre discrétion en cette heure où la sécurité nationale est en jeu, Madame. À vous.

– Pas de quoi. À vous, répondit la répartitrice.

– Dom ?

– Billy ? À vous.

– Arrête ça !

Il baissa d'un ton :

– Qu'est-ce que tu trafiques ?

Une des expressions de son père. Qui était plutôt gentil, mais qui réduisait les émotions humaines à des concepts comme « trafiquer ». Même à l'enterrement de la mère de Billy, alors que cette dernière n'avait que seize ans, il lui avait dit, d'un ton presque condescendant : « Alors, qu'est-ce que tu trafiques, ma petite ? » Dom affichait presque autant de compassion.

– Je trafique du trafiquant. J'ai arrêté un type pour possession de drogue.

– Pas mal ! dit Dom d'une voix agréablement surprise. Tu l'as alpagué par hasard ?

– C'est une longue histoire. Mais pas de lien avec mon mort. Tu as du nouveau ?

Dom se lança dans une longue explication sur les difficultés de soutirer des informations à Airbnb, mais finit par lui dire que l'adresse donnée à l'agence de location de voitures existait bel et bien, à Howle Green, et qu'elle avait vraiment été louée au nom de Chad McClusky, payée avec une vraie carte de crédit américaine. La même que celle qui était dans son portefeuille. Le nom était peut-être bidon, mais le paiement était bien réel.

– On peut fouiller du côté de la banque ?

– J'ai déjà envoyé une demande, dit Dom.

– On peut envoyer un flic local à l'adresse du Airbnb ?

– J'ai déjà fait la demande aussi. Mais tous les policiers de la région ont été envoyés dans le centre. C'est le branle-bas de combat.

– J'ai l'impression que ça vaut le coup de s'intéresser à cet Airbnb. Tu pourrais y aller ?

– On était en train d'en discuter. Vu la circulation, ça va me prendre au moins deux heures, même avec un gyrophare et une sirène.

– Oui, et si on redémarre dans pas trop longtemps, je risque d'y être avant toi, concéda Billy.

– Howle Green est littéralement à cinq minutes de là où tu es. Et il y a une chance que ce ne soit qu'un Airbnb où il n'est encore jamais allé – et où il n'ira jamais, maintenant. Un simple hébergement.

Billy réfléchit un moment.

– Mais pourquoi à Howle Green, spécifiquement ? Si mon mort voulait juste une piaule, pourquoi n'a-t-il pas pris un hôtel près de l'aéroport ? C'était plus anonyme. Cela dit, ça ne nous aide pas à découvrir son identité. Qu'est-ce qui t'a fait croire qu'il ne s'appelait pas Chad McClusky ?

– Ce nom n'existe pas sur Internet. Pas avec cette orthographe. Ce serait un fantôme. Donc j'ai soupçonné un faux nom.

– C'est pour ça que tu m'as demandé de te rappeler ?

– Non, pour autre chose. J'ai ressorti le dossier de ta taularde, aussi. L'infirmière.

– Et ?

– Elle est tombée pour assistance au suicide. Un meurtre compassionnel. Sa copine avait une maladie dégénérative. Ton infirmière a écopé du maximum, quatorze ans. Plus deux ou trois embrouilles en prison qui ont empêché sa libération conditionnelle, elle a fait douze ans ferme. Une peine très dure, si tu veux mon avis. J'espère que son juge n'aura jamais besoin de faire un aller simple en Suisse.

Billy prit le temps de digérer cette information. Pat était une meurtrière. Mais entre aider à mourir une amie condamnée et commettre un assassinat sur une autoroute, il y avait de la marge.

La nouvelle, déprimante, la vida de toute énergie. Billy mit fin à la communication et revint à sa voiture en traînant son jet-lag. Elle aurait dû être rentrée chez elle à l'heure qu'il était. En train d'écrire sa lettre pour faire valoir ses droits à la retraite. Elle avait consacré sa vie à son métier. Elle avait foi en la justice. Mais parfois, cette foi ressemblait trop à de la mauvaise foi. La flamme vacillait. Si elle voulait éviter d'écrire cette lettre, il lui fallait un signe.

Les feux stop à l'arrière du SUV volé s'allumèrent pour s'éteindre aussitôt. Une seule fois.

Billy s'immobilisa.

OK, je voulais un signe, ça fera l'affaire.

Elle se remit à marcher.

Il y avait deux personnes dans le SUV. Une grande, aux cheveux couleur caramel, assise au volant : Charlotte McVie. L'autre était masquée par l'appuie-tête mais c'était indéniablement Pat Mackey, l'infirmière. Elle pouvait difficilement arrêter les gens parce qu'ils se rendaient visite les uns aux autres dans leurs voitures. Mais elle les rejoignit et fit signe à la plus jeune des deux de baisser sa vitre.

– Je viens juste vérifier que tout va bien, pour vous deux ? demanda Billy.

– Oui.

Devant tant de sollicitude, Charlotte fronça les sourcils :

– Combien de temps puis-je faire tourner le moteur avec la clim allumée avant de tomber en panne d'essence, d'après vous ?

– Oh, ça devrait aller, le soleil va bientôt se coucher.

Les deux femmes se penchèrent à nouveau sur le téléphone de Pat, qui gardait le bras levé pour qu'elles puissent voir toutes les deux l'application affichée. Elles jouaient à *Wordle*, une sorte de *Motus*. Elles avaient tapé CRIER et une lettre était devenue orange. TAPIS, et les lettres P et I avaient viré au vert. LOPIN, pensa Billy – mais elles optèrent pour LUPIN, ce qui se révéla être la bonne réponse.

Que mon Arsène Lupin à moi lève le doigt !

Il devait être là quelque part, juste sous son nez. Ses yeux firent le tour des voitures qui l'entouraient…

… Et se posèrent sur l'espace resté vide derrière la berline noire.

Qu'une moto avait brièvement occupé, selon les dires de Carl.

Billy avait elle aussi entendu la moto rugir. Sans ça, elle aurait pu soupçonner qu'il avait tout inventé. Pour brouiller les pistes. Après tout, cette histoire de téléphone prépayé, balancé sur la bande d'arrêt d'urgence puis récupéré, était quand même étrange. Un téléphone jetable, au sens propre.

Billy s'approcha de la grosse Range Rover break de l'agent immobilier.

Il fit descendre sa vitre quand elle arriva.

– Vous disiez que cette moto avait filé ? commença Billy.

– J'étais au téléphone, donc je ne l'ai pas vraiment vue…

– Je ne comprends pas comment personne n'a vu une moto s'en aller par la bande d'arrêt d'urgence, dit Billy tout en faisant face au flot (immobile) des voitures.

À quelques mètres, sur la voie de droite, Daisy s'arrêta alors qu'elle se dirigeait vers le camping-car de son petit ami. Elle s'était débarrassée de son chapeau de paille mais avait enfilé un pantalon de jogging et un petit châle lui couvrait les épaules. Sa robe de sirène, même froissée comme elle l'était, lui conférait une sorte de pureté éthérée mais elle semblait maintenant rattrapée par la gravité de la situation.

– Hem, excusez-moi, sergent !

Billy pria pour qu'elle ne lui pose pas de nouvelles questions de procédure.

La jeune fille lui expliqua qu'elle aussi avait vu la moto.

– Elle est passée tout près de moi, dit-elle en indiquant l'espace entre sa Micra et le terre-plein central. Le type a failli arracher mon rétroviseur. Je n'en croyais pas mes yeux.

Billy se souvenait que Daisy, pieds nus dans sa robe à sequins, était la première personne qu'elle eût entendue après le blocage de la circulation. Elle avait crié quelque chose comme : « Quel cinglé ! Vous avez vu ? »

– Vous pensez que c'est lui le coupable, le type à moto ? demanda Daisy.

Billy ne répondit rien, parce qu'elle ne savait pas.

Le plus facile pour une moto immobilisée sur la file de gauche aurait été de se déporter encore plus à gauche et de dépasser la berline noire en empruntant la bande d'arrêt d'urgence. Mais la moto s'était faufilée par la droite et avait traversé deux files pour s'extraire de l'embouteillage en passant du côté de Daisy.

Pourquoi ?

– Vous avez vu la moto, vous aussi ? demanda Billy à Olly qui était sorti de son Combi VW en entendant la voix de sa petite amie. La moto avait dû passer entre son véhicule et la Micra.

– Non, j'étais, euh…

Il fit un geste compliqué avec les pouces, que Billy interpréta comme : « J'étais en train d'écrire un SMS. »

– Avec un émoticône d'aubergine ? dit Billy.

Olly rougit.

Seigneur, ça devait être pire encore ! Tout le cageot de légumes !

– C'est le SMS que je vous ai montré, intervint Daisy. Celui avec la fusée.

Olly secoua ses boucles.

– Mais je l'ai entendue, certes. Et oui, la moto est passée juste devant moi avant de frôler la Micra.

– Une grosse cylindrée, confirma Carl.

– Tout le camping-car en tremblait, renchérit Olly.

Billy observa les trois voies de l'autoroute. Le SUV appartenant à Charlotte (à son mari, plus précisément) était si large que le passage de part et d'autre était étroit. Une moto aurait eu du mal à passer, c'était certain. Cependant, le plus simple restait de se dégager par la bande d'arrêt d'urgence. Mais la moto était passée ailleurs.

Pourquoi, Billy ?

Parce que l'option la plus simple n'était pas envisageable.

Là encore, pourquoi, Billy ?

Parce que la bande d'arrêt d'urgence était inaccessible, impraticable – bloquée ?

Par quoi, Billy ?

– Quand vous êtes sorti de votre véhicule pour ramasser votre téléphone, demanda-t-elle à l'agent immobilier, avez-vous vu autre chose sur la bande d'arrêt d'urgence ?

– Non, je l'ai ramassé et je suis remonté en voiture. Je pensais qu'on pouvait repartir à tout instant.

– La route était déjà fermée.

– Mais je l'ignorais.

– Les croix rouges des portiques étaient allumées.

– Écoutez mon chou, je ne peux vous dire que ce qui est.

Le téléphone de Billy qui se mit à sonner évita à Carl d'avoir à s'expliquer plus avant. L'écran affichait un numéro masqué.

Les lignes locales étant toujours inopérantes, ce devait être Washington.

VINGT-CINQ

19 h 28

– Vous êtes bien le sergent Billy the Kidd ?

John Vega avait l'air content de lui.

Billy le salua et se retint de lui demander s'il avait passé un bon moment au Starbucks.

– Ça va, vous tenez le coup ? dit-il.

Cette petite gentillesse déclencha une vague d'émotion dans sa poitrine et elle se sentit tout à coup idiote de lui en avoir voulu d'être allé prendre un café.

– Pas trop mal, John, pas trop mal. Vous avez du nouveau ?

– On a isolé le gars sur la vidéosurveillance. On le voit traverser l'aéroport. Rien de particulier dans son attitude.

– Il est arrivé en taxi ? Il y a moyen de le retrouver ?

– Oui un taxi ordinaire, mais vous n'en aurez pas besoin. Écoutez bien. Il s'est servi d'un passeport au nom de Chad McClusky pour franchir les contrôles et bien sûr, son billet d'avion était au même nom, rien de suspect jusque-là. J'ai appelé mon homologue dans votre aéroport, et il a utilisé la même identité pour débarquer.

– Merci. Les lignes locales sont toujours bloquées et je n'ai pas encore pu les appeler.

– Et j'ai aussi contacté la CIA, mais ils n'avaient rien à me dire. Ce qui m'a donné à réfléchir. Quoi qu'il en soit, notre type arrive tranquillement à l'aéroport. Ni en avance, ni en retard. Il n'a pas à attendre, mais il n'a pas à se presser non plus. Je l'ai observé traverser tout le hall. Pas de bagages à enregistrer, il a sa carte d'embarquement imprimée, il passe les contrôles sans problème, son dentifrice est à part dans une petite trousse. Là encore, rien de suspect. Il va faire pipi – il sort des toilettes moins d'une minute plus tard, juste le temps de se laver les mains.

Billy résista à l'envie de dire : « Le gros veinard ! »

– Et comme je vous l'ai déjà dit, il évite la reconnaissance faciale, mais ils sont nombreux à le faire. Son bagage à main est une petite valise, rien qui nécessite une fouille particulière.

Billy lui décrivit la valise trouvée dans la berline. John Vega lui confirma qu'elle correspondait à ce qu'il avait vu sur les images de vidéosurveillance, et elle le laissa poursuivre.

– Je me suis dit que le type n'allait en Angleterre que peu de jours et qu'il n'avait que quelques sous-vêtements de rechange, mais chacun fait ce qu'il veut. Certains hommes d'affaires voyagent très léger, pour gagner du temps. En tout cas, notre suspect commet une erreur ensuite. *Chad McClusky* va au Starbucks. Je me suis dit : voilà ma chance. Je peux avoir son numéro de carte de crédit, d'accord ? Et vous faire passer ses coordonnées bancaires, ça nous permettra de remonter sa trace, comme ça.

– Génial, on va faire ça.

– Sauf que non. Il n'y a pas de carte bancaire à ce nom à la caisse du Starbucks. Donc je revérifie l'heure. Je revérifie la vidéosurveillance. On le voit payer par carte. Il paie même sans contact. Donc la dame de chez Starbucks vérifie aussi son relevé de caisse. Il y a bien un paiement par carte bancaire au moment exact où Chad McClusky a payé son *latte*. Sauf que ce n'est pas Chad McClusky qui a réglé. Vous voulez connaître le nom qui figure sur la carte bancaire qui a servi à payer son café ?

John Vega marqua une pause pour prolonger le suspense. Assez longue pour que Billy additionne deux et deux.

– Ce nom, c'est…

Une des pièces bizarres du Tetris se mit en place.

– Lincoln Quick, dit Billy.

John Vega parut surpris. Et quelque peu déçu.

– Vous le connaissez ?

– Il a fait la une des journaux, ici.

– Oui, ce n'est pas très étonnant. Sale affaire. J'ai dû regarder qui il était sur Internet.

– Presque tout le monde connaît ce nom, en Angleterre. Pour toutes sortes de mauvaises raisons.

– Ça a débouché sur une théorie complotiste à la DB Cooper.

– Non, John, c'est bien plus simple que ça. Ce type a tué un innocent et s'est enfui. La seule conspiration, c'est que son gouvernement l'a aidé à échapper à la justice.

Billy aurait dû savoir que le lien avec Howle Green était plus qu'une coïncidence. Le rasoir d'Ockham. L'explication la plus simple.

Ce n'était pas le gérant du pub, le lien avec le mort. C'était la base militaire.

Un espion américain avait tué un homme à Howle Green en faisant du vélo.

Un rayon de vélo avait tué un Américain qui se rendait à Howle Green.

L'arme du crime était un symbole.

Billy traversa les voies de l'autoroute jusqu'à la berline.

Elle avait devant elle Lincoln Quick. Mort sur une route anglaise, tout comme celui qu'il avait tué. Mais cette fois, Quick n'avait pas été assez rapide pour échapper à la justice.

VINGT-SIX

19 h 31

Le seul lien avec Howle Green était le propriétaire du pub, Nigel Heathcote. Et il avait reconnu qu'il n'aimait pas voir des Américains débarquer dans son pub. Ça ne voulait pas dire qu'il avait envie de les tuer, mais il savait peut-être qui était susceptible de vouloir le faire.

Il était au volant de sa voiture. Billy voyait sa tête en ombre chinoise, ses cheveux bien lissés sur le sommet de son crâne. Tout était assez lisse, d'ailleurs, chez le gérant de pub de Howle Green.

Elle rejoignit la BMW sur la voie de droite. Elle se pencha et attendit que la vitre, côté passager, se baisse. Heathcote écoutait du jazz. Un jazz qui donnait l'impression qu'on avait lancé la bande à l'envers.

– Vous aimez ce genre de musique ?

Il sourit tout en gardant les yeux sur la route, devant lui.

– Je ne passerais pas ça dans mon pub.

Une espèce d'instrument à vent atteignit une note extrêmement aiguë.

– Ce n'est pas des plus agréables à l'oreille, dit Billy.

Son sourire s'élargit. Il avait les dents d'un blanc hollywoodien.

– Ce n'est pas fait pour. C'est un rejet de l'agréable. Au bout d'un moment, on s'habitue à la dissonance.

– Qu'est-ce que ça signifie, qu'il n'y a pas de mélodie ?

– La dissonance ? Oui, c'est le rejet de nos attentes mélodiques. Je trouve ça plutôt reposant quand je suis stressé. C'est imprévisible, donc on est obligé de s'y abandonner.

Il se tourna sur son siège pour la regarder en face.

– Vous savez que certaines personnes sont branchées soumission ?

La conversation prenait un tour inattendu.

Billy répondit par un grognement neutre.

– Eh bien, c'est la même chose. On... se soumet à la musique. Mais c'est moins compliqué. Il y a moins d'embêtements.

Il sourit, ravi de sa comparaison salace. Elle se demanda combien de femmes un peu soûles, dans son pub, avaient succombé à son sourire carnassier, en fin de soirée. Personnellement, elle le trouvait un peu crétin.

Il continua à parler de jazz, mais elle cessa de l'écouter trompeter en repensant au mot qu'il venait d'utiliser. *Soumission*. Obéissance. Déférence. Se plier aux ordres. Lincoln Quick avait été assassiné ici même, mais tout s'était forcément déclenché avant qu'il ne débouche sur l'autoroute. Le tueur avait peut-être contacté sa victime à l'aéroport : si l'agresseur était monté dans la berline, il avait dû le faire là-bas. Et s'il avait eu un ou des complices ? Heathcote ne pouvait pas être celui qui avait porté le coup de rayon de vélo mortel, dans la berline : il était trop loin sur la voie de gauche. Mais il aurait pu être à l'aéroport, un peu plus tôt, et avoir ordonné à quelqu'un – quelqu'un de « soumis » – de frapper.

– Alors qu'est-ce qui vous stresse, aujourd'hui ? demanda Billy.

– On dirait bien que je ne vais pas rentrer à temps pour ouvrir le pub, ce soir. Le vendredi soir, il y a du monde, je perds une grosse recette si je reste fermé. Et vous, sergent ? Vous avez l'air préoccupée, vous aussi.

Pas question de lui montrer le défaut de sa cuirasse.

– Où êtes-vous allé aujourd'hui, monsieur Heathcote ?

Il baissa le volume de l'instrument à vent, le réduisit au son d'un insecte écrasé en train d'agoniser.

– Pourquoi cette question ?

– J'essaie de me faire une idée de ce que chacun a fait aujourd'hui.

– Et pour quel motif ?

– Une enquête de police.

– Je croyais vous avoir entendu dire que vous étiez retraitée ?

– Pas encore, non.

Heathcote renifla.

– J'ai passé la matinée chez un grossiste, puis j'ai fait un long déjeuner avec un ami de trente ans. Le grossiste, l'ami et le restaurant vous confirmeront tous que j'ai un alibi depuis 11 heures ce matin. Quand notre ami est-il décédé ?

– Il y a deux heures et demie.

– Il y a deux heures et demie, j'étais ici même, sur la file de droite.

– Êtes-vous allé à l'aéroport plus tôt dans la journée ?

– Pas le moins du monde.

– Pouvez-vous ouvrir votre coffre, Monsieur ?

– Pourquoi ?

– Simple procédure.

Elle entendit un clic et le coffre de la BMW s'ouvrit. Billy alla en examiner l'intérieur, mais il n'y avait rien à l'arrière de la voiture, hormis des gros cartons remplis de paquets d'en-cas salés.

À cet instant, l'écran de Billy s'alluma et se mit lui-même à jouer du jazz, à coups de bips et de buzz, de notifications qui apparaissaient et disparaissaient. Deux heures de messages WhatsApp lui arrivèrent dans un joyeux désordre.

Le réseau local était rétabli.

Elle parcourut rapidement ses messages mais il n'y avait rien de nouveau, hormis ce que Dom lui avait déjà annoncé par radio. Billy demanda à Heathcote de l'excuser un instant et chercha « Lincoln Quick » sur Google. Elle ne voulait pas perdre de temps, au cas où le réseau se bloquerait de nouveau. Elle ne trouva aucun portrait de lui (après tout, c'était un espion), mais dénicha quand même une photo de paparazzo, prise au téléobjectif, le montrant assis en terrasse, au soleil, devant un café Starbucks. La photo datait de l'année précédente, quand la fureur était à son comble en Angleterre.

Elle reconnut son Conducteur Mort. La bouche large, la belle stature, le losange un peu aplati caractéristique, sur l'arête du nez. Les cheveux drus, bouclés. C'était bien lui.

La légende disait que la photo avait été prise en Virginie, près du siège de la CIA. Logique. Les Américains le disaient « analyste de données », ce que tout le monde savait traduire par « barbouze ». Les espions sont couverts par l'immunité diplomatique ; c'est ce qui avait permis à Lincoln Quick de s'en tirer si vite. Comme son nom l'indiquait. Les articles qu'elle trouva sur Google lui remirent en mémoire le scandale qu'avait causé cette affaire.

Lincoln Quick roulait sur un vélo de course à 5 000 livres. Tous les journaux avaient précisé le prix du vélo, comme s'il était proportionnel à la culpabilité de Quick. Il roulait souvent trop vite dans le petit village assoupi de Howle. Plusieurs articles utilisaient le qualificatif condescendant « assoupi », suggérant que les habitants de Howle (les Howleurs ? les Howlais ?) se baladaient en se frottant les yeux. Toujours est-il qu'un soir, neuf mois plus tôt environ, Quick avait grillé, toujours à vélo, un feu rouge et heurté un homme qui traversait au passage clouté.

La victime s'appelait Thomas Kingston. Marié et père de famille. Il avait mis six heures à succomber à ses blessures. Au moment de sa mort, Lincoln Quick, qui avait fui les lieux de l'accident, était déjà rentré à la base militaire avec son vélo et avait pu quitter le pays en embarquant dans un avion militaire américain. Ensuite, il avait été protégé par l'immunité diplomatique. Ainsi, au moment où le frère de la victime menait une émouvante campagne pour demander que Lincoln Quick soit extradé vers le Royaume-Uni afin de répondre aux questions de la police, le meurtrier savourait tranquillement un café sous le soleil de Virginie.

Tout cela ne disait pas à Billy qui s'était substitué à la justice à coups de rayon de vélo. Et tant qu'elle n'avançait pas de ce côté-là, elle ne se rapprocherait pas de la sortie de ce purgatoire, n'était pas près de rentrer chez elle et de se cacher dans son lit, sous dix couches d'apitoiement sur elle-même.

Mais elle avait au moins maintenant un téléphone qui fonctionnait et pouvait vérifier l'alibi de Heathcote. Après avoir passé plusieurs coups de fil pour obtenir son numéro malgré l'heure tardive, elle parvint à contacter le gérant du magasin de gros, qui lui confirma que Heathcote avait passé une bonne partie de la matinée chez lui, à acheter des en-cas pour son bar – ceux que Billy avait vus dans le coffre de la BMW. Le gérant ne se priva pas de lui dire que Heathcote avait depuis longtemps la réputation d'un « bon gars », qu'il était un membre éminent de la communauté locale et qu'il participait à tous les événements caritatifs.

Billy évita de lui faire remarquer que depuis Jimmy Savile, les événements caritatifs ne représentaient plus forcément des alibis en béton.

Elle le remercia néanmoins et contacta ensuite l'ami de trente ans, qui répondit à la seconde sonnerie – on l'avait visiblement averti.

Il s'appelait Tubby Eden.

Un nom d'acteur porno au sexe surdimensionné.

En réalité, M. Eden était plutôt du genre joueur de golf. Il roulait probablement en Jaguar. Et il lui déclara que oui, Heathcote l'avait retrouvé à la Wharf Tavern, sur le bord du canal. Une table réservée pour 13 h 30, la meilleure de l'auberge, dont ils étaient des habitués. M. Heathcote avait pris un bœuf Wellington et un verre de malbec. Avant de passer aux boissons sans alcool, puisqu'il devait reprendre le volant. Un vrai parangon de vertu. Les deux hommes avaient quitté le restaurant vers 16 h 30. Et à nouveau, Eden affirma que si Billy soupçonnait en quoi que soit Heathcote, elle se fourrait le doigt dans l'œil.

– Vous n'êtes pas sans connaître le sens du mot « œil » dans cette expression, et donc vous me suggérez de pratiquer une sorte d'autosodomie, c'est bien ça ?

Tubby Eden reconnut qu'il avait mal choisi ses mots et raccrocha rapidement, sentant qu'il ne rendait pas service à son ami en parlant ainsi.

Enfin, Billy appela la Wharf Tavern. Le gérant retrouva la trace d'un paiement effectué avec une carte bancaire au nom de Heathcote, effectué à 16 h 27. Lincoln Quick avait été tué quelques minutes avant 17 heures. Heathcote n'aurait pas eu le temps de participer à une quelconque entreprise criminelle entre le moment où il avait quitté l'auberge et celui où il s'était retrouvé pris dans l'embouteillage. Du genre : faire un détour par l'aéroport et aider quelqu'un à préparer un meurtre. Donc Heathcote n'était pas mêlé à l'histoire. Mais Billy était désormais convaincue que le tueur était monté dans la berline avant qu'elle ne s'engage sur l'autoroute. Elle envoya un SMS à Dom en lui demandant de suivre la trace du véhicule entre l'aéroport et ici, au cas où il se serait arrêté pour que quelqu'un y monte. Au moment où elle appuyait sur la touche d'envoi, son téléphone sonna. C'était Dom.

– Le réseau est rétabli, dit-il. J'ai eu des nouvelles de John Vega.

– Je lui ai parlé, moi aussi. Le mort s'appelle Lincoln Quick.

Billy était pressée de lui communiquer cette information. C'était peut-être pathétique, mais elle avait besoin qu'on la flatte.

– Tu as été bien inspirée d'appeler la sécurité de l'aéroport de Washington, Billy. Ça change tout.

– Le meurtre est visiblement lié aux événements de Howle Green. Je pense à la victime de Quick, Thomas Kingston.

– Oui, j'ai relu cette histoire, moi aussi. Je vais appeler les proches de Kingston, en commençant par sa famille. Pour savoir où ils étaient cet après-midi.

– Son frère avait mené campagne pour l'extradition de Quick. Je ne me souviens pas de son nom, mais je me rappelle avoir vu une photo de lui à la Maison-Blanche.

– Je vais commencer par ça.

– Merci, Dom.

Elle entendait en fond sonore l'activité classique d'un commissariat un vendredi soir. Un commissaire aussi haut gradé que Dominic Day aurait dû être rentré chez lui depuis longtemps. Mais d'après ce qu'il lui avait dit un peu plus tôt à propos de sa femme, il n'avait pas énormément de raisons de vouloir rentrer chez lui, même s'il pouvait toujours aller au pub, ou voir des gens. Au lieu de ça, il restait au commissariat et répondait aux coups de fil de Billy. Il était peut-être resté tard parce qu'il l'aimait bien. Ou pour le « frisson de l'enquête », comme ils disaient.

– J'ai eu ton SMS sur les mouvements de la berline. La vidéosurveillance montre qu'elle quitte le parking de l'aéroport à 16 h 46. Vu le temps qu'il faut pour rejoindre l'autoroute, on peut supposer qu'il y est allé directement, sans s'arrêter.

– Donc le tueur a dû monter dans la voiture à l'aéroport ?

– S'il était déjà dedans, oui, dit Dom.

– Il y était forcément. Je ne vois pas comment il aurait pu le tuer, sinon.

Elle l'entendit bloquer sa respiration, tandis qu'il réfléchissait à ce qu'il allait dire ensuite.

– Donc Chad McClusky était une fausse identité pour permettre à Lincoln Quick d'entrer dans le pays incognito.

– Mais pourquoi est-il revenu en Angleterre, d'ailleurs ? demanda Billy.

– Quelque chose à régler ?

– Ça devait être urgent, alors, parce qu'il sait – enfin, il savait – que la première personne qui le croiserait à Howle Green le dénoncerait. Il y a un mandat d'arrêt contre lui, quand même, dit Billy en jetant un coup d'œil à Heathcote, qui était sorti de sa BMW et se tenait à côté, les bras croisés comme un videur de boîte de nuit. Et la rancœur est encore vive, dans le village.

– J'aurais dû y aller quand tu m'as demandé de le faire, dit Dom.

– Au Airbnb ? Tu serais coincé dans les bouchons, comme nous tous.

Dom fit claquer sa langue.

– Et pourquoi n'a-t-il pas pris un avion militaire américain pour revenir ?

– Parce que les Américains n'étaient pas au courant de ses projets de retour, j'imagine ? C'était peut-être pour des raisons privées…

– Mais très risqué, si quelqu'un le découvrait.

– Quelqu'un l'a découvert. Et lui a planté un rayon de vélo dans la nuque.

Dom se mit à siffler doucement.

– Et il y a un van bizarre de l'autre côté de l'autoroute, dit Billy.

– Dans la direction opposée ? Qu'est-ce qu'il a de bizarre ?

– Vitres teintées. Et sur le côté, il y a marqué « Module aménagé hybride ».

– Qu'est-ce que ça veut dire ?

– Je n'en sais rien. Le conducteur est un vrai pitbull. Il ne veut pas m'ouvrir. Il connaît ses droits, et tout, et tout. Et je n'ai même pas ma plaque de flic sur moi. Il est devenu vraiment pénible. Menaçant.

– Physiquement menaçant ?

– Non, pas physiquement.

Même si elle avait senti l'agressivité lui sortir par tous les pores de la peau.

– Tu as son numéro d'immatriculation ?

Billy retrouva le numéro qu'elle avait noté sur son téléphone et le lui transmit.

Elle entendit son clavier cliqueter et se mit à rêvasser aux doigts de Dom.

Arrête de déconner, Billy !

– Un producteur de fruits, dit Dom.

– Quoi ?

– Le van appartient à un producteur de fruits. Rien à signaler, même pas une amende pour stationnement interdit.

Elle renifla.

– Ce van me fait beaucoup penser aux *X Files*, et maintenant qu'on sait que Quick était un barbouze, j'ai plus envie que jamais de jeter un coup d'œil à l'intérieur. Tu peux m'obtenir un mandat ?

– Pour demain, au mieux. Mais il te faut y jeter un coup d'œil avant.

Billy inspira brièvement.

– Le conducteur du van est au courant, pour le scooter. Il m'a cherchée sur Google. Et il a menacé de raconter l'histoire à tout le monde.

Son ventre se serra.

– Et alors ?

– Alors s'il parle, je n'ai aucune chance de résoudre cette affaire. Il va bientôt faire nuit, les gens sont fatigués, ils ont faim, et il fait beaucoup trop chaud. Ça pourrait tourner au vinaigre ici s'ils ne me font pas confiance. Et moi-même, je ne me fais confiance. Je suis tellement inutile que je ferais aussi bien de prendre ma retraite.

– Les gens sont capables de pardonner, Billy. Commence peut-être par te pardonner à toi-même, et repars de là ?

– Et s'il balance l'affaire à tout le monde ?

– Alors, raconte-leur une autre putain d'histoire. Tu ne peux pas laisser une mauvaise journée éclipser trente bonnes années. Tu vaux mieux que ça, et tu le sais. Sinon, tu ne serais pas rentrée d'Australie. Tu n'as pas besoin que je te le dise, et tu n'as pas besoin d'une autoroute pleine d'inconnus pour te le dire, non plus. Tu crèves d'envie de reprendre ton boulot, et j'en ai un peu marre, de ta fausse modestie à ce sujet. Remonte en selle, Billy the Kidd. Et commence par le van de ce connard.

– Aïe, Dom, vas-y doucement, quand même !

Billy se frotta la poitrine. Mais il avait raison.

– Très bien, je vais parler à ce mec. Mais je n'ai aucun motif pour l'arrêter, donc je ne sais pas comment je vais l'obliger à ouvrir son van.

– Parle-lui gentiment, Billy. Tu peux être irrésistible, parfois.

VINGT-SEPT

19 h 41

Ce n'était pas la manière la plus élégante d'aborder un suspect, mais Billy n'avait d'autre option que d'enjamber une fois de plus le séparateur central. Elle retomba sur ses pieds et essuya la crasse sur ses vêtements du mieux possible. Mais c'était surtout du gras, qu'elle ne fit qu'étaler.

Dans la cabine du Module aménagé hybride, le conducteur était toujours en train d'écouter son podcast. Il bascula la tête de droite à gauche quand elle s'approcha, faisant jouer ses cervicales dans l'attente de la confrontation.

Elle passa juste à côté de sa portière sans le regarder, puis se tourna et s'arrêta face aux portes arrière du camion.

– Vous cherchez quelque chose ?

Il avait parlé à voix basse, tout près d'elle. Il était descendu en silence pour apparaître de l'autre côté de son véhicule surélevé. Il était costaud, avec des jambes trop courtes. Il ressemblait à un punching-ball en T-shirt. Avec le physique affûté de quelqu'un qui voulait avoir l'air dur, en plus de l'être. Et pourtant Dom avait dit que le van était au nom d'un producteur de fruits ? Certes, *Fruité c'était plus musclé* – mais à ce point ?

– Alors, vous avez deviné ? demanda Billy.

– Quoi ?

L'homme du van hybride glissa les pouces dans les passants de son jean, et le remonta sur des hanches inexistantes.

– Votre podcast d'affaires criminelles. Je crois que j'avais deviné qui c'était dès le quatrième épisode. Mais je ne vais pas divulgâcher.

– Qu'est-ce que vous faites là derrière ?

– Rien, je suis juste là.

– Je vous ai dit de ne pas vous approcher de mon van.

– J'enquête sur un meurtre. Je vous serais très reconnaissante d'ouvrir ces portes pour que je puisse vérifier rapidement…

Des cris, un peu plus loin, interrompirent Billy. Plus que des cris, c'était une sorte de chant de guerre, rythmé et guttural. Elle comprit tout de suite que les trois hommes des cavernes, ceux qui jouaient avec le ballon dégonflé, en étaient à l'origine.

Puis elle entendit un cri étouffé.

Un cri de femme, très nettement.

– Vous feriez mieux d'aller voir ce que c'est, sergent.

Billy soutint son regard un moment, puis tourna les talons et contourna le van pour se diriger vers le chahut.

Devant elle, sur l'autoroute, il y avait du mouvement. Les trois crétins entouraient un break, sur la file du milieu. Elle entendit la voix d'un homme âgé, debout à côté de sa voiture, sur la file de gauche.

– Vous n'avez pas besoin de faire ça, vraiment pas.

– Et qu'est-ce que ça peut te foutre ? répliqua l'un des jeunes, menaçant.

– C'est une femme ! protesta le vieux monsieur en chevrotant.

– Rien ne t'échappe, hein, David Attenborough de mes deux ?

Billy voyait maintenant qu'il y avait une femme dans le break. Ce devait être elle qui avait crié – sa voix était étouffée parce qu'elle avait fermé portières et fenêtres.

Billy avait deviné immédiatement que ces trois types étaient capables de s'énerver à tout moment. Leurs phéromones sentaient au moins aussi fort que leur déodorant Lynx Africa.

– Que se passe-t-il ici ? demanda-t-elle.

– C'est elle, la fliquette ? marmonna un des trois gars.

Il avait décidé d'offrir à toute l'autoroute une vue complète sur sa poitrine, grasse et molle comme celle d'un poulet cru. Mais un coup de soleil récent donnait l'impression qu'il portait un bavoir de jambon.

– On ne fait rien de mal, mon chou, déclara son copain, un grand gars aux traits asiatiques qui arborait une épaisse barbe digne d'un joueur de cricket de l'ère victorienne (qu'il devait amèrement regretter par cette chaleur).

– Ces jeunes gens harcèlent la dame, déclara David Attenborough depuis la file de gauche.

– C'est sexiste, de dire ça, argua le troisième, un homme blanc avec une vague coupe mulet sur la tête, qui se tenait tout près de la portière de la femme.

Son T-shirt et son short, assortis, étaient entièrement blancs d'un côté, et noirs de l'autre – une sorte de version racaille de Pierrot le clown.

– Elle sait parler, non ? ajouta-t-il.

Il se pencha et appuya la tête contre la vitre, à quelques centimètres de la femme à l'intérieur.

– Allez-y parlez ! cria-t-il. Mais parlez !

La femme se recroquevilla. Il frappa au carreau, comme un enfant qui cherche à attirer l'attention d'un poisson rouge dans son bocal.

– Ça suffit, dit Billy. Reculez, maintenant !

Il se redressa et rajusta son T-shirt avant de s'écarter.

– La salope, elle veut pas partager, dit-il. « *Sharing is caring* », pourtant, non ?

Ses deux copains meuglèrent leur approbation.

À l'intérieur, la femme s'accrochait à son volant, mais leva les yeux quand Billy s'approcha. D'âge moyen, elle avait des boucles brunes et de grands yeux brillant de larmes.

– Que se passe-t-il, ici ? répéta Billy.

David Attenborough lui expliqua que les trois jeunes hommes harcelaient la femme. Et que quand il avait voulu la défendre, ils s'étaient retournés contre lui.

– Vous allez bien ? cria Billy à travers la vitre.

Mais la femme n'allait visiblement pas bien, et n'avait aucune envie d'ouvrir sa portière. Elle hocha timidement la tête.

– Ils vous ont fait quelque chose ?

– Ah ! Le jour où je lui ferai quelque chose, à cette vieille...

– Fermez-la ! dit Billy avec assez de force pour être obéie.

Elle indiqua le T-shirt et le short assortis du type :

– Et qu'est-ce que vous faites en pyjama, d'abord ? Votre maman vous a commandé ça chez La Redoute ?

Il pinça les lèvres tandis que ses copains faisaient la grimace.

– C'est du Moncler, M'dame.

– Du faux Moncler, gloussa Poitrine de Poulet.

Pyjama se tourna vers son copain :

– C'était en solde sur Internet !

– Tombé du camion, plutôt, oui, grommela Grand Barbu.

L'unité du gang brisée, Billy reprit :

– Et pourquoi harcelez-vous cette femme ?

Grand Barbu endossa le rôle de porte-parole :

– Parce qu'elle a à manger. Il y en a plein son coffre. De la bouffe de luxe, pour un mariage. Des canapés, et tout. On a très faim, et c'est un cas d'urgence, donc elle devrait partager.

David Attenborough reprit la parole.

– Elle a expliqué que c'est bien rangé, au frais, préparé pour un mariage, demain. On doit tous pouvoir patienter quelques heures.

Pyjama frôla Billy et s'avança vers le vieil homme, suivi par son ombre qui dessinait comme une cape sur la chaussée :

– Mais moi, j'ai faim et je suis énervé.

En prononçant ce dernier mot, il frappa du plat de la main la poitrine du vieil homme qui tituba et recula vers sa voiture.

– Ça suffit ! dit Billy en s'interposant.

Elle n'avait pas besoin d'avoir en plus à soigner une crise cardiaque.

– Vous trois, vous remontez en voiture et vous ne bougez plus.

Pyjama ne voulait rien lâcher :

– On veut à manger.

– Oui, moi aussi je meurs de faim, assena Grand Barbu. Je ne sors pas souvent de mes gonds, mais là, je suis à deux doigts.

Poitrine de Poulet se mit à caqueter. Billy détestait les gens qui se cachaient derrière les autres pour caqueter. D'une certaine manière, ils étaient pires que ceux qui agissaient. Elle n'avait même pas le plaisir de pouvoir leur rabattre leur caquet.

– Regagnez votre véhicule, et je vais vous trouver de quoi manger.

Sales gosses !

Les trois jeunes hommes se postèrent devant la voiture de la femme.

– Vous n'aurez rien tant que vous ne serez pas remontés dans votre véhicule.

Ils grimpèrent dans une Mercedes de luxe arrêtée juste devant. Poitrine de Poulet se mit au volant. Comment un idiot pareil pouvait-il posséder une voiture comme celle-là ? L'injustice ne manquait jamais d'exaspérer Billy. Une portière se déverrouilla avec un déclic et la femme descendit de son habitacle. Elle était mince, menue, mais avait relevé le menton.

– S'ils restent dans leur voiture, dit-elle à voix haute, je leur trouverai quelque chose. Mais ça sera froid. Tout est conservé dans de la glace.

La femme ouvrit l'immense coffre de son break et commença à déplacer des boîtes en polystyrène.

Qui avait dit que la société n'était qu'à trois repas de l'anarchie ? Ou bien était-ce à neuf repas d'une révolution ? En tout cas, il était bien question de nourriture. La pandémie de Covid-19 l'avait démontré. Quelques rayons vides dans les supermarchés et les gens s'étaient mis à stocker des paquets de pâtes, à amasser les rouleaux de papier-toilette et à lorgner les animaux de compagnie de leurs voisins par-dessus les clôtures en se demandant si le cochon d'Inde d'à côté pouvait suffire à mitonner une sauce bolognaise pour une famille de quatre personnes. L'autoroute devenait incontrôlable et ils n'avaient même pas encore sauté un repas. Si ça durait un peu, le cheval écumant de tout à l'heure commencerait à avoir l'air appétissant.

La femme sortit une des plus petites boîtes de polystyrène, l'ouvrit et souleva un sac de glace pour dévoiler des plateaux de petits canapés.

– Je n'avais pas envie qu'ils se mettent à fouiller là-dedans comme des chimpanzés à un buffet campagnard. Tout mon fonds de commerce est dans ce coffre.

Mme Canapés rejeta ses boucles brunes en arrière et lui tendit la boîte.

– Vous pouvez leur donner ça, moi, je n'irai pas. Des mini-burgers au bœuf Wagyu et à la truffe. C'est donner de la confiture aux cochons, mais ils fermeront peut-être leur clapet.

– Je sais très bien ce que c'est qu'une truffe ! beugla Pyjama depuis sa Mercedes.

Billy le rejoignit et lui fit passer les mini-burgers de luxe par la fenêtre.

– On voulait juste qu'elle partage, c'est tout, déclara Grand Barbu. Elle a plein de trucs à manger, et nous, on n'a rien.

– J'ai vu l'un d'entre vous frapper un homme, rétorqua Billy. C'est une agression. Si j'en vois un qui sort de la voiture, ne serait-ce que pour aller pisser, je l'arrête. Vous pouvez manger ce qu'il y a dans cette boîte et la garder.

Et même manger la boîte si ça vous chante !

La vitre se releva. C'est seulement alors que Billy se rendit compte que ses mains tremblaient. La situation pouvait dégénérer à tout moment. Et il allait bientôt faire nuit. La nuit, tout était pire. Dans l'obscurité, les gens devenaient des loups.

Elle alla voir David Attenborough (qui s'appelait Jeff, en réalité). Remis de ses émotions, il était assis dans sa voiture et dégustait le contenu d'une boîte en polystyrène bien plus grande. L'ordre était rétabli, pour le moment du moins.

Billy revint une nouvelle fois vers le Module aménagé hybride.

Le conducteur s'était remis au volant mais sortit dès qu'il la vit arriver. Il avait une main posée sur le haut de sa portière, l'autre sur la hanche, poing serré.

– Puis-je voir ce qu'il y a à l'arrière de ce van ? dit Billy. S'il vous plaît ?

– Si vous me dites encore une fois ce que je dois faire, répliqua-t-il en s'approchant tellement qu'elle sentit son haleine mentholée, je dis à tout le monde comment vous avez tué ce gamin à scooter.

VINGT-HUIT

19 h 46

Je n'ai tué personne.

Combien de fois avait-elle entendu ces mots-là ? Dans la bouche d'un jeune chauffard qui avait eu un accident mortel avec ses amis dans la voiture, ou dans celle d'une jeune fêtarde qui avait amené son bébé à l'hôpital, avec tous les stigmates de la négligence inscrits sur son petit corps ?

Je n'ai tué personne.

Ce qu'ils voulaient dire, c'était : je n'avais l'intention de tuer personne.

Ce qui n'était pas la même chose.

C'était une réponse enfantine. Celle de quelqu'un qui n'a pas encore eu à apprendre ce que signifie le mot « responsabilité ».

Billy savait tout cela, mais elle s'entendit quand même répondre :

– Je n'ai tué personne.

– Et ce jeune gars, alors ? dit l'homme du van. Hein ?

Billy se tourna vers tous ceux qui se tenaient sur la chaussée opposée, de l'autre côté de la barrière. Sa petite troupe de désaxés. Daisy et Olly. Pat et Charlotte. Même la mère et la fille, Kerry et Hyacinth, les avaient rejoints.

Leur regard collectif était plus lourd que la chaleur accablante. Billy voulut protester, dire qu'on avait écarté la faute professionnelle, mais ça n'y changerait rien. Elle ne pouvait pas nier qu'elle était responsable de l'accident du scooter. Même si elle avait renoncé à son poste, quitté son pays – fui, auraient dit certains –, elle ne pouvait oublier. Ça l'avait poursuivie jusqu'en Australie. Ça avait miné sa confiance en elle jusqu'à ce qu'elle craque sous le fardeau, comme un genou fragile. C'était le truc du scooter, et pas la ménopause, qui l'avait mise dans cet état.

– C'est vrai ? demanda Heathcote.

– Elle n'a tué personne, dit Pat. Point, à la ligne.

– Mais vous m'avez dit tout à l'heure que vous aviez tapé son nom sur Google, répondit Heathcote à l'infirmière.

Ah, elle a fait ça ?

– Alors qu'est-ce qu'elle a fait ? insista Heathcote.

– J'ai menti. Je n'ai jamais tapé son nom sur Google. Je n'ai dit ça que pour que vous la fermiez, parce que vous n'arrêtiez pas de demander si on pouvait lui faire confiance, gnagnagna…

Pat se tripotait le bout du nez, ce qui empêchait Billy de savoir si elle mentait, ou si elle mentait en disant qu'elle avait menti.

– Il faut suivre, jeune homme. Il n'y avait même pas de réseau quand je vous ai dit ça.

Mais Heathcote avait raison, le travail de police nécessitait de la confiance. Et le seul moyen de regagner la confiance (la plus importante, celle qu'elle avait en elle-même), c'était de faire son boulot. Sinon, quelle était l'alternative ? Prendre sa retraite ? Il y a quelques heures seulement, c'est ce qu'elle voulait. Rentrer chez elle.

Abandonner. Mais cette affaire montrait bien que Billy n'en était pas capable. Elle n'arrivait pas à lâcher prise.

Ainsi, étrangement, le mort la ramenait à la vie.

Maintenant qu'elle savait qu'il s'appelait en réalité Lincoln Quick, lui-même meurtrier ayant fui ses responsabilités, elle n'avait aucun scrupule à s'en servir comme marchepied vers sa propre rédemption.

Et contrairement à lui, elle assumerait ses responsabilités.

Elle fit signe à Mister Van de s'écarter et monta sur le marchepied de sa cabine, penchée sur la portière ouverte, pour que tout le monde puisse bien la voir.

– Et si je vous disais moi-même ce qui s'est passé, pour en épargner la peine à notre ami ici présent ?

Ils s'accoudèrent tous au séparateur central pour l'écouter.

– Je ne sais pas très bien par où commencer, à vrai dire. Donc je vais vous parler de ce jour-là. Un vendredi habituel. Beaucoup de travail. Je suis seule, sans coéquipier, parce qu'on manque de personnel, comme d'habitude. Et je reçois un appel à propos d'un jeune à scooter…

Ce n'est pas de là que je dois partir.

Ça avait commencé bien plus tôt. Des semaines, des mois. Dès le début de sa carrière, peut-être.

Billy descendit de la cabine. Là-haut, elle avait l'impression d'être dans le box des accusés. Les conducteurs alignés le long de la barrière métallique étaient ses jurés. Heathcote fronçait les sourcils. Daisy avait les yeux écarquillés. À côté de Kerry, Hyacinth se tripotait à nouveau les cheveux sur le sommet de la tête. Pat croisa le regard de Billy et hocha légèrement la tête.

Billy remonta sur son estrade improvisée.

– Maintenant, la police prend bien mieux en compte qu'avant les traumatismes. Si vous allez voir un psy aujourd'hui, il va vous classer dans trois catégories : « première », « pire » ou « multiple ». Première, c'est quand vous assistez à un événement traumatique pour la première fois. Donc votre premier accident de la route mortel, votre premier cadavre, et ainsi de suite. Pire, c'est quand vous rencontrez le pire exemple d'un incident, quel qu'il soit. Par exemple pour un cadavre, le pire est qu'il soit décomposé, ou que ce soit celui d'un enfant. Et multiple, c'est une question de répétition. Par certains côtés, c'est le plus pénible, parce que ça vous prend par surprise. Si vous assistez à une série de morts même banales, l'une après l'autre, elles finissent par être plus importantes que leur simple addition. C'est le supplice chinois du *lingchi*, « la mort des mille coupures ». Ce genre de choses. Mais que pouvez-vous y faire ? Vous ne pouvez pas refuser de prendre votre service, c'est votre job. Donc vous absorbez. Comme des toxines. Vous vous persuadez que c'est normal, que vous êtes capable de le supporter. Mais ce n'est pas parce que ça arrive tous les jours que ça devient plus facile.

De l'autre côté du séparateur central, Daisy tourna les talons et s'éloigna. Olly voulut la suivre mais elle l'en dissuada d'un haussement d'épaules. La partie du cerveau de Billy qui ne dormait jamais (comme celui d'un requin) nota le départ de la jeune fille.

– J'en fais une histoire trop longue. Mais je cherchais seulement à dire que les jours précédents avaient été durs. J'avais assisté à une « première » et à une « pire » en même temps. Une famille partie promener son chien s'était fait tuer par une conductrice ivre. Elle avait quitté la route et écrasé toute la famille contre un mur. Tous morts, sauf la chauffarde, qui s'en était tirée avec un œil au beurre noir – infligé par son airbag. Et je connaissais la famille. Ils avaient un fils aîné à l'université. J'ai dû l'attendre à la descente du train en compagnie de l'ALF – l'agent de liaison avec les familles. Et j'ai reconduit ce pauvre gamin dans une maison vide. Il y avait des lasagnes brûlées dans le four. Ils les avaient mises à mijoter avant de sortir promener le chien. Et ça a aussi été une semaine à « multiples ». On avait un petit gang de merdeux, en ville. Vandalisme, vol et incivilités, bagarres, cambriolages, feux de poubelles. L'un d'eux s'était fait expulser de son logement et ils avaient fêté ça en venant tout saccager. Leurs exploits, soir après soir, en plus de ce pauvre gosse en deuil dont je devais m'occuper, m'ont fait…

Billy regarda des deux côtés de l'autoroute. Eut un moment d'absence totale. Rien de tout cela ne semblait réel. C'était comme contempler les étoiles, la nuit. Rien n'avait d'importance. Lincoln Quick n'était qu'une des centaines de personnes bloquées sur cette route, une des centaines de milliers d'autres dans la ville, une parmi des millions dans tout le pays. Qui se souciait de comment et de pourquoi il était mort ? Il avait peut-être simplement eu ce qu'il méritait, et c'était tout. Pat la ramena au présent :

– Tout va bien ?

Billy lécha la sueur salée qui perlait sur la lèvre supérieure.

– La psy dit que quand notre cerveau ne peut pas supporter tant de tristesse, il transforme cette énergie émotionnelle en colère. Et donc, oui, j'étais triste. Et très en colère. Alors ce vendredi-là, quand on m'appelle pour me dire qu'un de ces crétins fait le mariole en ville sur un scooter électrique, je n'hésite pas. Je prends ma voiture, et je trace. Je le repère, qui fonce sur les trottoirs, près du marché couvert. Le vendredi, c'est jour de marché, il y a des vieux, des gamins, des gens avec des poussettes, et lui, il slalome dans la foule. Il va renverser quelqu'un, c'est sûr. Et je continue à penser à la famille sortie promener son chien, qui n'avait aucune chance de s'en tirer, et ce merdeux se comporte exactement comme la conductrice bourrée, il ne fait attention à personne. Il va tuer quelqu'un, et il ne ralentit même pas. Donc j'allume ma sirène. Il se sauve dès qu'il m'entend. Il descend la colline en direction de l'église. Je le poursuis, mais il accélère. Ces scooters électriques peuvent faire du cinquante à l'heure, voire plus. Il n'a pas de casque, rien. J'aurais pu le laisser s'enfuir. Je savais où il habitait. J'aurais pu attendre et le coincer plus tard. Mais je l'ai suivi. Je l'ai doublé dans la descente et je me suis rabattue contre le trottoir pour le bloquer…

– Vous dites ça comme si c'était sa faute, coupa Mister Van. Il est mort, et vous dites que c'est sa faute. Vous êtes aussi coupable que la conductrice ivre.

– Ta gueule ! dit Pat.

– Qui est mort ? demanda Heathcote.

Mister Van leva son téléphone pour le leur montrer. Il affichait la une d'un journal, qu'il lut à voix haute pour ceux qui ne pouvaient pas voir – et pour enfoncer le clou :

– « Un officier de police mis en cause après une poursuite mortelle à scooter. »

– Les journaux remuent toujours le couteau dans la plaie, dit Pat. Ils se foutent de savoir si c'est la vérité ou non.

– Ce titre ne ment pas, dit Billy, ce qui les fit tous taire. Il y a eu une enquête. Ça a été serré, mais la faute professionnelle a été écartée, j'ai été blanchie. Je n'aurais pas dû le poursuivre. On n'est pas censés donner la chasse aux suspects. Une poursuite, c'est dangereux. J'ai eu tort de le faire.

– Une règle pour vous, une autre pour nous tous !

Mister Van en appelait aux spectateurs de l'autre côté de la barrière, mais leur expression demeurait indéchiffrable.

– Laissez-la parler, dit Heathcote.

– Bon, il n'y a pas grand-chose de plus à dire, reprit Billy. Où en étais-je ?

– Au jeune gars qui descend la colline à scooter, répondit Heathcote.

– Un jeune gars, oui. Un jeune délinquant. Déjà accusé de plusieurs délits auparavant. Ce qu'on appelle un délinquant juvénile. Il se croit au-dessus des lois et aussi, visiblement, immortel parce qu'il roule à cinquante à l'heure sans casque. Donc je le double et je fais monter ma voiture sur le trottoir pour l'arrêter. Le bloquer avant qu'il arrive au carrefour de l'église. Mais je ne pense pas à l'idiotie absolue des adolescents. Il veut passer du trottoir à la chaussée, s'imagine qu'il peut contrôler son dérapage et contourner ma voiture, faire une de ces cascades ridicules qu'on voit dans les jeux vidéo. Au lieu de ça, son pneu avant éclate, le scooter l'envoie valser dans les airs et sa tête vient percuter ma lunette arrière. J'ai essayé de le réanimer, mais il est mort dans mes bras. Et tout ce à quoi j'ai pu penser, c'est que sa mère allait avoir le cœur brisé, même si pour tous les autres, c'était un petit connard.

Elle n'ajouta pas qu'elle n'avait pas pu s'empêcher de pleurer sur le gamin, là, dans la rue. Et que si la vie lui avait distribué d'autres cartes, ce garçon, qui vivait dans la même ville qu'elle, aurait peut-être été un ami de sa fille, qu'elle aurait pu le connaître en tant que parent, et non en tant que policière.

Billy descendit du marchepied, les jambes en caoutchouc. Le tarmac chaud puait le pneu éclaté. La confession qu'elle venait de faire était plus pénible encore que lorsqu'elle avait dû témoigner à l'audience. Au moins, le panel de ses pairs comprenait les pressions inhérentes à son travail. Et son affectation permanente à des « tâches plus légères » (c'est-à-dire enchaînée à un bureau pour des tâches sans intérêt) avait été un moyen de s'assurer qu'elle les mesurait, elle aussi. Tous les traumatismes précédemment vécus ne pouvaient justifier l'impatience qu'elle avait manifesté ce jour-là.

– Et vous avez quand même gardé votre poste après ça ? fit Heathcote, méprisant.

Mister Van pouffa.

– Vous devez vraiment être irréprochables dans la vie, vous deux, maugréa Pat.

– Je suis étonné que vous la souteniez, répliqua le gérant de pub. Une ex-prisonnière et une policière ? Elle vous aurait envoyée en prison pour ce que vous avez fait.

– Elle y aurait été obligée, le contra Pat. J'ai fait de la prison parce que j'ai tué quelqu'un. Ma compagne était mourante, je l'ai fait parce qu'elle me suppliait de le faire, et que je ne supportais pas de la voir souffrir, se ratatiner. Mais j'étais infirmière, il y avait peu de chances que je m'en tire comme ça, n'est-ce pas ? Exactement comme elle, le sergent Kidd, qui fait ce qu'elle a à faire, quel qu'en soit le prix. Donc on a plus en commun que vous ne le croyez. Comment se fait-il que vous ne compreniez pas les gens ? Vous vivez dans un pub ou au pays des contes de fées ?

– Mais vous êtes tous idiots ! mugit Daisy, qui revenait vers eux d'un pas résolu.

Son éclat inattendu réduisit chacun au silence.

– Il essaie de vous manipuler, dit-elle en désignant Mister Van. Il essaie de décrédibiliser un officier de police pour détourner l'attention de sa demande parfaitement légitime d'ouvrir son camion. Votre comportement est totalement sexiste. Vous ne remettriez jamais en cause un policier si c'était un homme…

– Ne jouez pas la carte du sexe ! l'interrompit Mister Van.

Mais Daisy ne se démonta pas :

– Les manipulateurs cherchent votre point faible et s'en servent contre vous. Il nous manipule, et nous le laissons faire. Moi, en tout cas, je veux savoir ce qu'il y a dans son van.

Pendant un long moment, on n'entendit qu'un paquet de chips vide que le vent faisait voleter sur la bande d'arrêt d'urgence. La brise rebelle annonçait la fin d'une journée trop chaude.

Billy se tourna vers Mister Van :

– Moi aussi, je veux savoir.

Un murmure approbateur s'éleva du séparateur central.

Mister Van posa les poings sur ses hanches.

Un bruit de pas attira l'attention de Billy, dans son dos. Le vieux monsieur, David Attenborough, et la femme traiteur, Mme Canapés, s'étaient approchés, attirés par la tension qui régnait.

Poitrine de Poulet, Grand Barbu et Pyjama s'avancèrent, eux aussi. Les trois vauriens s'arrêtèrent derrière l'épaule droite de Billy, telle une équipe de vigiles dans un magasin de soldes. Elle eut la sensation d'être devenue la cheffe d'une armée hétéroclite, digne de *Mad Max*. Elle n'avait pas tout à fait envisagé sa rédemption de cette façon-là, mais elle ferait avec.

– Ouvre ton drôle de van, mec ! dit Grand Barbu.

– Sinon, on le fera à ta place, ajouta Pyjama.

Le vieil homme en remit une couche :

– Je pense vraiment que ce serait le moyen le plus rapide de régler cette situation, Monsieur. Si vous n'avez rien à cacher, ouvrez donc.

Mister Van retrouva la voix :

– Mais pourquoi vous écoutez cette bonne femme ?

– Bon, fit Billy en avançant d'un pas et en sentant ses vigiles de supermarché faire de même. Je n'ai pas insisté sur ce point jusqu'à maintenant parce que je ne veux pas que certains se mettent à paniquer, dit-elle avec un hochement de tête de conspiratrice en direction du véhicule où était assis l'homme qui s'était affolé, un peu plus tôt, et avait enjambé le séparateur central comme Poutine, son cheval.

– Cette poule mouillée, grommela Poitrine de Poulet.

– Mais il y a un meurtrier parmi nous. Un homme s'est fait assassiner dans son véhicule, et son agresseur est toujours ici.

– Comment le savez-vous ? demanda le vieux monsieur d'un ton horrifié.

– Où aurait-il pu aller ?

Billy ouvrit la main comme si elle pouvait le faire apparaître par magie.

– Il n'a pas pu escalader la palissade, elle est haute comme quatre étages, ajouta-t-elle en désignant les parois pleines qui bordaient l'autoroute des deux côtés, derrière les rideaux d'arbres maigrichons. Et s'il s'était enfui à pied sur l'autoroute, quelqu'un l'aurait vu. Donc il doit se cacher quelque part.

– Et comment aurait-il pu grimper dans mon camion ? demanda Mister Van. Il lui aurait fallu escalader le séparateur central aux yeux de tout le monde.

– Il y a quelqu'un dans votre van. J'ai vu une ombre bouger par la vitre latérale, tout à l'heure, et je veux éliminer cette personne de la liste de mes suspects, c'est tout.

– C'est un chien, répliqua Mister Van.

– Alors pourquoi tu ne veux pas ouvrir, mec ? dit Grand Barbu. Quel gros malin, celui-là, ajouta-t-il à l'adresse de ses deux compères.

Mister Van sortit de sa poche un jeu de clés, et le jeta brusquement par-dessus les trois files de véhicules, vers le bas-côté envahi par les herbes.

– Ça, c'était vraiment idiot, déclara Pat qui avait sauté la barrière pour être du même côté que Billy, et se tenait sur sa gauche.

– C'est nul, dit Barbu avant de se tourner vers Billy. Pourquoi vous n'ouvrez pas son van ? Vous êtes policière. Il y a un meurtrier là-dedans.

– Je n'ai pas le droit de fouiller un véhicule sans en avoir la permission, ou sans avoir de mandat, ou sans arrêter son propriétaire.

– Arrêtez-le, alors.

– Je n'ai pas de motif valable pour ça. Et si je fouille de force, tout ce que je trouve à l'intérieur sera invalide au regard de la loi.

Billy ne put s'empêcher de sourire en voyant leurs mines incrédules.

– Le travail de police est plus compliqué qu'il n'y paraît à la télé, ajouta-t-elle.

– Carrément, oui ! dit le Poulet en frottant sa maigre poitrine.

– Elle veut seulement voir ce qu'il y a à l'intérieur, mec. Ouvre ! dit Pyjama.

Les faux vigiles s'avancèrent vers Mister Van, qui leva les poings comme s'il voulait se battre avec les trois en même temps. Billy s'interposa. Elle n'avait aucune envie d'avoir une bagarre sur les bras. Pat s'en mêla aussi, et repoussa Poitrine de Poulet.

La bousculade fut brève. Un *clang* ! sonore les fit tous s'immobiliser.

Le vieil homme descendit de l'habitacle du van. Il avait dû profiter de l'occasion pour se glisser au volant et déverrouiller les portes arrière.

– Vous ne pouvez pas entrer illégalement dans ce véhicule, ma chère, mais moi, si, dit-il. Arrêtez-moi ensuite si vous le souhaitez.

– Bien joué, sir David ! déclara Pyjama.

VINGT-NEUF

19 h 52

Billy laissa le conducteur entouré de Pat et des trois vigiles de supermarché. Elle contourna le van mystérieux jusqu'à la porte latérale coulissante, déverrouillée mais toujours fermée.

Elle n'avait aucune idée de ce qu'il y avait à l'intérieur. Ne savait de la CIA que ce qu'elle avait appris dans les rediffusions des *X Files*. Elle doutait fort que Mulder l'agent secret se cachait à l'intérieur.

Hélas, trois fois hélas !

Mais Lincoln Quick était un agent du renseignement américain, qui avait choisi de revenir au Royaume-Uni alors que son gouvernement avait pris le risque de lui accorder l'immunité diplomatique. Son affaire avait déclenché un incident international, et au mépris de tout cela, il était revenu ici.

Pourquoi ?

Quelles que fussent ses raisons, il était possible que les Américains aient eu vent de sa trahison et choisi de régler les choses à leur manière.

Était-ce seulement possible ?

Le rayon de vélo était-il une sorte de message ? Et si oui, adressé à qui ?

Toutes ces questions, posées face à une banale porte de camionnette, étaient délicates. Presque conspirationnistes. Mais c'est son instinct qui l'avait menée ici. Après trente ans de police, son détecteur de conneries fonctionnait très bien, et ce véhicule douteux le faisait clignoter en rouge vif.

Le van tangua légèrement, et elle recula d'un pas. Il recommença à remuer.

– Ouvrez ! dit Billy.

La porte s'entrouvrit lentement… puis en grand, brusquement.

Un coup la fit basculer en arrière. Le soleil l'éblouit quand sa tête heurta le goudron. Instinctivement, elle replia les jambes contre sa poitrine tandis qu'une douleur sourde lui parcourait tout le corps. Des gens jaillirent de la porte du van, la piétinèrent. Elle roula en position fœtale, puis se releva. Sa vision s'éclaircit, et elle vit des silhouettes s'éparpiller dans le soleil couchant. On aurait dit des chauves-souris géantes.

Elle plongea en avant et parvint à s'agripper à la manche d'un des retardataires, à l'arrêter en lui tirant brutalement sur le bras, et serra, à travers le tissu, sa chair maigre. Billy força le traînard à se retourner, et de toute sa taille et de tout son poids, parvint à coincer son prisonnier contre le capot d'une voiture.

Une femme. Échevelée à force de se débattre. Billy raffermit sa prise, se pencha en arrière pour éviter un coup de tête en pleine figure.

– Calmez-vous. Ne bougez plus !

L'autre s'immobilisa.

Billy maintint sa prise un moment. Puis bougea pour changer de posture. Au moment où elle la relâchait légèrement, l'inconnue recommença à se débattre. Elle ne renonçait pas.

– Vous n'irez nulle part. Je vous tiens. Ça suffit, maintenant.

La femme s'abandonna complètement, la poitrine et la tête sur le capot.

Billy lui serrait les poignets, pantelante, respirant entre ses dents.

Elle se rendit compte que la voiture contre laquelle elle était appuyée était celle de l'homme qui avait paniqué, un peu plus tôt. Calvin quelque chose. Elle croisa le regard de sa compagne. Billy ressentit une pointe de culpabilité de ne pas être revenue voir plus tôt comment ils allaient. Mais elle avait été pas mal occupée…

– Tout va bien ? demanda-t-elle.

La jeune femme hocha la tête. Une fois.

Calvin Barnes, c'est ça.

– Vous vous en sortez très bien, monsieur Barnes, ne bougez pas pour le moment.

Calvin gardait les yeux baissés. Sa compagne écarquilla les yeux, comme pour signifier que oui, ils resteraient dans leur voiture pendant que Billy s'occupait de tout.

Pat apparut à l'angle du van :

– Qu'est-ce que c'était que ça ?

– Vous avez vu combien ils étaient ?

– Ils se sont tous enfuis, dit Pat. Il devait bien en avoir une demi-douzaine.

– Et le conducteur ?

– Il s'est barré en courant.

Billy tira doucement sur le bras de la femme, pour lui faire comprendre que c'est à elle qu'elle s'adressait.

– Je vais vous demander de vous retourner. Je dois vous poser quelques questions, d'accord ?

La femme ne répondit pas. Billy ne la voyait que de profil, car elle avait une joue plaquée contre le capot de Calvin. Ses cheveux, humides de sueur, lui collaient à la figure. Elle regardait droit devant elle et clignait des yeux.

– Je vais vous ramener au van, d'accord ?

La femme ne répondit rien.

– OK. On y va.

Billy l'entraîna, la soulevant presque, jusqu'à la porte latérale du van, restée ouverte. L'arrière de ses genoux buta contre le plancher et ses jambes se plièrent. La femme atterrit lourdement, mais sans mal, sur les fesses.

Billy pouvait maintenant voir que ça n'était pas un van de la CIA. À moins que la CIA n'eût connu de lourdes coupes budgétaires. Au lieu du matériel de surveillance et des gadgets high-tech auxquels elle s'attendait, l'arrière du van était doublé de contreplaqué bas de gamme. Des bancs de bois étaient fixés sur les côtés. Le plancher était jonché de déchets – des emballages d'en-cas bon marché, en majorité.

Si on imaginait un van qui pouvait servir à un kidnapping, il devait ressembler à ça.

Billy comprit immédiatement ce qui se jouait là.

– Vous n'aurez pas d'ennuis, ma petite, dit-elle.

– Pas anglais, dit la femme. Ses yeux brillaient de défi.

Billy fit un nouvel essai.

– Où travaillez-vous ?

– Des illégaux, dit Pat.

– Ils étaient enfermés là-dedans comme du bétail, dit David Attenborough.

– Module aménagé mon cul, dit Pat. Et j'en ai un gros.

– Quel genre de travail faites-vous ? insista Billy. Agricole ? Ongles ? Emballage ?

Pas de réponse, à part un regard noir.

– D'où venez-vous ?

Regard d'acier.

– Je peux vous aider.

Les yeux de la femme s'emplirent de larmes.

– Ma fille, dit-elle.

Billy jeta un coup d'œil à l'autoroute.

– Votre fille est partie avec eux ?

– Oui.

– Quel âge ?

– Seize.

Billy soupira.

– Laissez-moi partir, dit l'inconnue.

– Je ne peux pas.

– Elle est seule. Seize.

Billy se tourna vers Pat.

– Vous avez vu une jeune fille, parmi ceux qui se sauvaient ?

Pat haussa les épaules.

– Et les autres, ils ont vu quelque chose ?

Pat s'éloigna pour conférer avec les faux vigiles.

– Le conducteur ? Comment s'appelle-t-il ? Il a dit Bob, mais...

La femme haussa les épaules, elle aussi.

– Si vous m'aidez, je pourrai vous aider.

– Je travaille.

– À quoi ?

– On ramasse des fleurs, on emballe du poulet, et encore des fleurs.

Tout ça pour un bouquet de fleurs.

Pat réapparut, suivie des trois vigiles de supermarché.

– Ils en ont vu quelques-uns, dit-elle en parlant des travailleurs illégaux. C'étaient surtout des femmes, apparemment.

– Ma fille !

La bouche de la femme s'élargit en un sourire grotesque qui tourna vite au gémissement. Elle se mit à sangloter, puis se tut aussi rapidement qu'elle avait commencé. Délicatement, Billy la fit se retourner pour la regarder dans les yeux.

– Vous devez rester ici et attendre que d'autres policiers arrivent. Ils vous aideront à retrouver votre fille.

– Vous, police ?

– Oui. Je suis policière.

Billy la convainquit de s'installer dans la cabine, à l'avant, où elle serait mieux assise. Elle verrouilla les portières et l'y laissa. Puis elle se hissa par-dessus le séparateur central pour revenir à sa voiture. Les conducteurs de celles qui l'entouraient s'étaient rassemblés et chuchotaient entre eux. Ils s'écartèrent quand Billy les rejoignit.

– Elle va sortir et se sauver, commenta Pat.

– Si c'était ma fille qui était en danger, je me lancerais à sa poursuite aussi, dit Billy.

Pat déchiffra le non-dit comme si elle savait lire dans les feuilles de thé :

– Vous avez une fille, vous-même ?

– J'en ai eu une, oui.

Pat comprit qu'il valait mieux ne pas insister.

La jeune Daisy, moins délicate, demanda :

– Vous ne pensez pas que cette femme cherche à jouer de votre corde sensible ?

– Elle est cassée, mon chou. Il faudrait un virtuose pour arriver à jouer avec moi.

Billy regarda autour d'elle. Ils étaient tous là. Sauf l'agent immobilier dans sa belle voiture, et Kerry et Hyacinth qui repartaient vers leur minibus. Elles étaient deux et n'avaient pas besoin de rester debout au soleil pour avoir le réconfort d'une autre présence.

Mais où était passée Charlotte ?

La conductrice de la voiture volée avait disparu.

Personne ne l'avait vue depuis les instants qui avaient précédé la confrontation avec Mister Van.

Billy grimpa dans le SUV pour un rapide examen. À nouveau frappée par la propreté qui y régnait, elle ne trouva qu'une clé de voiture rectangulaire, sur la console centrale. Pas de clés de maison.

OK, donc elle avait largué le véhicule volé et avait quitté les lieux pour (d'une manière ou d'une autre) rentrer chez elle. Elle s'inquiétait pour ses enfants. Mais elle devait savoir qu'avec la circulation bloquée, elle mettrait des heures à arriver chez elle. Ça n'avait aucun sens. À moins qu'elle ne cherche à échapper à la justice ?

TRENTE

19 h 58

Le SUV volé était impeccable et vide. Même la contravention s'était envolée avec Charlotte. Mais en descendant, le pied de Billy rencontra quelque chose, sous le siège. Elle ramassa l'objet. Une bombe aérosol. Un spray anti-agression.

Une fois descendue du SUV, Billy retourna l'objet et l'agita. Il semblait plein.

– Une bombe lacrymo ? demanda Pat. Une des femmes avec qui j'ai été en cellule avait été condamnée pour avoir utilisé du Mace contre son patron qui voulait la violer. Une vraie parodie de justice.

– Le Mace est illégal. Ça, c'est du colorant. On en asperge l'agresseur et c'est indélébile, comme ça, la police peut l'identifier ensuite.

– Quoi, après qu'il vous a violée ? Ah, tu parles, vachement utile !

Billy ne put que grogner son assentiment.

Elle avait vu des femmes se servir d'objets étranges pour tenter de se sentir plus en sécurité qu'elles ne l'étaient réellement. De la classique clé serrée dans le poing aux alarmes dissimulées dans des colliers, et même des ceintures de chasteté verrouillables, censées être impossibles à retirer par l'agresseur – ce qui devait probablement l'énerver suffisamment pour vous tuer au lieu de vous violer. Elle savait que ces sprays colorants existaient, mais n'en avait jamais vu fonctionner. Pourquoi Charlotte se sentait-elle le besoin de s'armer ?

– Sergent ?

La mère et la fille se tenaient à côté de leur minibus. C'est Hyacinth qui l'avait interpellée. Elle indiqua la bande d'arrêt d'urgence, dans le sens opposé à la circulation.

– La jolie dame est partie par là. En courant.

Sans attendre de réponse, la jeune fille remonta dans sa voiture.

– Mais où Charlotte croit-elle aller comme ça ? demanda Billy à Pat. Je vous ai vu parler, toutes les deux. Elle vous a dit quelque chose ?

– Son mari a l'air d'être un vrai con.

– C'est ce que j'en ai déduit en apprenant qu'il avait signalé le vol de sa voiture.

Billy se lança aux trousses de Charlotte sur la bande d'arrêt d'urgence. La chaleur commençait à baisser, ce qui la soulagea, jusqu'à ce qu'elle se rende compte que ça signifiait que la nuit allait bientôt tomber. Le Seigneur donne et le Seigneur reprend. En arrivant à hauteur du cordon de sécurité improvisé autour de la voiture abandonnée, elle vit que le Cochon attendait toujours, à bonne distance, sur l'herbe du bas-côté. Il lui apprit qu'une femme était passée en courant plusieurs minutes plus tôt. Billy pressa l'allure.

Tout en trottinant, elle parvint à appeler Dom, qui décrocha à la troisième sonnerie.

– Charlotte McVie, déclara Billy sans préambule, sachant qu'elle ne pourrait pas très longtemps parler et courir à la fois. Celle du SUV volé. Qu'est-ce que tu sais d'elle ?

Dom lui débita l'essentiel – date de naissance, nom de jeune fille, adresse actuelle – mais rien ne semblait la relier à Lincoln Quick. Elle avait une dizaine d'années de plus que lui, était anglaise, et vivait à quatre-vingts bons kilomètres de là.

– Meeeerde ! dit Dom, en faisant durer ce dernier mot deux bonnes secondes.

– Quoi ?

– Elle vient d'obtenir une ordonnance de protection à l'encontre de son mari. Prononcée par un tribunal aujourd'hui même. Le charmant Chester McVie lui tapait dessus.

– Elle avait un spray de défense dans sa voiture. Sans doute au cas où il se serait approché d'elle malgré l'ordonnance.

– L'adresse familiale n'est pas indiquée sur l'ordonnance, donc elle doit habiter ailleurs.

– Je me disais bien que c'était bizarre qu'il l'accuse d'avoir volé des objets de valeur chez eux. Il a dû comprendre qu'elle le quittait. Beaucoup de choses s'expliquent, maintenant. Même les pastilles Rescue.

– C'est quoi, ces pastilles Rescue ?

– Des bonbons aux plantes, pour se calmer.

– C'est plutôt Chester qui aurait besoin de se calmer, apparemment, grogna Dom.

– Elle s'est enfuie de la scène de crime. En laissant sa voiture avec la clé à l'intérieur. Au moins, on sait qu'il n'y a pas de foutue bombe dans celle-là.

Billy commençait à être hors d'haleine, et elle était à la poursuite d'une femme en bonne forme physique. Aucun signe d'elle à l'horizon. Elle eut une idée.

– Et la contravention ?

Elle entendit des bruits de clavier.

– L'Audi, en stationnement interdit. Dressée ce midi… une adresse à environ cinquante kilomètres de là où tu te trouves.

D'autres bruits de clavier, puis :

– Oh meeeeeeerde !

Le mot dura encore plus longtemps, cette fois.

– Et… ?

– L'adresse est signalée dans la base de données. C'est un refuge.

– Un refuge de quel genre ?

– Pour des femmes victimes de violences conjugales.

– C'est là qu'elle a pris la contravention ?

– Oui.

– Oh merde. Elle a dit que son mari n'était pas chez eux la nuit dernière, elle a dû penser que c'était l'occasion de s'enfuir. Donc elle est partie ce matin, a obtenu l'ordonnance de protection, et s'est servie de sa voiture à lui pour emporter ses affaires au refuge, en prévoyant peut-être de la ramener avant qu'il ne s'aperçoive qu'elle avait disparu.

– Sauf qu'elle s'est fait coincer dans le bouchon.

– Pas étonnant qu'elle soit dans tous ses états. Tu peux dénicher son numéro de portable ? Il faut que je lui parle. Et il faut qu'on sache où sont ses enfants.

Billy ralentit. Elle ne voyait toujours pas le bout de la haute palissade du chantier. Même si Charlotte arrivait jusqu'à une sortie de l'autoroute, à quoi cela lui servirait-il ? Elle s'apercevrait que toutes les routes étaient bloquées et comprendrait que c'était inutile. Elle reviendrait probablement d'elle-même à sa voiture.

Billy s'arrêta. À quoi bon courir après Charlotte ? Tout ça n'avait rien à voir avec Lincoln Quick. Et sa priorité, c'était lui – ou, en tout cas, son assassin.

Mais Charlotte aurait pu lui demander pourquoi elle ne passait jamais en priorité. Fallait-il qu'elle meure, elle aussi ?

Dom lui donna un numéro de portable, qu'elle copia soigneusement dans son téléphone. Les paroles de Charlotte lui revinrent en écho :

« Police de merde… Des questions, toujours des questions, et il ne se passe jamais rien. »

Et maintenant, Billy devait laisser une femme battue se débrouiller seule, pour pouvoir résoudre le meurtre d'un homme qui lui-même avait tué un innocent.

Où était la justice là-dedans ?

Était-ce même encore une question de justice ?

Ou s'agissait-il simplement d'une opposition entre les nécessités collectives et les nécessités particulières ? Sur cette autoroute, quelqu'un se baladait avec une arme cachée dans la manche – littéralement. Un homme était mort. C'était à la police d'affronter son meurtrier. C'était à elle de le faire.

Elle avait gagné leur confiance, il fallait maintenant en payer le prix.

– Billy ?

Dom était resté en ligne, mais sa voix était si tendue qu'elle eut la vision d'un fil de téléphone torsadé tiré au maximum.

– Ne panique pas mais…

– Rien que de dire ça, tu me fais paniquer.

– Est-ce que les gens sont restés à l'écart de la voiture suspecte ? Celle dont on a décrété qu'elle n'était pas piégée ?

QUATRIÈME HEURE

TRENTE ET UN

20 heures

Billy se tenait à bonne distance de la voiture abandonnée, sur l'herbe du bas-côté. Elle essaya de ne pas imaginer ce qui se produirait si une bombe éclatait. Le souffle rebondirait sur la haute palissade derrière elle et la ferait exploser deux fois, en réalité. Mais les autres automobiles arrêtées sur l'autoroute étaient pleines d'essence, et elle n'avait pas envie de s'en rapprocher non plus.

Charybde ou Scylla.

Sur la chaussée, à sa droite, les conducteurs à qui elle avait ordonné de quitter leurs véhicules lui jetaient des regards noirs. Elle agita la main pour leur demander de rester à l'écart.

Au téléphone, elle entendit Dom féliciter la jeune policière qui avait trouvé ces toutes dernières infos dans la base de données nationale. Billy essaya de ne pas s'en agacer, alors que c'était elle qui faisait face à une possible voiture piégée. Ça ne la vexait pas tant que ça, en réalité, mais elle avait un besoin urgent de faire pipi. Au point d'en avoir mal au bas-ventre. Ce qui l'énervait, la déconcentrait. L'énervait de se laisser déconcentrer.

– Dominic ? dit-elle d'un ton qui aurait empêché un chien de se ruer sur un os.

– Tu es à quelle distance de la voiture, Billy ?

– Suffisamment loin. Dis-moi seulement si elle a un lien quelconque avec une cellule terroriste ou non.

– Garde les gens à distance.

– Mais ils SONT à distance ! Ils le sont depuis la dernière fois que je leur ai annoncé que la voiture pouvait exploser. Mais elle n'a pas explosé, et ils ne vont pas me croire éternellement. Et je leur ai aussi parlé du scooter, ajouta-t-elle après un temps.

Dom émit un *tss-tss !* désapprobateur.

– Quoi ? fit-elle. Il valait mieux que ce soit moi qui le leur dise.

– Tu es flic, ils n'ont pas à t'aimer.

– À m'aimer, non, à me faire confiance, si.

– C'est toi qui dois te faire confiance, marmonna Dom.

– Difficile, après ce truc du scooter…

– Ça n'a rien à voir avec ce foutu accident de scooter, Billy, et tu le sais très bien !

Le vent lui apporta un roulement de tambour oppressant, le générique annonçant le bulletin d'informations, à la radio.

– Avec quoi, alors ?

– Tu veux vraiment que je te le dise ?

– Oui, je veux vraiment que tu me dises comment mes problèmes pourraient être pires que de me retrouver sur le bas-côté d'une autoroute complètement bloquée, avec un assassin et une potentielle voiture piégée sur les bras.

– Bon, ça ne va pas te plaire mais… Je crois que c'est l'autre chose.

Une bulle se coinça dans sa gorge.

– Quelle autre chose ?

– Ta fille. Abigail.

– C'était il y a vingt ans. J'étais jeune, répondit Billy d'une voix étouffée.

– Exactement. Je sais que ça a été terrible. Je sais…

– Non, tu ne sais pas. Tes enfants à toi vont à l'université, ils iront travailler, ils se marieront, ils auront des enfants à leur tour, un jour.

Ses yeux se posèrent sur Daisy, qui ne faisait rien d'extraordinaire à part se tenir pieds nus, à côté de sa voiture, parée de l'accessoire indémodable qu'est la jeunesse.

Comme toutes les jeunes femmes, elle était inconsciente de sa beauté. Et pour Billy, elle était à la fois une jeune pousse verte, un petit pain tout frais et un coucher de soleil rougeoyant. Le chagrin lui fit l'effet d'un coup de poing dans le ventre, comme à chaque fois qu'elle rencontrait quelqu'un qui avait l'âge qu'aurait dû avoir sa fille. Toute tentative pour expliquer cette sensation à Dom ne pouvait que s'achever dans la colère, parce que c'était un sentiment plein de contradictions. Chagrin et jalousie. La douleur d'avoir perdu un enfant. La rancœur de ne jamais savoir ce que sa fille aurait pu devenir. Et la culpabilité, parce qu'elle aurait dû aller voir plus tôt si sa fille allait bien, qu'elle aurait dû la coucher dans une autre position, ou la nourrir plus tôt, ou plus tard, ou ouvrir une fenêtre pour qu'il fasse plus frais, ou l'emmailloter plus serré ; ou modifié, d'une manière ou d'une autre, un seul des minuscules facteurs qui avaient fait que son bébé avait simplement cessé de respirer dans son sommeil. Et il y avait l'espèce de honte indéfinissable d'être une victime. Et, enfin, il y avait l'angoisse, ce sillage interminable et agité d'un traumatisme qui ne s'était jamais refermé. Et un thérapeute pouvait bien déployer des trésors d'intelligence pour lui dire quelque chose qui se résumait en fait à : « Le pire n'est jamais sûr », elle savait mieux que quiconque que le pire *pouvait* se produire. Il pouvait survenir au milieu de l'après-midi, par un mardi ensoleillé, quand vous projetez de réveiller votre bébé pour aller faire une promenade au parc avant de commencer votre service de nuit. Allez dire après ça à l'angoisse de ne plus sonner le clairon – elle ne vous écoutera pas.

– Mais mon point reste valable, dit Dom.

Il n'avait jamais pu accepter l'idée que vouloir que quelque chose soit vrai ne rendait pas la chose vraie pour autant.

– Le problème, c'est que tu es restée dans cette bon Dieu de ville et…

Il n'acheva pas et Billy entendit un drôle de bruit, comme s'il s'était affalé sur son bureau.

– J'aime bien cette ville. On y a grandi.

Pas de réponse.

– Et quoi, Dom ?

– Tu as renoncé.

La boule dans sa gorge se durcit, devint une pierre qu'elle lui lança à la figure :

– Va te faire mettre !

– C'est bon, ça fait vingt ans que tu ne cesses de porter le deuil ! D'Abigail. De ton mariage. De ta carrière. Tu étais pleine d'ambitions au début, Billy. C'est pour ça que je t'ai suivie dans la police. Tu étais Dorothy, et moi, l'Épouvantail.

Sous le coup de l'émotion, Billy sentit une migraine pointer derrière ses orbites.

– Mais de quoi tu parles ? Tu veux dire que la police, c'est le pays d'Oz ? Que rien n'y est vrai ?

– Bon, la métaphore n'est pas parfaite mais elle tient quand même la route. Je t'ai suivie parce que tu savais exactement ce que tu voulais alors que moi, je n'en avais aucune idée. Et tu as perdu la gnaque, pour des raisons bien compréhensibles. Mais le pire, c'est que tu n'as jamais cherché à la retrouver.

– Je suis sergent depuis vingt ans. C'est un métier de terrain et j'aime ça.

– Vraiment ?

– Oui. Et je te signale que tu ne m'as pas « suivie » ! C'est toi qui étais plein d'ambition. Toi qui courais après quelque chose de mieux, après *quelqu'un* de mieux. Je n'ai toujours été qu'un accessoire, une auxiliaire. Pendant toutes ces années passées sur le siège passager de ta putain de Volvo.

Billy eut tout à coup besoin de fermer les écoutilles, avant de se mettre inexplicablement à pleurer.

Pourquoi maintenant, après tout ce qu'on vient de dire sur les bébés, ai-je envie de me mettre à pleurer à propos d'une foutue Volvo ?

Dom embraya.

– Et c'est pour ça que j'ai dû changer de service. Je t'emmenais un peu partout avec ma voiture et tu ne m'as jamais assez pris au sérieux pour…

Il s'arrêta et se reprit :

– Bon. Ce n'est pas le moment.

– Tu crois ? Tout ça pour quoi, alors, Dominic ? L'heure tourne…

– Ne sois pas si dure.

– Je ne le suis pas, tu le sais.

– Tout ça, juste pour te dire… Fais-toi confiance ! soupira-t-il.

– C'est tout ? Tu me crèves le cœur et en échange, j'ai droit à une maxime de Kinder Surprise ? « Fais-toi confiance » ? Je ne dirais pas que c'est un conseil vraiment révolutionnaire. Ni même un manuel complet de développement personnel. Je ne pense pas que tu fasses un grand succès de librairie avec ça.

– OK, mais je veux dire, essaye ! Billy. Prends un risque, investis-toi à fond, va au bout des choses, mise tout, et arrête de croire que si tu ne prends pas de risques, tu resteras hors de portée, à l'abri des souffrances. Parce que c'est toi-même que tu gâches. Donne tout à la vie et elle te le rendra à cent dix pour cent.

– Pff, tu parles comme un entraîneur de football ! « Cent dix pour cent »… Le maximum, par définition, c'est cent pour cent !

Dom se racla la gorge mais ne répondit pas.

Très bien. Elle lui donnerait ses cent pour cent. *Mais pas un centième de plus.*

– Reprenons, voulez-vous, commissaire ? Vous avez quelque chose dans votre base de données sur cette voiture abandonnée ? Pouvons-nous *tout miser* là-dessus tandis que je fais face à une possible voiture piégée, et que ma tête est tout à fait *à portée* ?

Dom soupira et mit un moment à répondre. Mais quand il reprit la parole, il était redevenu le commissaire Day :

– D'après le fichier, cette voiture a été mise sur la liste des véhicules à surveiller en 2003, après un raid antiterroriste sur une planque. Elle était garée juste devant, dans la rue.

Lors du raid, la brigade antiterroriste a arrêté trois hommes liés à un type qui était détenu à Guantanamo Bay.

– En effet, ça fait très 2003.

– Sauf… que le véhicule n'appartenait pas à cette cellule terroriste. Mais il est resté signalé dans la base de données. Ça ne dit pas pourquoi, mais il y a un code qui, si je ne me trompe pas…

Dom soupira.

– Quoi, Dom ?

– Je vais devoir appeler un de mes copains du Renseignement mais je crois que c'était un véhicule banalisé.

– Qui appartenait à un agent infiltré ? dit Billy en se figeant. Quelqu'un qui noyautait la cellule ?

Qu'avait dit Daisy à propos de la CIA ? Que quarante pour cent de ses opérations pour empêcher des attentats terroristes sur le sol des États-Unis se déroulaient au Royaume-Uni. Parce que les Britanniques accueillaient les méchants. S'il y avait eu une opération clandestine d'infiltration d'une cellule terroriste en Angleterre, les Américains pouvaient en être les auteurs.

Et qui connaissons-nous comme espion américain ?

Le mort.

– Ça pourrait être une voiture de la CIA, dit Billy.

Il y eut un long silence, durant lequel Billy perçut la chanson du vent dans une oreille et la cacophonie du commissariat dans l'autre.

– Il y aurait une logique, ajouta-t-elle. La CIA avait peut-être infiltré la cellule, mais elle a eu besoin de nos gars pour organiser le raid.

– Et la voiture de l'agent de la CIA était garée devant la maison quand le raid a eu lieu.

– Donc la police britannique a signalé le véhicule…

– Parce qu'elle savait que c'était la voiture de l'infiltré, dit Dom en faisant claquer sa langue. Mais est-ce que ça signifie que c'est *encore* une voiture de la CIA ? Le raid a eu lieu il y a vingt ans.

– La voiture semble assez vieille pour ça, elle tombe en ruine. Elle est au nom de qui ?

Cliquettement de clavier.

– Un importateur de climatiseurs.

– Sérieusement ? On ne doit pas gagner beaucoup d'argent à rafraîchir les Anglais, pourtant. Bon, sauf aujourd'hui, peut-être.

Dom eut un rire bref.

– Où cette voiture a-t-elle passé les vingt dernières années ? Et qu'est-ce qu'elle fait sur l'autoroute aujourd'hui ?

– Bon, on a une voiture de la CIA qui suit un Américain qui a aussi travaillé pour la CIA… Je dirais que la femme qui a abandonné cette voiture filait Lincoln Quick et que quand il s'est fait tuer, elle a pris la poudre d'escampette. Je n'ai pas grand-chose, comme description, cela dit. Juste que c'était une jeune femme qui portait un foulard. Tout ce que les gens ont remarqué, c'est ce foulard.

– Mais, est-ce qu'elle aurait pu le tuer ?

– Impossible, dit Billy. Sauf si elle a appris à devenir invisible pendant sa formation d'agent secret. Quelqu'un l'aurait vue remonter à pied une longue file de voitures, arriver à la berline noire et repartir. C'est absolument impossible.

– Peut-être l'a-t-elle suivi depuis l'aéroport pour voir où il allait ? Peut-être que son voyage en Angleterre n'était pas aussi discret qu'il le croyait. Il n'était peut-être pas un si bon espion que ça. En tout cas, ce n'était pas un très bon cycliste…

– Mmm. Donc cette femme le filait. Mais quand il s'est fait buter, elle s'est enfuie – elle savait que le signalement de la voiture finirait par sortir pendant l'enquête, et que sa couverture ne pourrait plus tenir.

Dom prit un épais accent américain :

– Sans couverture, elle a mis les voiles.

– Elle a peut-être aidé son assassin ? Est-ce qu'il nous faut rechercher un autre agent clandestin ?

Le regard de Billy glissa sur la chaussée et se posa sur la mince silhouette de Daisy. L'étudiante qui s'intéressait d'un peu trop près aux procédures policières. L'affaire avait fait faire à Billy plus d'allers-retours sur l'autoroute qu'un flic chargé de la circulation. Mais elle aurait peut-être dû ne s'occuper que des voitures les plus proches. Son instinct premier lui avait soufflé que le tueur n'avait pas pu aller bien loin.

– Tu peux vérifier un nom pour moi ?

Elle donna à Dom le nom de Daisy et celui de l'université qu'elle était censée fréquenter.

– Je voudrais savoir si la gamine est une vraie étudiante ou une vraie suspecte.

Était-ce la remontée de bretelles de Dom, ou la tombée du jour ? Quelque chose se réveillait en Billy. Un animal nocturne qui émergeait de son terrier. Prudent, mais poussé par la faim. Qui, pour se nourrir, devait résoudre ce meurtre.

TRENTE-DEUX

20 h 08

Billy composa le numéro de Charlotte. Il y eut trois sonneries, puis plus rien. Appel refusé. Si seulement elle savait où elle allait… Elle était partie rejoindre ses enfants, probablement. Cela lui donna une idée, et elle s'approcha de Mandeep. Il discutait par radio avec sa répartitrice.

– À tout hasard, vous n'auriez pas noté le numéro de la personne qui gardait ses enfants, quand Mme McVie l'a contactée ? demanda Billy.

La radio crépita.

– Si, sergent Kidd, bien sûr que si, répondit la répartitrice. J'enregistre tous les numéros et adresses, je m'en suis fait une règle. J'adore les séries policières et…

Billy l'entendit remuer des feuilles de papier tout en papotant, puis dire tout à coup :

– Vous avez un stylo ?

La répartitrice lui donna le numéro de la baby-sitter de Charlotte, qu'elle composa sur-le-champ. Une femme décrocha d'un ton hésitant.

Billy apprit qu'elle s'appelait Jan et qu'elle gardait les trois enfants, Harry et les jumeaux.

– Il est arrivé quelque chose à Charlotte ? demanda Jan comme si elle s'attendait au pire.

– Non j'appelais juste pour vous poser deux ou trois questions. Pour autant que je sache, elle va bien.

– Elle m'a appelée il y a une heure pour me dire qu'elle faisait de son mieux pour arriver mais que la circulation était bloquée. Elle était bouleversée. Je ne devais garder les petits que deux heures – je voulais aller faire un bingo. Mais je les ai mis au lit dans la chambre d'amis. Ils sont vraiment gentils, ces gamins, j'ai de la chance.

– Puis-je vous demander où vous êtes ? Nous voudrions parler à Charlotte.

Un soupir se coinça dans la gorge de Jan.

– Je ne sais pas si je dois vous le dire. À cause de son mari. Je ne veux pas… prendre cette responsabilité.

– Votre prudence vous honore. Je suppose que vous êtes au courant de ce qu'elle a fait aujourd'hui ?

– Oui, elle le quitte. Elle quitte aussi une belle maison, mais de l'extérieur, on ne sait jamais ce qui se passe derrière les portes.

Billy savait bien qu'une femme qui quittait son mari, même un mari violent, était toujours stigmatisée. Mais Charlotte avait sa dignité, personne ne pouvait lui en vouloir. Billy donna à Jan son numéro personnel.

– Quand vous l'aurez au téléphone, pouvez-vous lui demander de m'appeler le plus vite possible ? Je sais qu'elle n'a pas une grande confiance en la police mais…

– Aaaaah, ça, coupa Jan, ça ne m'étonne pas. Ça a été une très mauvaise expérience, pour elle. Les flics n'arrêtaient pas de lui dire qu'il leur fallait des preuves. Mais il n'est pas idiot, il ne l'a jamais envoyée à l'hôpital, il a toujours été raisonnable.

– Raisonnable ?

– Je veux dire qu'il ne tapait pas assez fort pour qu'elle ait besoin de soins médicaux. Raisonnable n'est pas le bon mot, évidemment. Disons plutôt qu'il se retenait ?

Il se retenait de la battre trop violemment. Mais il ne pouvait pas se retenir de la frapper.

Jan se corrigea une nouvelle fois :

– Je ne crois pas qu'il y ait de mot juste, en fait. En tout cas les flics ont dit qu'ils croulaient sous les dossiers comme le sien. Violences conjugales. Harcèlement. Obsédés sexuels. C'est comme les vols : je me suis fait cambrioler l'année dernière, et ils ne viennent même plus pour des cambriolages ordinaires, maintenant. Seulement si c'est du vol aggravé. Pareil avec Charlotte : il n'était pas assez violent pour qu'ils interviennent. Elle était furieuse, et son avocat aussi. Il dit qu'on ne peut plus faire confiance à la police. Même au centre d'écoute, on vous informe que la police ne fera rien pour vous, que c'est comme ça et qu'on n'y peut rien. Elle a dû se débrouiller toute seule.

Billy se massa le pli au-dessus de l'arête du nez. Pas étonnant que Charlotte l'ait envoyée balader.

– Est-ce qu'elle vous a expliqué pourquoi elle a quitté l'autoroute ?

– Elle y a été poussée.

– Poussée ?

– Émotionnellement, vous voyez ? Ce n'est pas comme si elle avait surréagi, s'expliqua Jan, semblant réciter la même chose pour la énième fois. Quelqu'un s'est mis à crier à propos d'un mort, ça a déclenché une émotion chez elle et elle a ressenti le besoin de venir retrouver ses enfants. Elle a voulu arriver ici avant que son mari ne comprenne où ils étaient. Mais s'il vient chez moi, je ne le laisserai pas entrer ; je l'ai dit à Charlotte.

– Ça veut dire que vous le connaissez ?

Jan se mit à rire doucement, tristement.

– Oui ma belle. C'est mon fils. On est brouillés, hélas. Ça me brise le cœur. Mais Charlotte m'amène de temps en temps les enfants, à son insu. Il va lui falloir un moment avant de penser à venir les chercher ici.

– Vous pouvez demander à Charlotte de m'appeler ? S'il vous plaît ? Je veux l'aider.

– Je ne sais pas si je les reverrai, après aujourd'hui.

– Vous les reverrez, Jan. Si elle vous a demandé de l'aide, c'est qu'elle a confiance en vous.

La belle-mère renifla, puis se mit à pleurer, comprit Billy. Elle inspira plusieurs fois avant de pouvoir reprendre la parole.

– Elle est dans tous ses états à cause de la contravention.

– Celle qu'elle a prise avec l'Audi ?

– Ça va le mener tout droit au refuge pour femmes battues, non ? Quand l'amende sera mise au courrier, elle arrivera chez Chester, parce que c'est sa voiture. Et il saura où la contravention a été dressée. Juste devant le refuge, le jour où elle l'a quitté, donc il saura la retrouver. Elle a essayé de payer par téléphone, pour éviter l'envoi par la poste, mais elle n'a pas pu parce que la voiture n'est pas à son nom, ou quelque chose comme ça.

Billy inclina la tête en arrière. Dans le ciel, les nuages s'amoncelaient, aussi bas que le faux plafond d'un commissariat minable.

C'était donc pour ça que Charlotte s'escrimait sur son téléphone. Et pour ça qu'elle s'est affolée quand le réseau a été coupé. Son minutieux plan d'évasion avait été mis en pièces par une simple contravention. Sur ce point, au moins, Billy pouvait aider Charlotte.

– Je peux faire sauter la contravention, déclara-t-elle. Dites-lui de ne pas s'inquiéter, je vais l'effacer des fichiers. Son mari ne saura pas où elle va.

– Vous pouvez faire ça ?

Billy pria avec ferveur pour que le commissaire Dominic Day le puisse. Elle lui envoya un SMS pour qu'il fasse sauter le PV. Sinon…

TRENTE-TROIS

20 h 16

Le ciel devenu lourd se faisait menaçant au-dessus de l'autoroute, et prenait la couleur d'un vieil œil au beurre noir tandis que le soleil déclinait à l'horizon. Au loin, les traînées des nuages formaient comme des tentacules de méduses.

– On dirait que le ciel va fondre, dit Daisy.

– Un orage sec, répondit Pat. Il fait tellement chaud que la pluie s'évapore avant de toucher le sol.

– Une virga, expliqua quelqu'un dans le dos de Billy.

C'était Hyacinth. Elle était sortie de son minibus, avec sa mère, pour rejoindre le groupe qui se tenait derrière la voiture de Billy, sur la file du milieu. Le soleil déclinant les avait fait sortir de leur isolement, en un besoin instinctif de se mêler aux autres pour plus de sûreté. De rejoindre le poulailler.

– C'est comme ça que ça s'appelle : une virga.

Sa voix ressemblait à sa silhouette, maigre et pincée.

Kerry avait couvert ses épaules d'une couverture. Le vent s'était levé et la température baissait rapidement. Le contraste avec la chaleur torride de la journée rendait la brise plus piquante encore. Les arbres efflanqués tremblaient de toutes leurs feuilles.

Billy regarda sa montre. Ils étaient coincés là depuis plus de trois heures, maintenant. Tous ces gens étaient fatigués, commençaient à avoir faim. Bientôt ils auraient froid, la sueur de l'après-midi s'évaporerait, comme la virga, pour abaisser encore leur température corporelle.

Elle ne devait pas perdre son objectif de vue.

Howle Green.

La mort de Thomas Kingston.

Elle laissa les autres discuter et alla s'asseoir dans sa voiture en laissant sa portière entrouverte.

Une recherche sur Google lui fournit des milliers d'articles sur l'accident de Howle Green. Beaucoup trop. Elle réduisit la recherche au jour où Kingston s'était fait renverser, avant que le lien avec la base américaine ne fût rendu public. Et n'obtint que peu d'articles. Un accident de la route mortel n'avait pas réellement de portée nationale. Mais quelques journaux locaux en parlaient : un piéton tué par un cycliste, ça n'était pas le plus mauvais des pièges à clic.

Elle cliqua sur un titre et attendit qu'il se charge.

Dehors, la discussion tournait à l'affrontement. Elle les entendait de sa place, et les observait dans son rétroviseur.

– Je ne crois pas que ce soit à cause de nous que Charlotte s'est enfuie de cette scène de crime, disait Heathcote. Je me pose des questions.

– À propos de quoi ? rétorqua Pat.

– De ce qui pouvait la chiffonner autant, dit-il doucement. Pour se sauver comme ça.

– Elle ne s'est pas sauvée, elle est allée retrouver ses enfants.

– En tout cas, elle n'ira pas bien loin.

Pas faux.

Sur son écran Billy vit des pavés de texte apparaître et (hélas) se déplacer trop vite, au fur et à mesure que surgissaient pop-up et images, pour qu'elle puisse les lire. Ses mains retombèrent sur ses genoux et elle décida d'attendre.

– C'est vrai qu'elle avait l'air névrosée, renchérit Olly. Elle m'a rappelé ma mère.

– Ta mère vient d'être nommée juge, dit Daisy. C'est une femme qui réussit, c'est tout. Et il n'y a rien de névrosé à avoir peur quand on a toujours été maltraité par la police auparavant. C'est comme la communauté afro-américaine aux États-Unis, ou les femmes d'ici après le meurtre de Sarah Everard…

Le gérant de pub voulut la couper :

– Je ne vois pas le rapport avec…

– C'est absolument en rapport, poursuivit Daisy qui fendait l'air de ses petites mains comme si elle maniait des couteaux de cuisine. C'est une question de confiance. Un grand pouvoir implique de grandes responsabilités.

– Vous avez appris ça à l'université ?

– C'est du Voltaire. *Via* Spiderman.

Tous deux se chamaillèrent, finirent par arriver à une impasse, puis se turent.

– Vous ne tiendriez pas cinq minutes en prison, vous deux, marmonna Pat. Il faut savoir quand faire confiance aux gens, et quand ne pas le faire. Il ne s'agit pas de les juger sur tout ce qu'ils ont fait jusque-là, mais sur ce qu'ils font présentement.

Amen, ma sœur !

Sur le téléphone de Billy, la page avait fini par se charger.

Un homme tué dans une collision avec un cycliste

Le titre du journal local était assez neutre. Rien n'annonçait la fureur qui s'était déchaînée les jours suivants quand il était apparu que le cycliste avait fui le pays. Billy parcourut l'article. Le journaliste n'avait pas encore fait le lien entre l'accident et la base américaine. Il ne disait même pas que le cycliste avait grillé un feu rouge – le détail n'était probablement pas encore public. Il ne donnait pas non plus le nom de la victime, mais confirmait seulement qu'elle habitait Howle Green. Il y avait tout un paragraphe sur la controverse à propos de la rocade récemment construite, sur laquelle l'accident s'était produit, et dont les habitants se plaignaient qu'elle avait coupé le village en deux. Enfin, à la dernière ligne, Billy trouva ce qu'elle cherchait.

« Le sergent Gavin Glynn a lancé un appel à témoins… », etc.

Le sergent Gavin Glynn. Le premier policier arrivé sur les lieux.

Billy envoya à Dom un WhatsApp en lui demandant le numéro du portable de Glynn. Lorsqu'elle s'aperçut que le message avait été reçu mais pas lu, elle décida de le trouver elle-même. Quelques minutes de recherches sur Internet lui permirent d'accéder à l'intitulé et au numéro de son service. Il lui fallut encore plusieurs coups de fil et se servir du nom d'anciennes connaissances haut placées comme sésame pour obtenir ce qu'elle voulait. Après trente ans de police, Billy avait assez de relations pour connaître quelqu'un qui connaissait quelqu'un qui connaissait n'importe quel flic, même dans d'autres services que le sien. Surtout les vieilles badernes.

Il était près de 20 h 30 quand Billy passa enfin le coup de fil qu'elle voulait passer.

Et bien sûr, elle n'obtient que la messagerie.

« Vous êtes bien sur la messagerie du sergent Gavin Glynn. Si vous appelez pour une urgence, merci de composer le 999. Sinon… »

Il devait avoir été demandé en renfort sur les lieux des attentats. Billy les avait presque oubliés, depuis que la voiture suspecte était passée au second plan. Même s'il n'était pas en service, on l'avait sûrement rappelé ; et avec beaucoup de pain sur la planche.

Lorsque le *bip !* arriva, Billy inspira profondément et laissa un message expliquant pourquoi elle avait besoin d'une réponse immédiate.

Après avoir répété son numéro de portable, et laissé celui de Dom au cas où le réseau se bloquerait de nouveau, elle raccrocha. Ses mains retombèrent. Une impasse de plus.

Était-ce le jet-lag ? Elle se sentait fiévreuse, épuisée. Une sorte d'hypothermie émotionnelle, le genre de fatigue qui vous fait renoncer au combat. Elle fixait son café noir, mais son bas-ventre lui annonça que la moindre gorgée pouvait être la goutte d'eau qui ferait déborder la vessie.

Quand la nuit serait tombée, elle pourrait se faufiler derrière les petits arbres…

Elle jeta un coup d'œil des deux côtés de l'autoroute pour trouver un endroit possible, mais il n'y avait nulle part où se dissimuler. Ses yeux se posèrent sur la Range Rover de l'agent immobilier.

Bienvenue chez vous !

Si seulement…

Elle regardait la voiture aux couleurs de l'agence. Puis elle l'observa vraiment. *Doors & Co.* Bien trouvé, pour une agence immobilière. Et puis le numéro de téléphone attira son regard.

L'indicatif local ne collait pas.

Elle l'avait eu sous les yeux depuis qu'elle avait pris l'autoroute. Carl avait dû sentir qu'elle observait sa voiture parce qu'il sursauta et regarda de tous les côtés, inspecta même ses rétroviseurs.

Billy descendit de son véhicule, dépassa le petit groupe qui échangea des regards entendus en la voyant subitement passer à l'action, et composa le numéro inscrit sur la voiture de l'agent immobilier. Elle se dirigeait vers lui quand ça se mit à sonner. L'indicatif de l'agence était le même que celui du commissariat de Dom. Mais ce commissariat était à quatre-vingts kilomètres de là. Aucun agent immobilier ne couvrait un territoire aussi étendu. Carl Dawes avait dit à Billy qu'il était en route pour une visite, mais il lui avait sûrement menti. Et pas qu'une fois.

TRENTE-QUATRE

20 h 31

Billy dépassa la voiture de l'agent immobilier et soutint le regard de l'homme qui était à l'intérieur tout en attendant que quelqu'un décroche. Mais elle obtint un répondeur. Évidemment, leurs bureaux étaient fermés, un vendredi soir. Le répondeur donnait un numéro que les propriétaires et les locataires pouvaient appeler en dehors des heures d'ouverture, en cas d'urgence. Elle tenta sa chance en se dirigeant vers l'herbe du bas-côté et cette fois, on décrocha :

– Doors & Co. Puis-je vous être utile ?

– J'essaie de joindre un de vos agents, Carl.

– M. Doors n'est pas disponible actuellement. Je peux faire quelque chose pour vous ?

Deux pièces s'assemblèrent dans son esprit.

Carl s'appelait Doors, pas Dawes.

Elle avait pensé que Doors & Co était un jeu de mots et non une raison sociale, un surprenant aptonyme. Ce qui devait vouloir dire que la société appartenait à Carl. Mais il lui avait donné l'impression d'être un simple employé. Et à en croire l'indicatif téléphonique, son agence était très loin d'ici, beaucoup trop pour qu'il soit venu vendre une maison dans le secteur, comme il l'affirmait.

– Je suis Mme Doors, déclara son interlocutrice.

– Merci mais c'est vraiment à votre mari que je dois parler.

– Il est en congé aujourd'hui, donc il n'aura peut-être pas relevé votre message. Je peux lui demander de vous rappeler demain ?

– Ou alors, pourriez-vous me donner son numéro de portable ? Je l'appellerai demain matin.

Mme Doors lui donna un numéro, que Billy copia dans son téléphone.

– Et une dernière question…

– Oui ?

– Une de mes amies cherche un agent immobilier. Quels sont les secteurs dont vous vous occupez ?

Mme Doors lui nomma plusieurs localités – aucune qui fût à proximité de cette autoroute.

Billy la remercia, raccrocha et composa immédiatement le numéro censé être celui de Carl Doors, l'homme qui se trouvait à quatre-vingts kilomètres de là où il aurait dû être. Elle longea la bande d'arrêt d'urgence, dépassa la voiture de Lincoln Quick, qui semblait la regarder passer sous ses paupières baissées, et rejoignit sa propre voiture. Elle ouvrit la portière, côté passager, puis la boîte à gants. Le numéro fourni par Mme Doors était sans doute celui du téléphone jetable que Carl était allé récupérer sur la bande d'arrêt d'urgence. Il avait dit à Billy que l'agence insistait pour fournir à ses représentants un téléphone professionnel. C'est celui-là qui aurait dû sonner.

Mais dans son sac à déjections, le téléphone prépayé restait silencieux.

Du coin de l'œil, elle vit Carl s'emparer de son propre portable. Billy revint vers lui tandis qu'il observait le numéro qui s'affichait avant de porter le téléphone à son oreille.

– Bonsoir, vous êtes bien chez Doors & Co, Carl Doors à l'appareil.

Sa voix était trop enjouée, on aurait dit un gourou de développement personnel. Billy voyait ses lèvres remuer derrière le pare-brise mais entendait sa voix au téléphone. Un peu comme les gens en détention provisoire, en prison, à qui on parle au téléphone de part et d'autre d'une cloison en Plexiglas.

– Pourriez-vous sortir de votre voiture, je vous prie ?

Billy avait parlé ostensiblement dans son téléphone. Il leva les yeux, accrocha son regard. Mais se contenta d'abaisser sa vitre. Billy allait insister pour qu'il descende de voiture, puis se dit qu'il valait mieux qu'il n'ait pas la possibilité de s'enfuir.

Mais elle avait bien conscience qu'avec l'espace libre devant sa voiture – dont il affirmait qu'une moto l'avait occupé – il lui était possible de passer sur la bande d'arrêt d'urgence et de prendre la fuite. Même s'il n'irait pas au-delà de l'entrée du tunnel, bloqué un peu plus loin, elle ne voulait pas qu'il se mette à foncer sur l'autoroute.

Elle ouvrit une application d'enregistrement sur son téléphone et appuya sur le bouton rouge. Elle donna son nom, la date et l'heure, et informa Carl qu'elle enregistrait leur conversation.

– Carl Doors, êtes-vous le propriétaire de l'agence immobilière Doors & Co ?

– Avec ma femme, oui. Pourquoi ?

Elle lui fit la lecture de ses droits, et les yeux de Carl se brouillèrent lorsqu'elle en arriva à la phrase : « Vous n'êtes pas obligé de répondre. »

– Monsieur Doors, pourquoi m'avez-vous dit que votre « employeur » vous demandait d'utiliser un téléphone jetable ? demanda-t-elle en mimant les guillemets avec les doigts.

– Je parlais de la gérance de la boîte.

– Mais le gérant, c'est vous ?

– Oui, oui. C'est la politique de la société, si vous préférez. Question de sécurité, vous comprenez.

– Très louable de votre part.

Billy l'observait. Il soutint un moment son regard, puis déglutit, baissa les yeux. Et les releva.

– Mais c'était un mensonge, n'est-ce pas, monsieur Doors ? Pourquoi m'avez-vous menti à propos de ce téléphone jetable ?

Il secoua la tête mais ne répondit pas.

– Carl Doors hoche négativement la tête, dit Billy dans son téléphone. Votre agence m'a donné votre numéro de portable, mais ce n'est pas celui du téléphone prépayé. C'est celui de *votre* smartphone. Donc cette histoire de téléphone jetable est un mensonge.

– Bon, c'est vrai, je me sers de mon propre portable. Mais personne ne va m'agresser, si ? On fait ça surtout pour nos agentes, qui font visiter des maisons toutes seules à des clients. Suzy Lamplugh, ça vous dit quelque chose ?

– N'instrumentalisez pas une femme assassinée pour vous inventer des excuses, Carl.

Il ne répondit pas.

– Vous n'aviez aucune propriété à faire visiter dans le coin aujourd'hui. Votre agence vient de me dire que vous êtes en congé. Et ce n'est même pas votre secteur. Alors qu'est-ce que vous faites ici ?

Silence.

– Vous allez me remettre votre téléphone.

Billy lui tendit un sachet à crottes de chien, dans lequel il laissa tomber, au bout d'un long moment, son portable. Elle avait maintenant ses deux téléphones.

– Il va me falloir le code PIN.

Il le lui donna.

– Et la clé de votre voiture.

Il prit la clé sur le contact et la déposa dans un nouveau sachet.

– Ne bougez pas d'ici, monsieur Doors.

Elle revint à sa voiture en composant déjà le numéro de Dom.

– Il y a du nouveau ? dit Heathcote en surgissant à ces côtés.

– Pas encore.

Billy l'évita d'un cadrage-débordement digne d'une rugbywoman professionnelle, s'assit sur le siège passager de sa propre voiture et ferma la portière. Dom décrocha et elle le mit au courant tout en examinant l'historique des appels du portable qu'elle venait de confisquer. Ce n'était pas facile, à travers le mince plastique du sachet mais au bout d'un moment, elle dut se rendre à l'évidence :

– Il l'a effacé.

Sous l'onglet « Récents », Billy vit son propre numéro (elle l'avait appelé quelques minutes auparavant seulement), mais rien d'autre depuis des semaines.

– Il a effacé tout son historique.

– Messages ? WhatsApp ? s'enquit Dom.

Billy fit apparaître les applications. Sans être une grande spécialiste en technologie, elle en connaissait quand même les bases.

– Effacés, les deux. Il cache quelque chose.

– Il a fait ça dans l'urgence, dit Dom. Tout seul dans sa voiture, il a paniqué. Appuyer sur « Effacer tout », ce n'est pas très subtil. C'est l'équivalent geek d'arroser un classeur d'essence et d'y foutre le feu. J'ai vérifié dans nos fichiers, il n'a aucun antécédent, mais tu dois rester prudente, Billy.

Elle jeta un coup d'œil dans son rétroviseur.

– Il est assis dans sa voiture. En regardant dans le vide.

– Bon, laisse-le en attendant d'en savoir plus. J'ai quelque chose sur la moto.

– Le coursier ? Je commençais à me demander si Carl ne l'avait pas inventé. Mais je me rappelle avoir entendu un bruit de moto, donc il devait y en avoir une…

– C'est le cas. J'ai téléphoné à une palanquée de sociétés de livraisons, et dressé une liste des coursiers qui ont ce modèle de bécane. Ça m'a donné plusieurs numéros de plaque. Et la reconnaissance automatisée a repéré un de ces numéros à la sortie qui suit l'endroit où tu te trouves. Il s'est débrouillé pour aller jusque-là. J'ai passé un coup de fil au propriétaire de la moto, mais il ne répond pas. Je réessaierai. Il habite dans le secteur, tout a l'air réglo. Même pas une contravention à son nom. Mais ce motard pourrait t'éclairer sur…

– Merci Dom, coupa Billy qui pensait déjà à autre chose.

Le téléphone jeté sur la bande d'arrêt d'urgence. Son esprit fouillait parmi les scénarios possibles comme une main dans un tiroir en désordre.

– J'espérais t'impressionner plus que ça avec mon travail de terrain à l'ancienne, reprit Dom.

– Et pourquoi cherches-tu à m'impressionner ? Je croyais que j'avais perdu la gnaque.

– Parce que je m'inquiète de ce que tu es prête à faire pour la retrouver, dit-il en soupirant. Et je n'aime pas te savoir là-bas toute seule. Il commence à faire nuit, il n'y a pas de renforts en vue…

– J'ai déjà du renfort. Une ex-taularde qui sait se servir de ses poings, un jeune bourgeois qui mériterait d'avoir un peu plus de plomb dans la cervelle et sa petite amie, qui est belle comme un Jack Russel.

– Des petits chiens costauds.

– Exactement. Ma crainte, c'est que le trafic se débloque, qu'on reparte et qu'ils disparaissent tous.

– Bon. Alors qu'est-ce qu'on sait de cet agent immobilier ?

– Je n'ai que des choses indirectes…

Billy se tut. Elle pianotait au hasard sur le téléphone tout en parlant, passant de l'historique des coups de fil aux messages effacés.

– Les techniciens pourront peut-être récupérer ces données plus tard, dit Dom.

– Ça ne me sert à rien pour l'instant.

Elle ouvrit un nouvel onglet, et une liste de numéros, surlignés en rouge, s'afficha.

– Oups !! Il n'a effacé que les appels reçus, pas les appels manqués !

Elle photographia l'écran avec son propre téléphone et lui fit suivre l'image.

– Tiens, encore un peu de travail de terrain. Retrouve la trace de ces numéros-là.

– Je vais mettre mon meilleur élément sur le coup. C'est-à-dire moi-même.

– Je le savais déjà.

Billy raccrocha, chercha dans ses notes et y trouva le numéro du téléphone prépayé.

Là…

Dans l'iPhone de Carl, il y avait un appel manqué passé depuis le téléphone jetable, peu après 16 heures. Bizarre. Pourquoi appeler un de ses portables avec l'autre ? À cette heure-là, Lincoln Quick n'était pas encore sorti de l'aéroport. Il lui restait moins d'une heure à vivre.

Billy envoya un SMS à Dom pour lui demander de vérifier grâce au système de reconnaissance automatique des plaques minéralogiques si un véhicule correspondant à la Range Rover de l'agent immobilier s'était approché de l'aéroport. Elle devait être assez facilement repérable.

Avec toute cette agitation, Billy n'avait pas remarqué que le soleil s'était glissé au-dessous de l'horizon. L'autoroute plongeait dans la pénombre. Certains avaient allumé les plafonniers dans leurs voitures. Tous ces véhicules illuminés prenaient les couleurs d'un étrange marché de Noël.

Elle grimaça et enfonça la paume de sa main dans son flanc. Les muscles de son bas-ventre se serraient autour de sa vessie comme s'ils cherchaient à la réconforter. Elle pouvait peut-être aller faire pipi, maintenant que la nuit tombait ?

Honnêtement, les gens pouvaient-ils avoir une opinion d'elle encore plus mauvaise maintenant qu'elle leur avait avoué l'accident de scooter ?

TRENTE-CINQ

20 h 45

– Il y a plusieurs degrés dans l'humiliation, déclara Pat avec philosophie. Et la frontière est mince entre la honte et la pudeur.

Sur le bas-côté, elle tenait à deux mains une serviette de toilette pour que Billy puisse s'accroupir derrière. Elles étaient à la hauteur de la berline noire. Au moins, Lincoln Quick ne la zyeuterait pas. Ce qui n'était pas plus mal parce que la protection qu'offrait la serviette était plus mentale que physique. Elle couvrait à peine son embarras.

– C'est lui qui a fait le coup alors, l'agent immobilier ? demanda Pat. Il roulait juste derrière le mort.

– Il collabore à l'enquête de police.

– Bon, donc c'est lui.

– Ce n'est pas ce que veut dire cette phrase.

– N'importe quel type avec une barbe aussi prétentieuse mérite la prison. Collez-le un an en taule, et il ressemblera à Tom Hanks dans *Seul au monde.* Quand j'étais en prison, la moitié des femmes lui ressemblaient.

La ceinture de Billy s'était coincée et elle ne put descendre son jean qu'à mi-cuisses.

– *Merdum* !

Elle tira sur le tissu, écarta les talons pour garder l'équilibre et s'accroupit aussi bas que les muscles de ses hanches le lui permettaient. Puis elle attendit. Elle avait des élancements douloureux dans le ventre, tels des éclairs avant que l'orage éclate. Elle s'était retenue si longtemps…

Et puis la libération arriva.

Pour Billy, ce fut presque une révélation mystique. Elle rejeta la tête pour partager cet instant avec le ciel. Une étoile filante aurait été de circonstance. Ou les nuages auraient pu s'écarter pour l'inonder de clair de lune. Il n'y avait que le halo doré des lumières de la ville, au loin, mais c'était déjà suffisant.

– Voilà, dit Pat. Ça va mieux, maintenant ?

– Beaucoup mieux ! dit Billy, la voix encore tendue. Elle essaya de se rappeler un meilleur moment dans sa vie. Sans succès. Ce qui la fit penser (mal à propos et tristement) au plaidoyer de Dominic pour qu'elle « mise tout ce qu'elle avait » et qu'elle « prenne un risque ». Ne pouvait-elle pas attendre plus de la vie ? Était-il trop tard pour espérer plus ? Et puis Pat bougea et la serviette n'abrita plus du tout Billy. Le moment de grâce s'envola et elle ne fut plus qu'une policière qui faisait pipi sur l'herbe du bas-côté, sous les yeux de nombreux suspects.

Elle regarda droit devant elle, en attendant que son humiliation cesse. Fixa le regard sur la berline noire de Lincoln Quick. De son point de vue particulier, accroupie le plus bas possible, les cuisses en feu, urinant en un jet irrégulier, elle voyait le dessous du pare-chocs. Un véhicule, de l'autre côté, avait allumé ses phares et son faisceau lumineux qui passait sous le séparateur central éclairait la berline. La véritable révélation eut peut-être lieu en cet instant. Quelque chose dépassait sous le pare-chocs avant de la voiture du mort.

Billy prit la lingette que lui tendait l'infirmière, se nettoya tant bien que mal, remonta son pantalon et boucla sa ceinture tout en faisant les quelques pas qui la séparaient de la berline. Puis elle se mit à quatre pattes près de la roue avant gauche.

– De rien ! marmonna Pat.

– Merci Pat, dit Billy. Merci beaucoup pour votre aide.

– Qu'est-ce que vous faites, alors ?

Pat s'accroupit près d'elle, bloquant la lumière des phares.

– Écartez-vous, il y a quelque chose là-dessous.

Billy sortit son téléphone et alluma la fonction torche, éclairant le dessous du pare-chocs. Quand Billy avait jeté un coup d'œil sous la voiture, plus tôt dans l'après-midi, elle avait vérifié que personne ne s'était glissé dessous. Brièvement. Elle aurait dû regarder plus attentivement. Un morceau de plastique pendait, caché par le pare-chocs. Elle n'aurait pas pu le voir en étant restée debout mais sous cet angle, c'était évident. Billy prit des photos du morceau de plastique puis tira dessus pour s'en saisir. C'était une sorte de languette, qui devait servir à une fixation. Et puis elle inspecta le pare-chocs lui-même. Il était fêlé de haut en bas. Il avait reçu un coup. Le pare-chocs avait rempli sa fonction et protégé le véhicule, mais l'impact avait dû casser et déloger la languette.

– Qu'est-ce que vous avez trouvé ? demanda Pat.

– C'est une scène de crime, Pat. Je vais devoir vous demander de reculer un peu.

Sans un mot, Pat s'écarta.

Il y avait deux mètres entre la berline et le véhicule qui la précédait, le minibus appartenant à la mère et la fille. Un espace normal entre deux véhicules ayant dû s'arrêter brusquement à cause d'un bouchon. Tout près, mais pas à touche-touche.

Billy se traita de tous les noms. Elle avait supposé que les voitures ne s'étaient pas touchées, que la berline noire s'était arrêtée d'elle-même – parce que le frein à main n'était pas mis, que tout le monde roulait au ralenti, et parce qu'elle-même s'était arrêtée de cette façon, sans freiner. Et parce que Kerry Je-ne-sais-plus-son-nom-de-famille n'avait rien dit suggérant qu'il ait pu en être autrement.

Billy orienta sa torche vers l'arrière du minibus, qui n'était ni récent ni très propre. Elle vit des traces de gras, des traînées de saleté, mais du côté gauche, à l'endroit où la berline aurait cogné s'il y avait effectivement eu collision, elle découvrit une légère trace. Elle éteignit sa torche mais l'éraflure était toujours visible, éclairée par une autre source lumineuse.

Billy se contorsionna pour regarder par-dessus son épaule et vit un phare, unique, s'avancer sur la bande d'arrêt d'urgence.

Une moto de la police ?

Enfin ! Elle en fut à la fois soulagée et déçue. Elle était parvenue jusqu'ici sans aide. Ou presque. Elle voulait s'occuper de l'affaire jusqu'au bout.

La moto était encore à distance. Elle resta agenouillée sur le goudron, leva les yeux vers le ciel où les étoiles commençaient à luire. La berline n'avait pas seulement touché le minibus, elle l'avait heurté suffisamment violemment pour que son pare-chocs se fende. Alors pourquoi Kerry ou sa drôle de fille n'avaient-elles rien dit ? Elles avaient forcément ressenti le choc. Et Billy leur avait demandé si elles n'avaient rien remarqué d'étrange. Se faire rentrer dedans par un mort entrait forcément dans la case des étrangetés.

Il était temps d'avoir une nouvelle discussion avec Kerry et Hyacinth.

Au moment où elle s'appuyait sur ses genoux pour se redresser, un bruit de moteur lui annonça que la moto arrivait, plus vite qu'elle ne s'y attendait. Un agent de police n'aurait jamais roulé si vite en se faufilant entre des voitures. Billy heurta le sol sous le minibus quand le deux-roues la frôla. La manqua d'un cheveu.

Elle roula pour se relever et cria. Il y avait des gens partout sur l'autoroute ; à cette vitesse-là, dans le noir, cet abruti allait tuer quelqu'un.

Le feu arrière de la moto s'illumina de rouge. Le moteur rugit. Puis elle vit un phare blanc se diriger vers elle. Il revenait. Quelques secondes plus tard, il arriva à sa hauteur et s'arrêta, de biais, sur la bande d'arrêt d'urgence. Elle reconnut sa description. Pas de vêtements de protection. Une moto de coursier. Avec un top-case à l'arrière.

C'était la Husqvarna Nuda 900.

TRENTE-SIX

20 h 50

– Vous êtes le sergent Billy ? fit le motard d'une voix étouffée par son casque.

Elle acquiesça.

Il retira son casque et la cagoule de satin qui couvrait ses cheveux bouclés. Il ôta également ses gants et lui tendit la main. Puis il la retira à demi, comme s'il pensait que serrer la main d'une policière n'était peut-être pas convenable.

– Quelqu'un de chez vous m'a appelé, en me disant que vous aviez des questions à me poser. Je me suis dit qu'il valait mieux que je revienne ici. Je ne voulais pas que vous croyiez que j'avais fui une scène de crime, j'ai pensé que vous vous feriez une mauvaise idée de moi. Mais je ne veux pas d'ennuis avec la police.

– Pas de problème. Je vous remercie d'être revenu, et d'avoir réussi à me retrouver.

– Le gars m'a donné vos trois mots sur What3words, donc je n'ai eu aucun mal à vous localiser.

Billy se sentit des fourmis au bout des doigts. Cette enquête ressemblait à un paquet suremballé. Il était tentant de tout déchirer. Mais elle passa en revue tous les détails, comme si elle essayait d'enlever chaque morceau d'adhésif du bout de l'ongle. L'extrémité du papier cadeau était là quelque part, et ce motard pouvait peut-être l'aider à la trouver. Billy décida de lui parler avant d'aller interroger Kerry Wells et sa fille, Hyacinth. Depuis qu'ils étaient tous immobilisés sur cette autoroute, les deux femmes s'étaient montrées plus renfermées que les autres. Ce qui n'avait rien de bizarre : elles étaient deux, alors que tous les autres étaient seuls. Et la jeune fille semblait introvertie, c'était un euphémisme. Billy ne voulait pas lui coller d'étiquette, mais elle devait avoir le même âge que Daisy, et les deux jeunes femmes étaient à des années-lumière l'une de l'autre. Peut-être cette comparaison inconsciente jouait-elle en défaveur de Hyacinth. À côté de Daisy, vive, lumineuse, elle paraissait éteinte.

Billy envoya un message à Dom avec des photos des deux véhicules endommagés, en lui expliquant qu'elle pensait que la berline avait percuté le minibus des deux femmes.

Puis elle reporta toute son attention sur le motard.

Il se présenta comme Leon Musa, coursier de trente et un ans. Il ne portait pas de combinaison de cuir parce que son pantalon était fait d'un tissu spécial, qui ressemblait à du jean mais contenait du Kevlar.

– C'est aussi cher que le cuir, expliqua Leon en époussetant une de ses cuisses plutôt agréables à voir. Mais on peut le laver. Parmi mes collègues, j'en connais qui puent vraiment.

– C'est ici que vous vous êtes arrêté ? demanda Billy en désignant l'espace entre la Range Rover de l'agent immobilier et la berline noire.

– Honnêtement, je ne saurais vous le dire. Je pensais m'en souvenir plus clairement.

Leon semblait moins confiant qu'avant. Comme s'il s'était porté volontaire pour une mission sans y avoir vraiment réfléchi avant. Il regarda autour de lui, fixa longuement l'agent immobilier. Carl Doors contemplait l'herbe du bas-côté comme s'il regardait la télévision. L'air totalement absent. Leon porta les yeux sur la berline noire.

– C'est lui qui est mort ?

Billy fit oui la tête.

– Le truc, c'est qu'à moto, je freine et je repars tout le temps. Je dois faire plus attention que les gens en voiture.

– Si on me donnait une livre à chaque fois que je ramasse un motard sur la route… dit Billy.

– Et si on me donnait une livre à chaque fois qu'un abruti déboîte juste devant moi. Ou ouvre sa portière juste quand je passe à côté… Oh !

Leon se tut. Il effectua un demi-tour sur lui-même, avisa le camping-car et leva un doigt. Billy n'aurait su dire s'il fouillait effectivement dans sa mémoire ou s'il faisait un peu de cinéma à son intention. Puis Daisy en descendit.

– Je me souviens d'elle. Elle m'a regardé d'un œil noir – à vrai dire, j'ai failli lui arracher son rétro, j'étais en retard et je roulais un peu vite. Je devais faire pas mal de bruit. J'ai levé les yeux en la dépassant, juste au moment où j'ai cru que j'allais toucher son rétro, vous voyez ? Mais j'ai incliné la bécane de quelques centimètres, ajouta-t-il en mimant un mouvement d'épaules pour faire pencher son engin légèrement sur la droite. Et je me souviens avoir pensé : « Belle fille, mais elle fait vraiment la gueule. »

Billy s'obligea à ne rien répondre. Daisy avait dit que le coursier avait frôlé sa portière, alors que ce n'était pas le chemin le plus évident. Elle voulait en avoir la confirmation. Et qu'il lui explique pourquoi il était passé par là. Mais elle ne pouvait pas le lui suggérer elle-même. Leon se décida :

– Donc oui. C'est bien là que je me suis arrêté. C'est là. Mais je ne me rappelle pas la berline, dit-il en montrant la voiture de Lincoln Quick. Ni ce SUV, ajouta-t-il en montrant la voiture de Charlotte.

Puis il leva la main droite, mimant un pistolet armé, chien relevé.

– Mais je me souviens d'elle... dit-il l'index pointé vers Daisy, avant de tendre le pouce vers l'arrière et l'agent immobilier. Et de lui dans sa Range Rover. Il conduisait comme un kéké, et elle était mignonne.

– Comme un kéké, c'est-à-dire ?

– Il me doublait, et puis il ralentissait. Je le doublais, il me dépassait, il se rabattait devant moi et il ralentissait, comme ça plusieurs fois. Énervant. On aurait dit une planète et son satellite. Et puis le bouchon s'est formé et il s'est arrêté juste derrière moi... À peu près comme il est maintenant, ajouta Leon en regardant par-dessus son épaule.

– Vous l'avez vu descendre ?

– De voiture ?

– Oui, après l'arrêt de la circulation.

Il fit la moue.

– Non. Je crois que je n'ai plus regardé derrière, après ça.

– Qu'avez-vous fait, alors ?

– Je n'avais pas envie de rester ici dans le bouchon, serré comme une sardine. Donc j'ai laissé les autres dans leur boîte de conserve et je suis parti. J'avais du boulot. Ce n'est pas interdit, si ?

– Ça dépend de comment vous êtes reparti.

– Je n'ai pas pris la bande d'arrêt d'urgence. J'ai déjà commis cette erreur une fois, il y a longtemps, et ça m'a valu une contravention.

– Vous êtes sûr ? Je ne vais pas vous mettre de contravention, ajouta Billy en levant les mains. Mais j'ai besoin de savoir par où vous êtes passé exactement.

Leon se mit à rire, plus détendu maintenant qu'il savait où il mettait les pieds.

– En toute honnêteté, il m'arrive d'utiliser la bande d'arrêt d'urgence de temps en temps, mais seulement pour contourner une voiture si le passage est bloqué. Mais cette fois-ci, je suis passé sur le côté de la Micra rose. Comme je le disais, j'ai failli emporter son rétro ; il n'y avait pas beaucoup de place entre cette voiture et le séparateur central.

– Mais pourquoi passer par là ? Ça ne me paraît pas la trajectoire la plus simple.

– Parce que, comme vous le voyez, cette Audi est tellement grosse qu'elle ne laisse de place ni à gauche, ni à droite. Je déteste les SUV. Et la bande d'arrêt d'urgence était bloquée aussi.

– Bloquée ? Par quoi ?

– Si je me souviens bien, dit Leon, une des voitures avait sa portière ouverte. Je pense que c'était la berline noire, la voiture du mort.

TRENTE-SEPT

20 h 55

Avec la nuit qui tombait, la longue perspective sur l'autoroute s'effaçait et les véhicules au-delà de ceux qui les entouraient se réduisaient à des points lumineux, comme une ville contemplée de nuit. Il faisait assez sombre désormais pour que quelqu'un puisse se sauver en courant. Même si ça n'aurait servi à rien puisque Billy savait désormais qui était qui. Le tueur, lui aussi, devait savoir que l'occasion de s'enfuir était passée. Ce qui soulevait une question : pourquoi restait-il sur place ? Lorsque la circulation s'était arrêtée, près de quatre heures plus tôt, il aurait pu se dire que sa fuite le trahirait. Mais il n'avait plus rien à perdre, désormais. Il avait donc peut-être un plan. Ou bien il avait trop peur. Quoi qu'il en fût, plus les cercles de Billy se resserraient autour de lui, plus la nasse se refermait, plus il était dangereux.

Leon Musa accepta de rester jusqu'à ce que d'autres agents viennent prendre sa déposition. Billy marcha jusqu'au minibus Toyota. Kerry Wells était assise au volant à côté de sa fille, Hyacinth, qui suçait son pouce, la main sur la bouche.

Le vent faisait crépiter les arbres. Il balayait l'autoroute comme une soufflerie, pris entre les deux hautes palissades de chaque côté. Billy renoua ses cheveux haut sur sa tête, pour ne pas les avoir dans la figure.

Elle appela Dom et, en attendant qu'il décroche, se posta derrière le minibus, dont le pare-brise arrière s'ornait d'autocollants vantant des sites touristiques. L'ammonite d'un musée des Fossiles. Le chardon d'un château écossais. La toile d'araignée d'un centre entomologique. Billy posa un doigt sur ce dernier. Si cette affaire était une toile d'araignée, ce véhicule était le point où tous ses fils se croisaient. Elle laissa le doigt sur l'autocollant, mais son œil se posa sur celui d'un concessionnaire automobile : « AJP – Autos au juste prix, spécialiste Toyota, Howle Green ».

Bon Dieu de Howle Green.

Toujours ce même village.

Dom ne décrochant pas, Billy mit fin à l'appel.

Mais Kerry n'habitait pas Howle Green, si ? Billy chercha dans ses notes l'adresse de Hyacinth et de sa mère. Elle entra les deux endroits dans Google Maps. Howle Green et la localité où elles vivaient étaient distants de vingt kilomètres. Il y avait forcément des garages plus proches que celui-là.

Son téléphone sonna. Un numéro masqué. Elle décrocha immédiatement.

– Bonsoir, je suis le sergent Gavin Glynn, je viens d'avoir votre message.

Elle lui expliqua la situation. Elle avait besoin de savoir exactement ce qui s'était passé le soir où Lincoln Quick avait tué Thomas Kingston. La vérité, pas ce qu'on avait bien voulu dire à la presse.

– Je n'ai pas grand-chose à dire.

Il parlait d'une voix aiguë, forte, par-dessus un tohu-bohu de moteurs et de sirènes. Il devait être sur les lieux d'un des attentats, en ville.

– Je suis arrivé le premier sur les lieux, après la voiture de patrouille. Mais une fois que ça a tourné à l'incident diplomatique, l'affaire est remontée vers les grands patrons plus vite qu'une addition de bar dans une fête « J'aime ma boîte ».

– Ça reste entre nous, dit Billy, mais je suis en face de Lincoln Quick en ce moment même. Il est mort. Et il a un rayon de vélo planté dans la nuque.

– Un quoi dans la nuque ?

Le hurlement d'une sirène, derrière lui, couvrit sa voix. Billy attendit une seconde qu'elle passe.

– Un rayon de roue de vélo, articula-t-elle distinctement.

– Intéressant. Mais si ça a un quelconque rapport avec les Américains de la base aérienne de Howle, ou le Secret Service britannique, vous feriez aussi bien de laisser tomber. Confiez l'affaire au premier flic en costard qui se pointe et rentrez chez vous. Ces gens-là n'ont aucun respect pour les tâcherons comme nous.

Billy l'imagina presque cracher sur son téléphone.

– J'ai besoin de tout savoir sur ce qui s'est passé ce soir-là. Tout ce dont vous vous pouvez vous souvenir.

– Ah, eh bien, ça ressemblait à un simple accident avec délit de fuite, quoiqu'un peu inhabituel puisqu'il s'agissait d'un vélo. Mais dès qu'on a compris qu'un des types de la base aérienne était impliqué, un de leurs barbouzes, l'affaire est remontée en haut lieu. Une ambulance a embarqué Thomas Kingston, et on m'a écarté de la scène de crime. Après, j'ai suivi l'histoire dans les journaux, comme tout le monde.

– Ce meurtre sur l'autoroute est lié, d'une manière ou d'une autre, à l'accident de Howle Green.

– Accident ?

– Ce n'en était pas un ?

– Difficile à dire, puisque je n'ai pas eu l'occasion d'interroger le cycliste. Vous avez vu les bandes de vidéosurveillance ?

– Il y a des images de ce soir-là ? Ça ressemblait à un accident ? Ou à autre chose ?

– Je ne peux vous dire que ce qu'on voit sur les enregistrements. Lincoln Quick est sur un vélo haut de gamme. Il grille un feu rouge et en plus, il roule du mauvais côté de la route. Thomas Kingston arrive au passage piéton et regarde sur sa droite, du bon côté donc, celui d'où les véhicules devraient normalement arriver, et ne voit pas le vélo qui fonce sur lui du mauvais côté. Ça ne dure que quelques secondes. Kingston se fait renverser, le cycliste met pied à terre. Et puis Lincoln Quick réfléchit un petit moment et décide que, oui, c'est un gros enfoiré et qu'il va sans scrupule laisser un homme crever sur le bord du trottoir, et il repart. Tout ça est filmé.

Billy réfléchit un moment.

– Est-ce que Lincoln Quick connaissait la victime ?

– Thomas Kingston ? demanda le sergent Glynn. Pas que je sache.

– Alors qu'est-ce qui vous fait penser que ce n'était peut-être pas qu'un accident ?

– Accident, négligence, indifférence… Est-ce que le Ricain était du mauvais côté de la route parce qu'il a eu un moment d'absence, ou qu'il était soûl, ou parce qu'il lui est rentré dedans volontairement ? Impossible de le savoir. Parce qu'on n'a jamais eu l'occasion de l'interroger. Il aurait dû appeler une ambulance, ça, c'est certain. Au lieu de ça, il a pris la fuite, a quitté le pays. Thomas Kingston est mort seul sur le bord de la route. Et on n'a rien pu faire.

Sa voix tremblait légèrement.

– Que sont devenues les bandes de vidéosurveillance ?

– J'en ai une copie, vous voudriez la voir ?

– Oui, s'il vous plaît. Et Thomas Kingston, qui était-ce ?

– Un type normal. Aucune raison de se faire assassiner. Il avait un petit cabinet comptable, il se débrouillait pas mal, mais rien d'exceptionnel. Une femme et une fille. Ils aimaient bien voyager. Rien qui indique un possible contentieux avec Lincoln Quick. Rien pour suggérer qu'il ait pu être renversé volontairement. Ni qu'il ait pu être lié aux espions de la base aérienne. Donc c'était peut-être bien un accident. Mais un accident qui ne se serait pas produit si Quick n'avait pas roulé du mauvais côté, n'avait pas grillé un feu et n'avait pas roulé trop vite. Et Kingston ne serait peut-être pas mort si Quick était resté là et avait appelé une ambulance au lieu de ne penser qu'à sa peau, et qu'il n'était pas rentré à la base comme un gamin qui se planque sous les jupes de sa mère.

Le sergent Glynn acheva avec assez de feu dans la voix pour indiquer que l'affaire avait soulevé une émotion considérable.

– Et on a embarqué Quick vers les États-Unis la nuit même, sous couvert de l'immunité diplomatique ?

– Ironiquement, il n'y a même pas de loi en Grande-Bretagne pour condamner une conduite dangereuse à vélo.

– Oui, je me rappelle avoir lu ça. Il n'y a qu'une très vieille loi, c'est ça ?

– La conduite dangereuse ne concerne que les véhicules à moteur. Pour un cycliste, c'est la loi concernant les chevaux et les charrettes qui prévaut. Défaut de maîtrise du véhicule, ils appellent ça. Donc il aurait probablement échappé à la justice. Mais il s'est enfui, les Américains lui ont accordé l'immunité diplomatique et maintenant, il a un mandat d'arrêt aux fesses. Enfin, il en avait un.

– Vous avez une idée des raisons pour lesquelles il aurait voulu revenir en Angleterre alors que sa tête était mise à prix ?

– Parce qu'il était complètement con, peut-être ?

– Vous dites que Thomas Kingston avait une femme et une fille, c'est bien ça ? dit Billy en contemplant les autocollants touristiques collés à l'arrière du minibus.

Ils aimaient bien voyager.

– Je vous demande ça parce que le véhicule auquel je m'intéresse précisément, sur l'autoroute, est occupé par une mère et sa fille, et qu'il y a l'autocollant d'un concessionnaire automobile de Howle Green sur la vitre arrière. Mais la mère ne s'appelle pas Kingston…

– C'est moi qui suis allé leur annoncer l'accident. Elle s'appelait Kerry quelque chose.

– Kerry Wells ! dit Billy, le cœur battant. Et la fille ?

– Adulte, mais elle semblait un peu… Mmmm, disons, qu'elle n'avait pas l'air d'avoir toute sa tête. Elle n'était jamais partie de chez ses parents, et elle paraissait bien moins que son âge.

Billy consulta ses notes. Les dates de naissance. Oui. Hyacinth avait plus de trente ans. Elle semblait avoir le même âge que Daisy, mais elle avait dix ans de plus.

– Elle en était encore à faire des bisous à ses chiens. C'était… Oui… J'avais mis ça sur le compte du choc, mais…

Il claqua la langue et laissa Billy imaginer la fin de sa phrase.

– Elle s'appelait Hyacinth, c'est ça ?

– Exact, grogna-t-il. Quel horrible nom. À cause de cette émission à la télé, vous vous souvenez ?

Devant sur l'autoroute, les feux rouges des portiques s'éteignirent.

– Attendez, il se passe quelque chose, dit Billy.

– Vous savez qu'ils viennent de lever les barrages dans le centre-ville ?

– Merde. Alors la circulation pourrait repartir.

Les croix rouges se rallumèrent sur le portique. Billy baissa la voix.

– Je crois que ce sont elles, Gavin. Kerry et Hyacinth. Dans un minibus à l'arrêt sur l'autoroute, juste devant l'homme qui a tué leur mari et père.

– Considérez-les comme dangereuses, dit Glynn. Essayez de ne pas vous exposer avant que je puisse vous envoyer du renfort. Les chefs vont être dans tous leurs états.

Le téléphone de Billy bipa. Une image, avec la flèche d'un lecteur. Un extrait vidéo.

– Je viens de vous envoyer la vidéosurveillance, dit Glynn. Je vais en référer à ma commissaire. Elle va faire remonter l'info.

– J'ai assez d'éléments pour interroger ces deux femmes tout de suite.

Une pause. Puis :

– Ce n'est pas votre secteur, sergent, dit Glynn.

– La circulation va reprendre et la scène de crime, disparaître. Je vais leur parler.

– Sergent…

– Rejoignez-moi dès que vous pouvez.

Billy raccrocha et mit son téléphone en mode avion. Elle lança la lecture du petit clip. La vidéo était muette et ne durait que quelques secondes. Mais son visionnage était glaçant.

La caméra filme en travers de la rue, et couvre tout le passage piéton. Il fait assez sombre, le soir tombe. Un homme, Thomas Kingston, sans doute, picore dans un paquet de chips en approchant du carrefour. Il appuie sur le bouton pour traverser et le signal pour les piétons passe immédiatement au vert. Il fait deux pas quand une forme floue surgit sur sa gauche, puis le passage piéton redevient vide. Il n'y a plus qu'un paquet de chips, au sol.

Il fallut un moment à Billy pour comprendre que la vidéo tournait encore.

Il y a du mouvement sur le bord de l'image. L'ombre d'une personne qui se relève, puis revient dans le champ de la caméra en titubant. Un homme mince, en tenue de cycliste. Sans casque. Peut-être l'a-t-il perdu dans la collision. Ou peut-être était-il trop sûr de lui pour en porter un.

L'image était granuleuse mais on reconnaissait bien l'homme de la berline noire. Lincoln Quick.

Il regarde vers le côté de la route où Thomas Kingston a dû tomber, hors cadre. Mourant. Puis Quick se prend la tête à deux mains comme si elle allait éclater. Il se tourne pour regarder de l'autre côté, dans la direction d'où il arrivait. Il reste là un bon moment, les mains sur les oreilles. Son visage se tord, en une grimace ou un juron. Puis il change de posture. Il baisse les mains et se redresse. Il regarde des deux côtés de la route comme pour voir s'il y a de la circulation ou, plus vraisemblablement, des témoins. Enfin, il sort du champ. Quelques secondes plus tard, un cycliste traverse brièvement le champ de la caméra, dans l'autre sens, et la route redevient déserte.

La vidéo s'arrêta. Billy visionna à nouveau les dernières secondes.

Lincoln Quick se tourne pour regarder dans la direction d'où il venait. Il reste ainsi un long moment, les mains sur les oreilles. Son visage se tord. Sa posture change et il se redresse.

Que s'est-il passé durant cet instant, celui où il a décidé de s'enfuir ?

Cet instant a tout changé dans la vie de Quick. Et mis fin à celle de Thomas Kingston.

Dans le minibus, Hyacinth Wells regardait droit devant elle, en suçant son pouce. Sans savoir que Billy regardait une vidéo de la mort prématurée de son père. Billy eut un élan de compassion envers elle. Pas étonnant qu'elle paraisse bizarre, traumatisée. Si le père de Billy s'était fait faucher sur un passage piéton et qu'on l'avait laissé pour mort sur le bord de la route, elle aussi aurait eu des envies de meurtre.

Un roulement de tambour, à la radio d'une des voitures alentour, annonça les infos de 21 heures. Billy entendit une partie des gros titres, suffisamment pour apprendre que l'état de siège, en ville, était effectivement levé. Dès qu'une des voies du tunnel de Deadwall serait dégagée, sa scène de crime allait littéralement se dissoudre dans la nuit.

CINQUIÈME HEURE

TRENTE-HUIT

21 h 01

L'obscurité avait peu à peu gagné l'autoroute et les véhicules entourant la berline noire, donnant à la scène un air de décor de théâtre. Les plafonniers luisaient. Billy eut envie d'applaudir bruyamment pour briser l'illusion, mais ce n'était pas une pièce. C'était une scène de crime.

Elle s'arrêta à hauteur de la portière avant gauche du minibus. Les mains de Hyacinth retombèrent sur ses genoux. Elle portait un pansement sur le pouce, mâchonné jusqu'à la charpie. Un pansement pour enfant. Orné d'une image de Batman.

Un justicier.

Billy frappa au carreau, ce qui fit sursauter Hyacinth. La jeune fille porta une main à son menton, comme pour s'éventer. Billy indiqua la porte coulissante du Toyota Sienna.

– Pourquoi ? demanda Kerry.

– Je voudrais jeter un coup d'œil, répondit Billy.

Kerry hésita un moment, puis la porte se déverrouilla et s'ouvrit d'elle-même en coulissant – ouverture électrique, commandée depuis le tableau de bord. Quelqu'un aurait facilement pu se glisser dans l'habitacle.

Billy en examina l'intérieur sans quitter la bande d'arrêt d'urgence. Si Hyacinth était montée dans le minibus en sortant de la berline noire, on pourrait y trouver des fibres permettant de remonter jusqu'à Lincoln Quick. Elle ne voulait pas corrompre un possible élément matériel ou être accusée d'avoir apporté elle-même des fibres dans le minibus.

– Vous pouvez refermer, dit-elle.

La porte se referma avec un chuintement. Billy revint à la hauteur de Hyacinth, qui abaissa entièrement sa vitre. Kerry se pencha par-dessus sa fille pour faire face à Billy. Hyacinth la regardait à la dérobée.

Le visage de Kerry se pinça lorsque Billy lança l'enregistrement sur son téléphone et l'avertit que tout ce qu'elle pourrait dire était susceptible d'être retenu contre elle au tribunal.

– Madame Wells, avez-vous remarqué quelque chose d'inhabituel lorsque la circulation s'est arrêtée, tout à l'heure ?

– Vous m'avez déjà posé la question. Vous avez alors utilisé le mot « anormal ». Et je vous ai déjà répondu que non.

– Rien d'étrange, donc ?

– De quel ordre ?

– N'importe quoi qui ait pu attirer votre attention.

Kerry leva les mains au ciel et écarquilla les yeux.

– Madame Wells fait signe qu'elle ne sait pas, dit Billy dans son téléphone. Le véhicule juste derrière le vôtre, la berline noire, n'a pas heurté votre minibus ?

Un temps.

– Je ne pense pas.

– Vous ne pensez pas ?

– C'est difficile à dire.

– Vraiment ?

– Oui, quand il y a du monde, comme ça, et qu'on roule en accordéon, les mouvements sont plus brusques.

– Mais si une voiture vous rentrait dedans, vous vous en apercevriez ?

– Peut-être.

– Vous le sauriez. Vous ressentiriez le choc.

– Mmm, fit Kerry comme si elles discutaient de leurs fruits préférés en matière de confiture et que Billy avait dit « coing » – comme si c'était une opinion plutôt inattendue, et non l'affirmation d'une évidence.

– Vous vous êtes déjà fait emboutir à l'arrière par un autre véhicule ? demanda Billy.

– Non. Enfin, si, mais il y a plusieurs années.

– Moi aussi. C'était bizarre, parce qu'on ne roulait pas si vite que ça, mais j'ai senti le choc, et puis je me suis rendu compte que le rétroviseur avait bougé. Le chauffeur de la voiture de derrière a essayé de dire qu'il ne m'avait pas touchée, mais j'avais très bien senti la secousse. Et nos deux pare-chocs étaient endommagés, donc il a dû finir par reconnaître son tort. L'assurance a payé.

La figure de Kerry était si figée qu'on aurait dit un film mis sur pause.

– Je pense que vous avez remarqué que ce véhicule vous a heurtée, madame Wells.

Kerry ne répondit pas. Hyacinth regardait sa mère.

– Et je me demande pourquoi vous ne me l'avez pas dit, poursuivit Billy.

– Non.

– Non, quoi ?

– Non, je ne m'en suis pas rendu compte.

– Vous me dites que vous n'avez pas été heurtée, ou que vous n'avez pas remarqué qu'il vous avait heurtée ?

– Les deux.

– Ce sont deux choses différentes.

– Il n'y a pas eu de choc.

– Alors même qu'il y a des dégâts sur vos deux véhicules ?

Kerry haussa les épaules, si brièvement qu'on aurait pu croire à un tic.

– Et vous, Hyacinth ?

– Je n'ai rien vu, dit-elle d'un ton revêche d'adolescente malgré ses trente ans bien sonnés.

– Comment avez-vous pu ne pas remarquer que la voiture vous avait embouties ?

– Il n'y a peut-être rien eu, dit Hyacinth.

– Mais il y a eu choc, dit Billy en leur montrant la photo de la languette cassée de la berline noire. Le pare-chocs de la voiture derrière la vôtre est endommagé. Et le vôtre également, ajouta-t-elle en leur montrant la photo suivante. Nous identifierons les traces de peinture quand nous emmènerons vos voitures, pour les besoins de l'enquête.

– Je ne mens pas, dit Hyacinth.

– Alors, avez-vous remarqué l'accident ou non ?

Silence.

– Hyacinth, la berline vous a-t-elle heurtées ?

– Je ne l'ai pas sentie nous heurter, dit la jeune femme avec un air de triomphe.

Comme un enfant qui vient de trouver une bonne excuse pour ne pas manger ses légumes.

– Vous ne l'avez peut-être pas sentie parce que vous n'étiez pas dans *votre* voiture ? dit Billy.

– Quoi ? fit Kerry.

Mais Billy garda les yeux sur Hyacinth.

– Vous venez de dire que vous ne l'avez pas sentie *vous* heurter. Vous avez choisi vos mots avec beaucoup de soin, Hyacinth. Si vous n'étiez pas dans votre voiture, alors vous ne mentez pas, n'est-ce pas ? Vous ne pouviez pas l'avoir sentie vous heurter, puisque vous étiez dans la voiture de derrière – la berline noire.

Kerry se détourna pour regarder droit devant elle.

– Vous n'avez jamais pris le nom de votre mari, n'est-ce pas, madame Wells ? C'est pourquoi je ne faisais pas le lien entre vous et Thomas Kingston. Et entre vous et son meurtrier, Lincoln Quick, qui est mort dans la voiture juste derrière nous.

Silence.

– Quel nom de famille portez-vous, Hyacinth ?

– Le mien, coupa Kerry. Mon mari disait que l'honneur me revenait, puisque c'est moi qui l'avais portée, qui avait accouché. Ça en a énervé quelques-uns dans la famille, mais c'était sa volonté. Et c'est lui qui a choisi son prénom, Hyacinth – celui de sa mère.

– Oui, merci du cadeau ! dit la jeune femme, la mine allongée pour marquer son indignation. Vous imaginez, j'aurais pu m'appeler Hyacinth Kingston-Wells ! On dirait un nom de ville. De station thermale, même[4].

Sa sortie sentait le réchauffé. Elle devait faire la même plaisanterie à chaque fois. Mais Billy savait reconnaître la

4 *Well* : « source », « puits ». (*NdT*)

peur chez les gens. Humour noir, réactions décalées. Elle avait vu ça souvent, dans les rues ou au commissariat.

– Kerry, vous avez emménagé chez Hyacinth après la mort de votre mari, est-ce exact ?

– Je voulais m'éloigner. Et la maison familiale est en vente. Pourquoi ?

– L'adresse qui correspond à votre voiture n'est plus à Howle Green, mais selon l'autocollant de votre concessionnaire, vous l'avez achetée là-bas, donc je suppose que vous l'avez achetée quand vous y viviez.

– Oui ! répondit Kerry d'un ton qui signifiait : « Et alors ? »

– Il n'y a rien de mal à vouloir prendre un nouveau départ après que Thomas s'est fait tuer par un Américain qui a fui le pays.

– Tommy, corrigea-t-elle. On l'appelait Tommy.

– Vous voulez bien retirer le pansement que vous avez au pouce, Hyacinth ?

– Pourquoi faire ? rétorque Kerry.

– Vous sucez et vous mâchouillez votre pouce depuis que nous sommes tous bloqués ici. Et maintenant, vous portez un pansement que vous n'aviez pas avant. Je pense que vous vous êtes fait mal au pouce. Une petite plaie. Parce que vous avez appuyé sur le bout d'une tige de métal avec assez de force pour l'enfoncer jusqu'au cerveau dans la nuque de quelqu'un.

Hyacinth berçait son pouce dans son autre main. Mais elle n'ôta pas le pansement.

– Fuir le pays sous couvert d'immunité diplomatique est une chose, dit Billy. Mais revenir à Howle Green, c'était remuer le couteau dans la plaie. Pas étonnant que vous soyez furieuse, Hyacinth. Personne ne vous en voudrait.

– Ne lui en voudrait de quoi ? dit Kerry.

La tension monta de plusieurs crans.

– Comment avez-vous appris qu'il revenait en Angleterre ? demanda Billy.

Silence.

– Quelqu'un vous l'a peut-être appris. Et c'était l'occasion d'obtenir justice. Je ne sais pas comment exactement, vous êtes montée dans la voiture de Lincoln Quick à l'aéroport et vous vous êtes cachée derrière son siège, puis vous l'avez tué sur cette portion d'autoroute, qui est toujours embouteillée le vendredi soir et où les caméras de vidéosurveillance ne fonctionnent pas en ce moment. Je me demande qui vous a signalé que les caméras étaient hors service, d'ailleurs. Mais ça n'a pas d'importance, je finirai par l'apprendre. Je suis sûre que beaucoup de gens sont assez compatissants pour vous donner un coup de main. Je suis même certaine que beaucoup vous auraient applaudie, Hyacinth, quand vous l'avez tué au moment où la circulation était presque arrêtée. Votre plan était de donner un petit coup de volant pour que sa voiture s'arrête sur la bande d'arrêt d'urgence, comme s'il était tombé en panne.

– Taisez-vous ! gémit Kerry.

– … Et que Kerry s'arrête pour faire semblant de l'aider. Comme ça, personne d'autre n'aurait eu l'idée de lui porter assistance. Pas un vendredi soir. Les conducteurs, pressés de rentrer chez eux, ne se seraient pas arrêtés. Et puis Hyacinth serait sortie discrètement de la berline, serait remontée dans le minibus et vous auriez pu repartir sans que personne vous voie. Sauf que les attentats terroristes ont déclenché un bouchon. La circulation s'est totalement arrêtée, et au lieu de pouvoir se déporter sur la bande d'arrêt d'urgence, la berline noire vous a heurtée à l'arrière et s'est arrêtée sur la voie de gauche. Et vous vous êtes retrouvées coincées sur la scène de crime. Hyacinth est quand même sortie de la berline, c'est pour ça que la portière arrière est restée ouverte un petit instant et a empêché la moto de repartir par la bande d'arrêt d'urgence. Et elle est remontée dans le minibus par la porte coulissante. Nous en sommes là.

Les deux femmes regardaient fixement devant elles comme si la circulation ne s'était jamais interrompue. Mais il n'y avait pas plus de mouvement que si c'était un mur de brique.

Billy eut soudain pitié d'elles.

Quelqu'un pianota sur le toit du minibus, faisant sursauter Billy et glapir Hyacinth.

Carl se tenait à côté de la portière de Kerry. Il frappa à sa vitre mais elle refusa de lui ouvrir. Il se contorsionna pour attirer l'attention de Billy, de l'autre côté du véhicule. Il avait les yeux écarquillés, par-dessus l'ancre que dessinait sa barbe ridicule. Elle lui ordonna mentalement de repartir ; elle était très occupée.

– J'ai quelque chose à dire, fit-il d'une voix étouffée par les vitres. Je veux faire un aveu.

TRENTRE-NEUF

21 h 07

– Monsieur Doors, est-ce que ça peut attendre ?

– Je dois vous parler. Il faut que je vous dise…

– Retournez à votre voiture, coupa Kerry.

Il la dévisagea un moment, avant de fuir son regard noir et de reposer les yeux sur Billy.

Ces deux-là se connaissent.

Si Carl connaissait Kerry et Hyacinth, et que personne n'en avait rien dit jusque-là, elle devenait curieuse d'entendre ce qu'il avait à lui raconter.

– C'est à propos du téléphone, dit-il.

Billy passa devant le capot du minibus et lui fit signe de se diriger vers sa propre voiture, tout en pêchant dans sa poche un nouveau sachet à crottes de chien qu'elle ouvrit et alla tendre à Kerry.

– La clé de votre véhicule.

Kerry retira la clé du contact et la déposa dans le sachet. Billy referma le sachet, le glissa dans sa poche et suivit Carl Doors.

– Puis-je vous rappeler que vous êtes toujours suspect ?

Elle relança l'enregistrement sur son téléphone.

– Puis-je vous rappeler que je fais cette déposition volontairement ?

– C'est bien noté, répondit-elle.

Pour ce que ça allait changer…

– Je ne voulais pas le faire, commença-t-il.

– Faire quoi ?

– Je vais devoir tout vous dire depuis le début.

– Monsieur Doors, je n'ai pas beaucoup de temps et…

– Si je dois vous raconter, il me faut commencer par le début, sinon vous n'allez rien comprendre.

Billy hocha la tête pour qu'il poursuive.

– L'année dernière, j'ai un peu craqué, dit-il en se caressant la barbe.

Peut-être sa sculpture pileuse était-elle un symptôme de sa défaillance ?

– Craqué de quelle manière ?

– Un coup de canif dans le contrat de mariage.

– Mais votre femme est copropriétaire de votre agence ?

– Oui, on l'a lancée il y a quinze ans, on s'est mariés la même année. Trois garçons, tous en école privée, ajouta-t-il comme si ça devait lui rapporter des bons points. On peut dire qu'on s'est investis à fond…

Oh non, lui aussi !?!

Dom approuverait.

– OK. Et votre coup de canif ?

– Une appli de rencontres. Vous avez entendu parler de Dizcreet ?

Billy fit non de la tête.

– C'est pour les gens mariés. Des rencontres anonymes. Pas d'histoires, pas de conséquences.

– Une appli d'adultère ?

– On peut dire ça, oui. Je ne voulais faire de mal à personne, je ne voulais pas divorcer, je cherchais juste…

un peu de folie. Je ne pensais qu'au boulot. La routine emmerdante. Triste. Donc je me suis mis sur Dizcreet. Juste quelques mois. J'ai rencontré plusieurs femmes, le temps d'une nuit, vous voyez…

Son regard se perdit au loin.

– Pas vraiment, mais continuez.

– Et je me suis retrouvé victime de chantage.

Évidemment !

– J'ai reçu un coup de fil étrange, il y a un mois.

– Une de ces deux femmes ?

– Non, un homme.

– Qu'est-ce qu'il voulait, de l'argent ?

– Non, et c'est là que ça devient bizarre. Enfin tout était bizarre, on ne pense jamais qu'une chose pareille peut vous arriver. Mais je me suis retrouvé tout à coup pris dans une sorte d'opération secrète. On aurait dit un film avec Liam Neeson. Il m'a demandé de lui rendre un service – le type qui m'a téléphoné, pas Liam Neeson. C'est le mot qu'il a utilisé. Un service. À l'aéroport.

– Aujourd'hui ?

– Oui. Il m'a envoyé ce téléphone prépayé il y a une semaine. Je suis allé le chercher dans un de ces casiers installés à l'extérieur des supermarchés. Et puis aujourd'hui, je devais aller dans le parking longue durée de l'aéroport et attendre un signal. Je ne savais toujours pas quel service il voulait que je lui rende, mais il m'avait affirmé que ça ne serait ni illégal ni dangereux ; je devais juste parler à quelqu'un. Bon, je ne suis pas si bête que ça, je me doutais bien qu'il y avait… quelque chose. Enfin bref, j'ai attendu là-bas longtemps, plus d'une heure. Je me suis dit que le téléphone prépayé ne fonctionnait peut-être pas alors je m'en suis servi pour m'appeler moi-même, et ensuite je l'ai appelé depuis mon téléphone, mais j'ai tout de suite compris que c'était idiot puisque maintenant, on allait retrouver la trace des échanges entre les deux téléphones.

Effectivement…

– Mais près de deux heures après mon arrivée, il m'a finalement envoyé par SMS un numéro de place de parking, en disant que je devais parler à l'homme qui allait prendre la voiture garée à cette place. C'était une voiture de location.

– Cette voiture-ci ? demanda Billy en indiquant la berline noire.

– Oui, cette voiture-ci.

– Dans laquelle il y a désormais un mort ?

Carl déglutit.

– Je ne m'attendais pas à ça.

– Mais vous aviez bien soupçonné quelque chose d'illégal ? Pourquoi n'avez-vous pas appelé la police ?

– Parce que ma femme… Je pensais pouvoir mettre un terme à tout ça. Je croyais que l'autre allait se pointer et me demander de l'argent, qu'on ferait le tour de quelques distributeurs, ou peut-être qu'il me demanderait de faire un transport de drogue en province, quelque chose comme ça. Je ne savais pas à quoi m'attendre, mais je ne voulais pas que ma femme soit au courant. Je ne voulais pas la perdre, pas perdre les enfants, ni notre agence…

– Et qu'est-il arrivé quand vous avez reçu ce SMS ?

– Un type est arrivé dix minutes plus tard. Visiblement, il descendait d'un avion. Il avait une petite valise à roulettes. On m'avait dit d'attendre qu'il déverrouille la voiture, et qu'il mette sa valise dans le coffre, ou quelque chose comme ça, mais en fait, il l'a posée à côté de lui sur le siège passager. À ce moment-là, je devais engager la conversation et lui parler quelques minutes.

– Comment avez-vous fait ?

– J'ai prétexté avoir perdu ma clé de voiture quelque part sur le parking et je lui ai demandé s'il ne l'avait pas vue. Il a fait toute la rangée avec moi, il s'est même mis à quatre pattes pour regarder sous les véhicules garés. Au bout d'un moment, j'ai fait semblant de l'avoir retrouvée, derrière une roue, et je lui ai demandé d'où il venait. Parce que j'étais curieux de savoir de quoi il retournait, pourquoi on m'avait demandé de parler à ce mec qui me semblait tout à fait normal, en dehors du fait qu'il était américain. Il m'a dit qu'il arrivait de Washington, je lui ai demandé si c'était pour affaires, et il m'a répondu qu'il avait habité ici un temps mais qu'il était rentré aux États-Unis – on a papoté un moment. C'est facile, pour moi, ça fait partie de mon métier.

– Il vous a dit pourquoi il revenait en Angleterre ?

– Non, juste que c'était une simple visite, cette fois-ci.

Carl haussa les épaules. Il semblait soulagé, comme si le pire était passé, et Billy n'avait aucune envie de lui dire qu'il y avait très peu de chances que ce soit le cas, et que quand cette affaire éclaterait, sa femme allait tout découvrir.

– Je n'arrive pas à croire qu'il soit mort. Il avait l'air complètement normal. Un peu raide, les épaules bien droites, vous voyez, je me suis même dit que c'était peut-être un ancien militaire.

– C'était un espion. CIA.

Carl blêmit, sa peau hâlée jaunit quelque peu.

– Merde ! Et pourtant le gars au téléphone m'avait dit qu'il n'était pas dangereux.

– Il vous a menti. Cela dit, j'ai l'impression que ça s'est avéré plus dangereux pour lui que pour vous, non ? ajouta Billy avec un coup de menton en direction de la berline noire.

– Mais c'est bien ce que je vous dis. Tout ça n'a rien à voir avec moi, lança Carl en pointant l'index vers la voiture. Je ne l'ai même pas approché. Je lui ai seulement parlé. Et puis il est monté en voiture et il est parti. Et moi, je suis monté dans la mienne.

– Qu'est-ce que vous faites ici, alors ? Vous l'avez suivi ?

– Oui, je…

Carl regarda au loin vers l'horizon, cherchant l'inspiration, puis reprit :

– Après ça, j'ai senti une sorte de boule dans mon ventre, comme si quelque chose allait exploser. La colère, je suppose. Je me suis dit : « Non, il n'en est pas question. Je ne me laisserai pas rançonner, je ne laisserai pas un étranger menacer ma femme et mes enfants ! »

– L'homme qui vous a appelé a menacé de les tuer ?

– Il a menacé de tout leur raconter ! De leur parler de Dizcreet. Il connaissait les détails. Il allait envoyer un e-mail à ma femme.

– Je pense qu'il vous a demandé de distraire cet homme sur le parking pour que quelqu'un puisse se glisser dans sa voiture de location. Vous avez vu quelqu'un d'autre, sur place ?

– C'était un grand parking vide. Enfin, il y avait plein de véhicules, bien sûr, mais personne. Une navette en fait le tour toutes les vingt minutes. À chaque arrêt, il y a des gens qui descendent, mais ils vont directement à leurs voitures et s'en vont. Et le parking est immense. On m'avait donné instruction de me rendre dans la partie réservée à la location.

– Il y avait un guichet sur place ?

– Non, rien. Juste une espèce de cabine, avec un téléphone d'urgence, en cas de problème. Mais lui n'a pas eu de problème. Il a trouvé sa voiture, j'ai attendu qu'il l'ouvre avec son bip, et je suis allé lui parler. C'est tout.

– Et ensuite, vous l'avez suivi ?

– Quand il est monté dans l'habitacle, je suis allé chercher mon véhicule, au parking courte durée, j'ai payé mon stationnement, j'ai passé la barrière et je l'ai retrouvé tout de suite. Il s'était arrêté sur une aire de repos, après le rond-point, il téléphonait, ou il était en train de regarder son GPS, quelque chose comme ça. Et je vous l'ai dit, j'étais furieux. Me faire chanter, moi ? Je n'avais que lui pour remonter la piste, et il n'avait pas vu ma voiture, donc j'ai pensé à le suivre juste pour savoir où il allait. Et on est arrivés directement ici. Rien de bizarre. Pas d'excès de vitesse, il roulait normalement. L'autoroute était bien encombrée, ça m'a facilité les choses. Sauf quand cette moto s'est mise à changer plusieurs fois de file, juste devant moi.

– Et quand la circulation s'est bloquée ?

– Ça s'est arrêté d'un coup, et on est restés là un moment. La jolie fille est sortie la première, et elle s'est mise à en faire des caisses, une actrice de première, dit-il en portant les mains à sa gorge pour imiter Daisy. Et puis la femme dans l'Audi vous a parlé. Je ne sais pas ce que vous lui avez dit pour la mettre dans un état pareil, mais elle s'est mise à trépigner, avec une tête de dix pieds de long, et elle a tout de suite repéré que le type était mort. Je me disais bien qu'il se tenait bizarrement, mais je ne pouvais pas aller voir, parce qu'il risquait de me reconnaître. Je n'ai su qu'il était mort que quand elle s'est mise à hurler. Et là, j'ai vraiment eu les jetons, parce que j'ai compris que j'étais dans la mouise jusqu'au cou.

– Et le téléphone prépayé ?

– Je l'ai balancé par la fenêtre. J'ai paniqué. Le type à qui j'avais parlé était mort. C'était quoi, ce bordel ? Visiblement, ça avait un rapport avec ce qui était arrivé à l'aéroport, avec le maître chanteur qui m'avait envoyé ce portable à mon nom, donc… C'est comme si l'appareil était devenu chaud, physiquement brûlant, et que j'avais dû m'en débarrasser. Mais dès que je l'ai jeté par la fenêtre, j'ai compris que c'était idiot de ma part – je ne vous ai pas menti quand je vous ai dit ça, tout à l'heure. Donc je suis allé le récupérer. Mais cette sacrée bonne femme me regardait, ajouta-t-il en désignant du pouce Pat, qui se tenait sur la bande d'arrêt d'urgence, à l'endroit exact ou Billy l'avait vue pour la première fois. Je l'ai vue qui me regardait d'un œil mauvais, là, les bras croisés, exactement comme maintenant.

– Et pourquoi avez-vous attendu tout ce temps pour me dire ça ?

– À votre avis ? Ça sent le roussi, vous ne croyez pas ? Si je suis venu ici aujourd'hui, c'est uniquement pour sauver mon mariage mais maintenant, ma femme va tout savoir, n'est-ce pas ?

– Oui, je le crains. J'enquête sur un meurtre. C'est sérieux.

– Et alors ? Vous allez me coller le meurtre sur le dos ? Ce n'est pas moi qui l'ai tué, je n'ai rien à voir là-dedans.

– Sauf si vous avez aidé un meurtrier à monter dans la voiture de location.

Carl ouvrit la bouche, comme si sa langue cherchait de l'air.

– Vous avez tout intérêt à ce que je résolve cette affaire, monsieur Doors, reprit Billy. Parce que la complicité de meurtre peut vous valoir trois ans de prison, mais un meurtre, c'est la prison à vie. Et dans ce cas, vous ne verriez pas beaucoup votre femme ni vos enfants.

– Vous croyez que je n'ai pas déjà gambergé à tout ça, en attendant dans ma voiture ? Je n'ai vu personne à l'aéroport.

– Est-ce que vous diriez que vous avez pu distraire la victime ? Que sa voiture a pu rester ouverte et sans surveillance un moment ?

Carl réfléchit un instant.

– Quelqu'un aurait pu monter dans la voiture, oui.

– Et ici, sur l'autoroute ? Vous étiez le mieux placé. Vous m'avez dit que vous vous étiez penché pour fouiller au pied du siège.

– C'est vrai. Je cherchais le téléphone prépayé, comme je vous le disais…

– Sergent !

La voix de Daisy jaillit au moment même où le moteur du minibus se mettait à gronder. Kerry avait réussi à redémarrer – elle devait posséder une seconde clé.

Le minibus recula brusquement, heurta la berline qui se mit à reculer lentement, dans l'espace libre, ruinant la preuve matérielle qu'auraient pu constituer les pare-chocs. Billy et Carl s'écartèrent brusquement, la berline s'arrêta à quelques centimètres seulement de la Range Rover. Et puis le Toyota Sienna déboîta brusquement sur la bande d'arrêt d'urgence et s'éloigna.

Kerry et Hyacinth Wells prenaient la fuite.

QUARANTE

21 h 12

Billy s'élança vers sa voiture. Elle cria à Pat de bouger la sienne pour lui dégager le passage, puis demanda à Carl, par-dessus son épaule, de dresser la liste de toutes les femmes qu'il avait rencontrées grâce à Dizcreet et de tous les endroits où il les avait emmenées. Son esprit était plus vif que ses pieds. Peut-être une faille de sécurité dans l'application avait-elle permis de le faire chanter, mais c'était plus vraisemblablement une des femmes qu'il avait vues. Billy arriva à sa portière, l'ouvrit, puis hésita : suivre Kerry et Hyacinth ou rester avec Carl ? L'homme qui le faisait chanter était lié à l'affaire, mais il fallait aussi qu'elle s'occupe des deux fuyardes.

– Que se passe-t-il ? demanda Heathcote qui la rejoignit à grandes enjambées au moment où elle s'asseyait au volant.

Elle lui claqua la portière au nez et démarra.

À la réflexion, même s'il venait encore pour lui expliquer la vie, il pouvait lui être utile. Elle abaissa sa vitre.

– Retenez ce numéro de téléphone, dit-elle tout en manœuvrant pour s'extraire de l'espace entre l'Audi et la Renault.

Le gérant de pub s'embrouilla, tenta sans succès de répéter le numéro qu'elle lui donnait. Daisy surgit, son téléphone à la main.

– Vous pouvez répéter ?

Billy lui redonna le numéro puis dit :

– L'agent immobilier va vous fournir une liste de noms et de lieux. Je veux que vous me l'envoyiez par SMS. Il n'a pas de téléphone, je le lui ai confisqué.

– Je m'en occupe, dit Daisy.

Pat s'était avancée sur la bande d'arrêt d'urgence et ses feux arrière s'éclairèrent de blanc lorsqu'elle effectua une marche arrière pour laisser la voie libre à Billy.

Billy enfonça l'accélérateur, sentit ses pneus patiner sur l'asphalte chaud.

Doucement, Belinda !

Elle leva le pied et sentit sa voiture reprendre de l'adhérence et avancer. Elle manœuvra dans un petit espace, dérapa légèrement sur l'herbe du bas-côté avant de revenir sur la chaussée et de se lancer à la poursuite du minibus.

Elle voyait les feux arrière du Toyota, au loin. Mais où pouvaient-elles bien aller si le tunnel de Deadwall était encore fermé ? Elle poussa au maximum la voiture mais c'était un modèle bas de gamme, bon marché, et la pédale d'accélérateur répondait mal. Le minibus n'était pas un bolide, lui non plus. Et il ne pouvait aller nulle part. Il suffisait à Billy de le suivre. Pas de poursuite inutile. Elle avait appris la leçon. Ne voulait pas d'un autre accident comme celui du scooter. Elle leva le pied.

Et puis les lumières du Toyota disparurent. S'évanouirent.

La bande d'arrêt d'urgence devant elle était sombre, éclairée uniquement par les feux des voitures arrêtées dans la file d'à-côté. Kerry avait éteint les siens et roulait dans le noir.

Dangereuse. Prête à tout.

Billy gardait les yeux fixés devant elle, terrifiée à l'idée de renverser un automobiliste descendu de voiture, un enfant, un chien qu'on aurait laissé errer, d'être responsable d'un autre horrible accident.

Si seulement elle avait une sirène et un gyrophare, une voiture de patrouille.

Elle passa en pleins phares et enfonça le poing sur le volant, klaxonnant sans cesse tout en fonçant dans l'obscurité. Au moins, on l'entendrait arriver. Mais elle priait pour que personne ne se jette sous les roues du Toyota. Loin devant, la forme du minibus lui apparaissait par intermittence, faiblement éclairée par les lumières des voitures arrêtées, silhouette sombre dans l'obscurité. Billy repensa à Batman, le justicier, sur le pansement de Hyacinth.

Elles continuèrent ainsi pendant plus de deux kilomètres ; dans les voitures qui défilaient sur sa droite, Billy apercevait un kaléidoscope de visages stupéfaits.

Puis elle vit un éclair de lumière, sur la gauche. Au-delà de l'herbe du talus, là où il n'aurait dû y avoir que du noir.

Elle enfonça la pédale de frein, s'arrêta en dérapant.

Il y avait un trou dans la palissade.

Elle fit marche arrière pour revenir à sa hauteur. Un homme surgit entre deux voitures, les bras en l'air.

– Vous vous croyez où, bordel de…

– Police.

L'homme se tut.

– Qu'est-ce qui s'est passé ?

– Une voiture est arrivée à fond de train et a enfoncé ces portes.

Billy recula encore de quelques mètres puis braqua vers le bas-côté pour éclairer la scène.

Il y avait bien un vide dans la palissade, qui aurait dû être fermé par des portes grillagées hautes de trois mètres, piquées de rouille. Une des portes pendouillait sur ses gonds. L'autre était ouverte en grand. Des chaînes – et sans doute des cadenas – gisaient au sol. Kerry avait enfoncé les grilles. Derrière, un chemin de service s'étendait, envahi d'herbes folles. Il traversait le chantier à l'abandon de Blythe Flats.

– Je vais les suivre, cria Billy à l'inconnu. Refermez ces grilles derrière moi pour que personne n'ait l'idée stupide de quitter l'autoroute par là. C'est dangereux.

– C'est compris.

Elle accéléra, traversa le bas-côté et franchit les grilles. Au loin elle repéra le minibus qui s'éloignait par le chantier, en direction du nord-ouest. Billy se lança une seconde fois à sa poursuite. À fond de train cette fois. Sa voiture de location cahotait dans tous les sens mais elle parvint à rester sur le chemin de service.

Il lui fallut près d'un kilomètre avant de se rendre compte qu'elle n'avait pas peur – pas de crise de panique, pas de handicap hormonal dû à la ménopause. La seule hormone active était l'adrénaline.

Elle se doutait bien de l'endroit où Kerry se rendait. Howle Green. Soit à son ancienne maison, soit sur les lieux de l'accident qui avait tué son mari. Les deux femmes savaient qu'elles ne pouvaient pas s'en sortir. Elles devaient le savoir depuis le début. Elles avaient assassiné l'homme qui avait renversé celui qu'elles aimaient et l'avait laissé mourir. Elles s'étaient données – comme aurait dit Dom – à cent dix pour cent, émotionnellement. Ce que Billy ne comprenait pas vraiment, parce qu'elle-même n'était jamais allée aussi loin. Sauf une fois, avec sa fille, et elle n'avait jamais recommencé.

Billy tâtonna à la recherche de son téléphone et ralentit l'allure. Il était inutile de pousser Kerry à l'accident. Elle enfonça le bouton de son téléphone lui permettant de demander à Siri de chercher Howle Green sur Google Maps.

J'ai trouvé ceci sur Internet, fit la voix soyeuse et impersonnelle de Siri.

Billy coinça son téléphone dans un creux du tableau de bord. Sur l'écran, elle voyait sa voiture se déplacer dans le vide, en direction d'une route, signalée droit devant. Sans doute le chemin de chantier qui traversait le site débouchait-il sur cette route. Kerry avait dû repérer ce chemin de service sur sa carte satellite. Billy donna un coup de volant pour éviter un baril de pétrole et poursuivit sa route. Le GPS indiquait six minutes jusqu'à Howle Green.

Elle rejoignit la route au niveau d'un second portail, lui aussi enfoncé. Elle heurta un des vantaux pour le franchir et grimaça. Une voiture de location endommagée, ça allait lui coûter cher. Le chemin devint une petite route, puis elle entra dans le village, soulagée de sentir un vrai revêtement sous ses roues. L'endroit était désert, sinistre. Et pourtant il n'était pas tard, à peine 21 h 30, un vendredi soir.

Où étaient les gens ? On aurait dit une ville fantôme.

Elle donna une autre instruction à Siri : appeler Dom.

Il décrocha au bout de quelques sonneries. La liaison était plutôt mauvaise mais le son de sa voix lui fit du bien. Elle lui annonça où elle allait, et il se mit devant son ordinateur pour la guider à distance vers la maison de Kerry.

– J'arrive à l'église, dit-elle.

Elle l'entendit taper sur son clavier, puis :

– OK, j'ai le plan à l'écran, dit Dom. Il n'y a pas de caméras de reconnaissance automatique des plaques, donc je ne peux pas suivre son véhicule. Tu dois être sur la B 5602. Prends à droite juste après l'église. De là il te restera un peu moins de deux kilomètres jusque chez elle.

Elle passa devant un pub sombre.

Et comprit tout à coup. Le gérant du pub. C'était peut-être le pub de Renard Argenté. Il avait dit qu'il ne serait pas rentré à temps pour ouvrir.

– Ils sont du même village, les deux femmes et Nigel Heathcote. Ils doivent se connaître.

Billy se maudit d'avoir mis tant de temps à s'en rendre compte, mais elle n'avait appris que les deux femmes venaient de Howle Green qu'une demi-heure plus tôt. Sur l'autoroute, elles n'avaient eu aucun échange avec Heathcote. Pourquoi ?

On n'évite quelqu'un que quand on l'aime beaucoup – ou pas du tout.

– Et pourquoi le pub de Heathcote est-il fermé un vendredi soir ? Je sais qu'il est coincé dans un bouchon, mais il doit bien y avoir d'autres salariés pour faire l'ouverture…

– Howle Green est coupé en deux par la rocade, trois quarts d'un côté, et un quart de l'autre. Tu te trouves dans la plus petite partie. La base aérienne de la RAF est dans l'autre. J'aurais tendance à croire que les pubs de l'autre côté tournent mieux.

Elle se rappela l'article qui disait que Thomas Kingston était mort sur la rocade. Qu'elle empêchait que trop de voitures traversent le village, mais qu'elle l'empêchait aussi de vivre. Comme dans beaucoup d'autres petites localités où Billy avait exercé son métier, il n'y avait ici ni circulation, ni commerces, ni vie. Le village était comme un animal abandonné sur le bord de la route.

– J'arrive au virage…

Billy s'engagea dans une rue étroite qui se mua très vite en petite route de campagne. Elle longea des maisons de travailleurs agricoles, avec des plantes rabougries et des trampolines dans les jardinets du devant, des voitures garées au bord de la route. L'une, sans roues, était posée sur des briques. Puis elle passa sous des arbres trop grands qui retenaient le froid et l'humidité, et enfin se gara devant un bungalow sans aucun charme : la maison ayant appartenu à Kerry Wells et à feu son mari, Thomas Kingston. Elle était sombre ; il devait y avoir des persiennes ou des rideaux épais aux fenêtres car aucune lueur ne filtrait. Le moteur de Billy se tut, crachota deux ou trois fois en refroidissant.

Le bungalow n'était pas grand mais la parcelle était vaste. Il semblait y avoir des dépendances, et sans doute encore du terrain derrière. Le genre d'endroit où les gens qui ne roulent pas sur l'or pourraient quand même posséder des chevaux. Tout était noir, à l'exception d'un spot qui illuminait le côté d'un double garage. Le minibus demeurait invisible. Une nausée souleva l'estomac de Billy.

Elle les avait perdues. Elle avait abandonné sa scène de crime et perdu ses suspectes.

– Tu vois quelque chose ? demanda Dom.

Elle allait avouer son échec lorsque le spot du garage s'éteignit. Une minuterie. Ce qui voulait dire que quelqu'un l'avait déclenchée en arrivant. Il y avait des gens ici.

– Il y a des garages, dit Billy. Je pense que le Toyota est caché à l'intérieur.

– Reste où tu es, lui intima Dom. La police locale est en route.

Billy descendit de voiture.

Dom sembla s'étrangler :

– Mais tu bouges ? Je t'entends ! Reste où tu es. Ces femmes sont dangereuses, elles sont soupçonnées d'avoir tué un homme. Avec un rayon de vélo, bon Dieu !

Une lumière s'alluma dans l'entrée du bungalow. Une torche ou un téléphone, à en juger par la hauteur, se dit Billy.

– Attends. Ça bouge là-bas.

La porte d'entrée s'ouvrit. Hyacinth apparut dans l'encadrement. Sans sa mère à côté d'elle, elle faisait son âge. Et sa posture était différente. Elle restait menue, mais alors que sur l'autoroute, elle était toute recroquevillée, comme pour se rapetisser encore plus, se rendre invisible même, à présent elle se tenait bien droite, sans sucer son pouce.

– Vous entrez ? appela Hyacinth.

– J'attends les autres policiers, répondit Billy.

– N'y va pas, fit la petite voix de Dom au téléphone.

Billy baissa le volume de son téléphone.

– Il faut que vous veniez, dit Hyacinth en la regardant par-dessus son épaule. Elle va se blesser.

QUARANTE ET UN

21 h 27

Dès que Billy s'avança vers le bungalow, elle comprit pourquoi les fenêtres étaient sombres : elles étaient obturées par des planches. La maison était vouée à la démolition. Un gémissement, à l'intérieur, poussa Hyacinth à se fondre dans l'obscurité de la maison, laissant la porte d'entrée ouverte.

Billy la suivit mais s'arrêta dans l'entrée vide. Hyacinth se tenait sur le seuil d'un couloir qui desservait le reste de la maison.

– Elle va faire une connerie, dit la jeune femme d'une voix rauque. Ce ne serait pas la première fois. C'est pour ça que je lui ai demandé de s'installer chez moi. Je ne voulais pas revenir ici, ce n'est pas bon pour elle. On déteste cet endroit.

– Qu'est-il arrivé aujourd'hui ? demanda Billy d'une voix égale. Avec Lincoln Quick ?

– Elle va se tuer, et vous vous en foutez ?

Hyacinth, incrédule, secoua la tête, et s'enfonça dans l'obscurité du couloir.

Billy relâcha la porte d'entrée, qui ne se referma pas tout à fait, la plongeant dans la pénombre. Seule une lueur lui parvenait, à l'autre bout du couloir. À tâtons, elle finit par trouver un interrupteur, qui cliqueta en vain. L'électricité aussi avait été coupée.

Elle suivit Hyacinth en s'éclairant avec la torche de son téléphone. De sa main libre, elle palpa ses poches, et constata qu'elle n'avait qu'un seul objet à disposition : les menottes confisquées à Olly. Avec les dents, elle déchira le sachet à déjections canines qui les contenait et les glissa dans sa poche arrière.

Il n'y avait plus un seul meuble dans la maison. Sur les murs nus, la peinture portait les traces pâles, fantomatiques, de cadres enlevés depuis longtemps, comme si on y avait accroché une multitude d'œuvres d'art sans aucun intérêt. Étrangement, ce décor allait bien avec ce que Billy savait de cette famille et surtout de Hyacinth, jeune femme absente et insondable. Et pourtant au sol, la moquette semblait épaisse, luxueuse. Il flottait dans l'air une très légère odeur d'humidité, d'eau stagnante. Le bungalow avait dû rester vide et sans chauffage trop longtemps. Cette maison avait été vivante, accueillante. Elle était désormais froide et grise comme le deuil.

– Par ici, appela Hyacinth, depuis une pièce qui s'avéra être la cuisine.

Kerry était penchée au-dessus de l'évier. La torche de son téléphone, posé sur le plan de travail à côté, éclairait la scène d'une lumière froide.

Billy éteignit le sien et le glissa dans sa poche arrière pour avoir les mains libres. Kerry avait posé le bras à plat sur le rebord de l'évier, sa main droite pendait au-dessus de la cuvette, poignet vers le haut. De la main gauche, elle tenait une mince baguette métallique. Un rayon de vélo. À sa manière de le tenir, Kerry semblait plutôt droitière.

Quand on veut vraiment se suicider, n'utilise-t-on pas sa meilleure main ?

Hyacinth se tenait à un mètre de sa mère, les mains levées.

– Maman, je t'en prie.

– C'est moi qui l'ai tué, dit Kerry par-dessus son épaule.

– Maman ! siffla Hyacinth.

– C'était mon idée, dit Kerry en s'adressant à Billy. J'ai forcé Hyacinth, je l'ai menacée de me suicider si elle ne m'aidait pas. C'est moi qui l'ai tué, c'est moi qui ai enfoncé le rayon de vélo, elle n'a fait que conduire la voiture avec laquelle on devait fuir.

– Je ne vous crois pas, dit Billy à voix basse. Hyacinth est assez menue pour se cacher derrière le siège. Sans vouloir vous offenser, ce n'est pas votre cas. Et c'est vous qui étiez au volant quand le bouchon s'est formé, Kerry.

Kerry s'humecta les lèvres.

– On a échangé nos places. C'est moi qui étais à l'arrière, allongée sur la banquette.

– Il vous aurait vue. Elle seule pouvait se cacher derrière son siège.

Kerry s'affaissa.

– Elle a toute la vie devant elle.

– Sa vie, elle la passera en prison si vous ne me dites pas ce qui s'est vraiment passé. C'est Hyacinth qui s'est abîmé le pouce en le tuant avec le rayon de vélo.

– On était censées fuir !

– Mais vous vous êtes fait prendre dans l'embouteillage, rétorqua Billy. Hyacinth va être accusée de meurtre, Kerry. En tant que complice, vous prendrez entre trois et dix ans, mais elle fera au moins vingt ans de prison.

– Je vais me tuer !

Kerry appuya la pointe aiguisée contre sa peau, et Hyacinth se mit à gémir.

– Ça ne changera rien, répondit Billy.

– Ce n'est pas juste ! geignit Kerry.

Un tremblement incontrôlable agita sa main, la pointe dut percer la peau car elle hoqueta de surprise. Dans la pénombre, Billy devina une tache noire qui se formait, mais le sang ne coulait pas assez fort pour qu'elle ait touché une artère.

– Kerry, vous voulez bien poser votre arme et me parler ? On va trouver le moyen d'aider Hyacinth. On va arranger tout ça.

Le regard de Kerry allait de son poignet à sa fille.

Il fallait que Billy continue à lui parler.

– Pourquoi Lincoln Quick est-il revenu en Angleterre ?

Kerry respirait lourdement, mais la question parut la calmer.

– Il avait un bébé en route. Il fricotait avec une fille du village, elle a appris qu'elle était enceinte juste après son départ. Elle doit accoucher la semaine prochaine. J'ai additionné deux et deux.

– Mais deux plus deux, ça ne fait pas une date, ni un lieu spécifique, ni un numéro de vol. Comment avez-vous su quand il arriverait ?

– Je vais le faire, reprit Kerry penchée sur son poignet. Je vais me tuer.

– Si vous mourez, Kerry, dit Billy en adoucissant la voix, Hyacinth affrontera le procureur toute seule. L'affaire est grave et va faire la une de tous les journaux. On vous comprendra, à cause de ce que Lincoln Quick a fait à votre mari. Les gens le détestent parce qu'il a fui le pays. Mais cette compassion ne permettra pas à Hyacinth d'éviter la prison. Vous devez lâcher cette arme et l'aider.

– Et comment faire ? Tout est à cause de moi, c'est ma faute, j'étais censée nous tirer de là, nous faire quitter le pays. Si lui pouvait échapper à la justice, on devait pouvoir y échapper aussi.

Kerry achevait à peine sa phrase qu'elle se releva et marcha sur Billy en tenant le rayon de vélo noir entre le pouce et l'index.

– Écoutez, j'ai avoué. D'accord ? C'est moi. J'ai tout organisé, tout fait. Je suis montée dans sa voiture de location à l'aéroport pendant que le type à la barbe ridicule le distrayait. Je me suis allongée et j'ai attendu qu'on soit presque à l'arrêt et je lui ai enfoncé ça dans la nuque. J'ai pris un rayon de vélo, c'était un symbole, parce qu'il a tué mon mari avec son vélo. J'ai vengé Tommy. Et c'est moi qui ai tout fait. Hyacinth n'était même pas au courant de mon projet. Et maintenant, je vous menace. Je vous tuerai si vous ne m'en empêchez pas. Ça n'est pas une raison suffisante pour m'arrêter ?

Kerry vint se planter juste devant Billy, qui se tenait près d'un grand frigo américain. La femme leva les bras devant elle, serrant l'arme dans ses mains. Hyacinth se posta derrière sa mère, à peine visible derrière son épaule, cachée dans son ombre. Mais bien sûr, c'était Hyacinth qui s'était servi du rayon de vélo ; elle l'avait enfoncé si violemment qu'elle s'était abîmé le pouce.

On n'entendait que la respiration de la jeune femme.

Tous les muscles de Billy se raidirent.

Son téléphone bipa, les faisant sursauter toutes les trois. D'un seul mouvement, Billy sortit les menottes de sa poche arrière et fit sauter le rayon de vélo des mains de Kerry. Elle referma une des menottes sur son poignet ensanglanté et l'autre, sur la poignée du frigidaire.

Quand Kerry tenta de se dégager en rugissant, la porte du frigidaire s'ouvrit et la cogna au visage.

Hyacinth plongea pour s'emparer du rayon de vélo, mais Billy la devança. Elle s'en saisit et le tint au-dessus de sa tête, pour montrer qu'elle n'avait pas l'intention de s'en servir. Hyacinth recula vers le fond de la cuisine où – Billy le remarqua pour la première fois – une porte donnait sur l'arrière.

– Hyacinth, je te demande de ne pas bouger, dit Billy. Réfléchissez, toutes les deux !

Kerry soufflait bruyamment, le nez en sang. Elle tirait sur son bras pour se libérer mais ni les menottes, ni la poignée du frigidaire ne cédèrent. Son poignet blessé devait lui faire mal parce qu'elle cessa de se débattre. Elle leva les yeux au ciel puis un sanglot la souleva, comme un coup de poing à l'estomac.

– Il l'avait cherché, il méritait d'être puni !

– Je ne dis pas le contraire, affirma Billy. Beaucoup de gens vous approuveraient. Mais un meurtre n'est pas la justice.

– La justice n'existe pas, lança Hyacinth à l'autre bout de la pièce.

La jeune femme trouva la poignée de la porte dans son dos. Il y eut un déclic métallique et la porte s'ouvrit. L'air frais de la nuit s'engouffra dans la cuisine.

– Personne ne s'intéresse à nous. Nous ne sommes que des victimes. Personne ne connaît notre nom, mais le sien, tout le monde s'en souvient. Et tout le monde nous prend pour des cruches. Tout le monde !

Cette dernière phrase était adressée à sa mère.

– Qui vous prend pour des cruches, Kerry ? demanda Billy. Qui d'autre est impliqué ?

– Tais-toi ! mugit Kerry en se tournant vers sa fille, le mouvement lui arrachant un hoquet de douleur.

– Pourquoi le protéger ? gémit Hyacinth.

Sa mère ne répondit pas. Hyacinth fit un pas en arrière et disparut dans la nuit, comme si elle venait de tomber d'une falaise.

QUARANTE-DEUX

21 h 33

Une fois dehors, Billy s'arrêta pour tendre l'oreille et essayer de deviner dans quelle direction Hyacinth s'enfuyait. Mais elle n'entendit que le souffle brutal du vent qui martyrisait les arbres. La longue plainte d'une voiture sur la rocade. Et puis elle perçut un bruit sourd, mouillé. Dans le champ, sur la gauche. Hyacinth avait dû trébucher.

Billy traversa le jardin, se heurta à une clôture de fil de fer barbelé qui en marquait la limite, trouva une zone assez lâche pour pouvoir l'enjamber et se lança à la poursuite de la jeune femme.

Ses genoux se tordaient à chaque relief inattendu, ses chevilles tournaient quand elle butait sur une motte de terre. Elle aperçut un bâtiment, devant elle, à l'autre bout du champ. Elle comprit que ce devait être l'arrière du pub. Celui de Heathcote. Elle ne s'était pas rendu compte qu'il était aussi proche. Heathcote, à nouveau. Toujours là. Toujours à l'observer. Mais le pub était fermé lorsqu'elle était passée devant, quelques minutes plus tôt, et elle n'avait aucune idée de ce que Hyacinth pensait y trouver. Peut-être cherchait-elle à rejoindre la route. Ou bien elle courait au hasard. Billy aperçut sa silhouette devant elle, masse sombre qui se faufilait entre les ombres des arbres.

– Hyacinth ! cria Billy.

Une chute violente la fit s'étrangler. En tâtonnant, elle sentit du sable sous ses doigts. Une sablière ? Au moins, l'atterrissage n'avait pas été trop rude. Sans prendre le temps de se nettoyer, elle se releva et fonça jusqu'à arriver à une autre clôture. En bois, cette fois, et facile à escalader. De l'autre côté, elle retomba sur du goudron.

Comme elle l'avait deviné, c'était le parking de l'arrière du pub. Billy s'approcha du bâtiment. Plusieurs tables de pique-nique, pour les fumeurs, entouraient l'entrée de derrière. Sur la porte de verre était gravée une enseigne avec le nom du pub. Le King's Arms.

Il aurait aussi bien pu s'appeler Le Renard Argenté.

La poignée céda sous ses doigts et Billy pénétra dans l'établissement qui appartenait à Heathcote. Des portes de toilettes, ornées de panneaux à l'humour douteux, bordaient un corridor étroit. Un coude du couloir la mena à la salle du bar. Billy s'arrêta sur le seuil.

Une pièce faite pour être pleine de monde est dérangeante quand elle est vide. Trop silencieuse. Comme si elle attendait quelque chose. Billy chuchota presque :

– Hyacinth ?

Elle longea le comptoir, avec la sensation que le fantôme d'un barman la regardait tout en essuyant silencieusement un verre – comme si ce maudit Heathcote l'observait encore. Le silence la mit en alerte. Il y avait quelque chose dans l'air. Il y avait quelqu'un dans cette pièce. Une salle à manger s'étendait sur un côté. Toutes les tables, entourées de chaises aux dossiers trop raides, étaient vides.

Un peu plus loin, une petite arrière-salle, en retrait. Billy sursauta en voyant la silhouette d'une femme – Hyacinth – assise dans le noir.

– Hyacinth, ça va ? dit Billy.

– Pas vraiment, non.

Évidemment.

Billy souleva une planchette mobile et passa derrière le comptoir. À tâtons, elle fit basculer quelques interrupteurs et des appliques s'allumèrent, éclairant la salle d'une lueur dorée. Hyacinth se protégea les yeux, malgré la faiblesse de l'éclairage. Billy s'assit face à elle dans le recoin, sur un tabouret.

– Où courais-tu comme ça ? demanda Billy.

Haussement d'épaules.

– Tu courais, c'est tout ?

Hyacinth hocha la tête.

– Que voulait dire ta mère en parlant de quitter le pays ? C'était votre projet ?

– Il devait y avoir de l'argent. On devait prendre le ferry ce soir, puis un avion demain. Les valises sont faites.

– Qu'est-ce qui a cloché, l'embouteillage ?

– Et le fric. Tout ce qu'on a est là.

Elle posa une enveloppe pleine de billets sur la table. Des coupures de vingt et cinquante livres.

– Ça fait beaucoup, dit Billy.

– Moins de dix mille. Pas assez pour nous emmener là où on devait aller.

– Et vous alliez où ?

– Aux Tonga.

Billy changea de position sur son tabouret.

– Aux Tonga ?

– Au moins, il y fait chaud, dit Hyacinth en triturant le pansement sur son pouce. J'ai lu un truc sur une femme qui tenait la seule pension pour chats de l'île. Elle est morte dans un tsunami, et je me suis dit qu'on pourrait remonter une pension pour chats. Il y a une niche à prendre, si vous voulez. Je suis bénévole dans un refuge animalier, donc je sais de quoi il s'agit.

– Parle-moi de cet argent.

– Le terrain de maman, dit Hyacinth avec un coup de menton vers le fond du pub.

Billy comprit qu'elle parlait du champ qu'elles venaient de traverser.

– Elle en a hérité. Elle l'a vendu. Mais maintenant c'est fini.

– Vous pensiez utiliser cet argent pour aller jusqu'aux Tonga ?

Hyacinth la dévisagea d'un air dédaigneux.

– On devrait avoir de quoi acheter toutes les îles Tonga, avec ça. Il vaut des millions.

Billy tenta de masquer son incrédulité.

– C'est un terrain constructible, ajouta Hyacinth.

– Je vois.

– Vous pensez que ce n'est qu'un vieux champ de merde, n'est-ce pas ? Eh bien pas du tout. Il fait partie d'un ancien parcours de golf, plus de vingt hectares, avec un permis de construire pour deux cents maisons, boutiques et ateliers. Pour régénérer le côté nord de la rocade. Et tout est à ma mère, je ne rigole pas, on n'est pas des guignols.

– Je sais bien que non, loin de là.

Sous la table, Billy brossait le sable sur ses cuisses. Elle avait dû tomber dans un bunker du golf. Un site constructible pour deux cents maisons pouvait valoir… elle n'en avait aucune idée, à vrai dire, mais ce devait être beaucoup. Des millions, peut-être, en effet. Carl, l'agent immobilier, aurait pu le lui dire mais ce n'était pas le moment de l'appeler pour une estimation. Ça devait en tout cas représenter suffisamment d'argent pour vivre très confortablement, disons, aux Tonga. Un des endroits les plus dingues pour partir en cavale.

Hyacinth leva les yeux comme si elle avait entendu une sonnerie.

– J'ai soif.

Après un temps, Billy se leva.

– Qu'est-ce qui te ferait plaisir ? Mais avec tout cet argent, je te préviens, c'est toi qui payes la tournée.

Hyacinth ne sourit même pas.

– Un J_2O, ou un truc comme ça.

Billy repassa de l'autre côté du bar et prit deux bouteilles dans le premier réfrigérateur qu'elle trouva. Des bouteilles en verre. Elle les remit en place, en dénicha deux en plastique. Pas question de donner une arme à la jeune femme.

Revenue dans le recoin, elle déposa une bouteille face à Hyacinth, qui ne protesta pas en voyant que c'était de l'eau pétillante et non un jus de fruit. Elle but une gorgée puis le reposa.

– Elle avait une liaison, dit-elle.

– Qui ça ?

Billy avait du mal à la suivre.

– Elle me l'a dit tout à l'heure, dans la voiture, sur l'autoroute. Elle trompait mon père au moment où il est mort.

– Mmm.

Hyacinth renifla.

– Elle m'a dit qu'elle pensait à le quitter, à ce moment-là.

Kerry songeait à quitter son mari, il y avait de l'argent en perspective. Et puis le mari était mort dans un accident de la route. Pratique. Billy pensa aux bandes de vidéosurveillance, au passage piéton. À Lincoln Quick qui regardait de l'autre côté de la route, à son hésitation avant de quitter les lieux. Une grimace, des jurons ou... un signe de reconnaissance ? Pouvait-il y avoir une troisième personne sur place ? Hors du champ des caméras ? Qui lui aurait donné des ordres ? Si Kerry avait eu une liaison avec Lincoln Quick, aurait-elle pu l'inciter à tuer son mari ? Mais les enquêteurs d'alors avaient dû vérifier son alibi, quand même.

– Où étais-tu le soir où ton père est mort ?

– Une pièce de théâtre amateur. Salle municipale. *Meurtre sur la piste de danse*[5]. Maman jouait le rôle de Sherry Troll, un des membres du jury d'un concours de danse. Et moi, une machiniste qui découvre une danseuse, morte écrasée par une boule à facettes.

– Waouh.

Hyacinth haussa modestement les épaules.

Le téléphone de Billy se mit à vibrer sur la table. Un message de Daisy : la liste des conquêtes de Carl et de ses champs de bataille romantiques. Elle n'avait pas le temps de s'en occuper maintenant mais elle s'en servit de prétexte pour envoyer un SMS au sergent Gavin Glynn :

K et H avaient-elles un alibi le soir de la mort du mari ?

5 Allusion à « Murder on the Dance Floor » : tube disco-pop de Sophie Ellis-Bextor (2001).

Elle garda son téléphone à la main.

– Avec qui ta mère avait-elle une liaison ?

– Elle n'a pas voulu me le dire.

– Tu n'en aurais pas une idée ?

Hyacinth secoua la tête.

– C'était Lincoln Quick ?

– Bien sûr que non, vous la prenez pour une cougar ou quoi ?

Elle lança une main en avant, renversa sa bouteille d'eau et observa sans réagir le liquide pétiller sur la moquette.

– Elle a plus de cinquante ans, il a mon âge. Qu'est-ce qu'il lui aurait trouvé ?

Hyacinth connaissait sans doute l'amant de sa mère, même si elle ne savait pas qui c'était. Billy jeta un coup d'œil aux murs de l'arrière-salle, l'œil attiré par un T-shirt jaune dans un cadre. Un maillot jaune du Tour de France, plus exactement. Une réplique, apparemment. Le cyclisme, encore. Qu'est-ce qu'ils avaient tous avec le vélo, aujourd'hui ?

– Pourquoi es-tu entrée ici, Hyacinth ?

– Pour me cacher, parce que vous me poursuiviez.

– Tu connais bien le propriétaire du pub ? Nigel Heathcote. Il était sur l'autoroute, tout près de nous.

– Un peu. On est voisins. Sa fille est allée à la même école que moi. Elle va en ville tous les jours, comme une banlieusarde. Elle frime parce qu'elle travaille à la radio. Elle ne fait que le bulletin de la circulation routière, mais elle se prend pour une star. Elle dit qu'elle ne peut plus travailler au bar à cause de ses horaires, mais je pense plutôt que c'est à cause de ses faux ongles. En plus elle ne sait pas compter.

Billy n'avait jamais entendu Hyacinth parler autant en une seule fois.

– Et sa mère ?

– Elle est morte. Elle a eu un…

Hyacinth indiqua vaguement sa poitrine, ce qui pouvait vouloir tout dire : accident cardiaque, cancer du sein, ou même écrasée par la chute d'un piano.

– En tout cas, ce n'est pas lui qui l'a tuée, acheva-t-elle.

– Tout à l'heure, chez vous, tu as dit que ta mère protégeait quelqu'un. Tu parlais de lui, de Nigel Heathcote ?

Hyacinth grogna sourdement, pour montrer qu'elle s'en fichait.

– Je sais que ta mère ne t'a pas dit qui était son amant…

– Pff, son amant !!

– Est-ce que ça aurait pu être Heathcote ?

– J'imagine qu'elle n'est pas allée chercher bien loin.

Si Hyacinth avait voulu plaisanter, elle n'en montra aucun signe. Elle ramassa sa bouteille tombée au sol, la tenant du bout des doigts, laissant ce qui restait d'eau couler sur la table.

– Supposons que c'était Heathcote, reprit Billy. Et supposons que c'est ce que tu as voulu dire en demandant à ta mère pourquoi elle le protégeait. Comment le protège-t-elle ?

– C'est lui qui a l'argent.

– Quoi ?

– Du terrain. Il a aidé ma mère à le vendre. C'est lui qui a conclu l'affaire. Et maintenant, le fric est sur une sorte de…

Hyacinth grimaça en cherchant le terme approprié :

– De compte bloqué. On n'y a pas accès.

– D'accord…

– Tout est en ligne. Maman ne peut pas y toucher. C'est lui qui a l'identifiant. Et il devait nous donner de l'argent en espèces et une carte bancaire, mais on n'a rien reçu. À part le peu qu'il m'a remis, ce qui peut sembler beaucoup, mais c'est de la gnognote, pour nous. Il nous fallait cet argent pour partir.

– Aux Tonga ?

– C'est ça.

– Heathcote vous aide ? Il sait tout ?

Hyacinth se mordillait la lèvre inférieure.

Merde ! Heathcote était resté sur l'autoroute. Près de la scène de crime. Et parmi tous ces gens qui ignoraient de quoi il était capable. Mais qu'est-ce qu'il était venu faire sur place ? Pourquoi prendre ce risque ? La seule raison que Billy put trouver, c'est qu'il avait tenu à être dans les parages au cas où quelque chose tournerait mal. Il avait passé tout l'après-midi à observer, à intervenir, à donner son avis : il ne devait pas être du genre à laisser deux femmes se débrouiller seules.

– Reste ici, Hyacinth. Ne bouge pas.

Billy prit son téléphone et appela Dom. Comme au bout de six sonneries, il ne répondait toujours pas, elle lui envoya un message :

Je suis au pub, le Kings Arms. Hyacinth est ici. Elle a avoué. Heathcote complice. Embarque-le.

Au moment où elle l'envoyait, elle reçut un SMS de Gavin :

Femme et fille alibi en béton. Spectacle au village. Confirmé par 100 témoins.

Donc Kerry ne pouvait pas être près du passage piéton de la rocade quand son mari était mort. Mais Heathcote ?

Billy lui répondit :

Femme et fille ont tué Quick. Femme liaison avec Heathcote, gérant du pub. Alibi pour lui ?

Elle observa un moment les trois points qui dansaient avant que Gavin réponde :

Je vais vérifier, je suis en route pour vous rejoindre.

Billy :

Embarquez Heathcote.

Gavin :

OK.

Billy revint dans l'arrière-salle et contempla le maillot jaune.

– Heathcote aime le vélo ? demanda Billy.

– Il me donne envie de vomir, dans son short de cycliste moulant.

– Il pratique ?

– Il était dans la même équipe amateur que Lincoln Quick.

Il avait dit qu'il ne connaissait pas Lincoln Quick. Non, se reprit Billy, il avait dit qu'il ne connaissait pas Chad McClusky.

Merde !

– Ils roulaient ensemble ?

– Tout le village pense qu'il est en partie responsable de la mort de mon père, parce que les cyclistes roulaient toujours trop vite. Et que s'ils n'avaient pas roulé tout le temps à fond, il n'y aurait peut-être pas eu cet accident.

– Les gens croient que ce n'était qu'un accident ?

– Non, les gens croient que mon père ne serait pas mort si quelqu'un avait appelé une ambulance, donc que c'était une sorte de meurtre.

Légalement, elle avait tort, mais Billy comprenait ce qu'elle voulait dire.

Son téléphone vibra. Elle baissa les yeux. C'était Gavin Glynn :

Heathcote a un alibi pour le soir de la mort de Kingston. Il dînait avec un ami.

Elle avait déjà entendu ça quelque part. Elle écrivit :

Qui était cet ami ?

La réponse de Glynn ne tarda pas :

Un dénommé Tubby Eden.

L'homme qu'il avait vu au Wharf plus tôt dans la journée. Deux morts, deux alibis fournis par la même personne. Billy retrouva le numéro d'Eden dans ses notes.

Elle sentait dans l'air la résolution de cette affaire, la fin de la tempête.

QUARANTE-TROIS

21 h 46

– Où est le rayon de vélo, celui que ma mère avait à la main ? demanda Hyacinth d'une voix sourde.

Son ton lugubre fit frissonner Billy.

– Le rayon ? Je l'ai laissé en route.

Billy se dit qu'elle avait dû le perdre dans le champ, lors de sa chute. Elle avait eu de la chance de ne pas s'empaler dessus. Et aussi de ne pas l'avoir emporté jusqu'ici, face à une jeune femme qui avait tué un homme quelques heures plus tôt. Elle n'avait plus de menottes, rien pour l'immobiliser. Hyacinth restait calmement assise, mais elle dégageait une sorte d'énergie contenue, comme la force invisible qui entoure une clôture électrifiée.

– Ma mère pourrait le retrouver et se suicider.

– Impossible. Ça va aller, elle est hors de danger. Ne bouge pas, tu veux ? Je dois passer un coup de fil.

Billy fit le numéro de Tubby Eden, l'homme qui servait d'alibi à Heathcote, mais la sonnerie se perdit dans le vide. Elle ne put même pas laisser de message. Elle réfléchit un moment à comment formuler sa prochaine question pour Hyacinth.

– Est-ce que Heathcote a déjà évoqué le soir où ton père est mort ? Il est gérant du pub, il doit entendre pas mal de ragots.

– Bien sûr. On en parle tout le temps ici ; tout le village, lui et ma mère aussi.

– Et d'après lui, qu'est-ce qui est arrivé, ce soir-là ?

Hyacinth serra la bouteille de plastique entre ses mains, la fit craquer.

– Il dit que mon père n'avait aucune chance de s'en tirer. Qu'il n'avait rien fait de mal, qu'il n'embêtait personne et qu'il avait même regardé avant de traverser, mais qu'il ne pouvait pas deviner que quelqu'un arrivait du mauvais côté de la route. Et donc que c'était simplement la malchance.

– Est-ce que la police t'a montré des images de la vidéosurveillance ?

– Non. Je n'en ai aucune envie, d'ailleurs…

– Ta mère les a vues ?

– Je ne crois pas.

– Alors je me demande comment Heathcote a fait pour savoir que ton père a regardé avant de traverser.

Hyacinth ne répondit rien.

Le téléphone de Billy sonna. C'était Tubby Eden. Quand Billy décrocha, l'ami de Heathcote parut contrarié de devoir lui parler encore.

– L'année dernière, monsieur Heathcote a été interrogé par la police après le décès d'un certain Thomas Kingston.

– Oui, c'est terrible, ce qu'a fait cet Américain. Fuir le pays comme ça…

– Je voudrais vous demander ce qu'a fait monsieur Heathcote ce soir-là.

– J'ai déjà dit tout ce que je savais à la police.

– Vous l'avez couvert ?

– Oui, enfin, non. Qu'est-ce que vous entendez par « couvert » ? J'ai expliqué qu'on s'était retrouvés pour dîner.

– Et c'est ce que vous aviez fait ? Vous l'aviez retrouvé pour dîner ?

– Eh bien oui… Oui, c'est cela.

– C'est cela, quoi ?

– Nous nous sommes retrouvés, ce jour-là.

– Mais l'accident a eu lieu tard dans la soirée. Vous êtes resté avec monsieur Heathcote tout ce temps ?

– Écoutez, c'est embarrassant…

Il se tut.

– Avez-vous menti, monsieur Eden ? Laissez-moi vous rappeler que fournir un faux alibi est puni par la loi.

– Ce n'était pas un faux alibi, juste une petite distorsion.

– Quel genre de distorsion ?

Il souffla dans le téléphone.

– Nigel avait une liaison. Avec une femme mariée. Il est allé la retrouver après notre déjeuner. Il était avec elle quand l'accident s'est produit. Mais il ne pouvait pas dire ça à la police sans la trahir. Elle avait un mari violent, vous comprenez ? Il a fait ça pour protéger sa maîtresse.

Ben voyons !

– C'était tout à fait légal, consenti et tout ça, mais simplement il ne pouvait rien dire à la police, qui serait allée voir la femme pour qu'elle confirme son alibi, et ça aurait très mal tourné pour elle. Donc j'ai…

Il se tut.

– Menti ?

– Déformé un peu la vérité. Ça n'était pas grave, si ? Il était évident que c'était cet Américain qui avait renversé et tué le bonhomme. Et il avait fui le pays. C'était visiblement lui le coupable, sinon il n'aurait pas fait ça. Donc en fin de compte, c'était un mensonge bien innocent. J'ai fait ça pour protéger cette femme autant que Nigel.

– Et vous l'avez vue, cette femme ?

– Non.

– Donc vous n'aviez que la parole de Heathcote pour croire qu'il allait retrouver quelqu'un d'autre après votre déjeuner ?

Un temps, assez long pour qu'il comprenne enfin.

– Oui, je suppose que oui.

Billy soupira.

– Et aujourd'hui, vous avez menti aussi ?

– Non. Absolument pas. Aujourd'hui, on est restés à la Wharf Tavern tout le temps. Vérifiez. Nigel a payé avec sa carte bancaire.

– J'ai déjà vérifié. Il ne serait pas parti plus tôt en vous laissant sa carte, ou quelque chose comme ça ? Ce serait une entrave à la justice. Je regarderai les bandes de vidéosurveillance, de toute façon.

– Non, non, nous étions tous les deux, je vous le jure. Sur la tombe de ma mère.

Billy trouva un moyen de lui dire poliment qu'il était un crétin, et raccrocha.

Un nouveau message lui parvint. Dom.

Je suis en route. Dix minutes. Tiens bon.

Il devait rouler à tombeau ouvert. Mais Billy se sentit soulagée.

Elle allait devoir lui parler du mobile du meurtre.

Désir, envie, appât du gain, haine.

Les mobiles les plus classiques.

Parmi ces quatre personnes, Kerry et Hyacinth étaient motivées par la haine.

La haine appelait la vengeance.

Billy ouvrit sa bouteille d'eau et en but une gorgée.

Quelque chose la gênait cependant. Elle comprenait ce que voulait dire Dom en parlant d'aller au bout des choses, et peut-être Kerry et Hyacinth voulaient-elles tellement venger leur mari et père qu'elles se moquaient bien des conséquences, mais c'est ce qu'il y a à gagner ou à perdre qui déclenche souvent le passage à l'acte. Une revanche ne vous fait presque rien gagner, et peut potentiellement vous faire perdre beaucoup. La vengeance n'apporte rien, hormis un peu de satisfaction. Les gens tuent-ils pour ça ? On peut avoir des envies de vengeance, de meurtre, même, mais aller jusqu'au bout ? C'est rare. C'est pourquoi la vengeance est le mobile le moins fréquent.

Alors, Kerry et Hyacinth avaient-elles vraiment tué un homme pour venger leur mari et père ?

Même si elles étaient prêtes à tout, émotionnellement ?

Venger la mort d'un père c'était un peu… un peu trop *Batman*.

Ça ne paraissait pas normal. Malgré le pansement.

Et ça laissait trop de questions en suspens.

Qui leur avait donné le numéro de vol de Lincoln Quick ?

Comment savaient-elles que les caméras de l'autoroute étaient hors service ?

Qui faisait chanter l'agent immobilier ?

Carl Doors avait dit que c'était un homme. Quelqu'un qui connaissait une de ses conquêtes. Ou peut-être quelqu'un de l'hôtel où il les rencontrait…

Billy regarda autour d'elle. Au mur, dans son dos, un panneau tracé au pochoir indiquait les toilettes, et un autre désignait des chambres.

Le pub proposait des chambres d'hôtel.

Billy se leva et repassa derrière le comptoir. Elle y trouva un vieil ordinateur de bureau, une pile de feuilles imprimées et quelques registres remplis à la main. Le premier qu'elle ouvrit contenait une liste de fournisseurs et d'entreprises. Le second était celui des réservations à dîner. Le troisième, celui des chambres d'hôtel. Elle le feuilleta attentivement. Il n'y avait que quatre chambres à l'étage, ce qui facilita ses recherches. Elle remonta près de trois mois en arrière avant de voir le nom de Carl apparaître. Sans son nom de famille, mais il y avait un numéro de portable, qu'elle compara à ses notes : c'était bien son numéro – le sien, pas celui du téléphone prépayé. Carl avait passé une nuit ici, dans le pub de Heathcote. Sans doute avec une des femmes rencontrées sur Dizcreet.

Et puis elle se rappela le SMS de Daisy.

La liste de Carl, l'obsédé sexuel. Elle aurait pu s'épargner d'avoir à éplucher le registre si elle avait relu ce message avant…

Un vrai policier aurait fait les choses dans l'ordre.

Elle ouvrit le message. En parcourut les détails. Il y avait cinq femmes, rencontrées les cinq fois à l'hôtel.

En fait, il avait retrouvé trois des femmes ici même.

Bravo, Carl ! Très élégant !

Elle photographia la page, et l'envoya à Dom par SMS. Ils allaient devoir vérifier plus tard, mais elle pouvait supposer que Heathcote avait découvert pourquoi cet étranger venait dans son pub avec des femmes différentes à chaque fois, puis l'avait fait chanter et l'avait obligé à remplir cette vilaine mission à l'aéroport. Là encore, sans le bouchon sur l'autoroute, l'agent immobilier serait rentré chez lui. Bien sûr, il aurait ensuite entendu parler du meurtre, mais il ne se serait sûrement pas signalé pour avouer la part qu'il y avait prise.

Il était logique que quelqu'un ait aidé Kerry et Hyacinth. C'était ce qui leur manquait pour passer à l'acte. Elles étaient mues par la haine, mais qu'est-ce qui avait motivé Heathcote ?

L'appât du gain, probablement. L'argent de la vente du terrain. Billy reprit son téléphone et envoya un SMS au sergent Glynn pour lui demander s'il avait pu arrêter Heathcote. La réponse lui parvint immédiatement :

Il a disparu.

Heathcote avait filé, lui aussi.

Au même instant, Billy entendit des pneus crisser sur le parking et vit un faisceau lumineux balayer les murs du pub.

Pourvu que ce soit une voiture de patrouille.

Un coup par-derrière la fit trébucher. Elle leva les mains pour se défendre mais c'était Hyacinth qui n'avait fait que la bousculer en courant vers le comptoir.

– Il arrive ! dit-elle en plongeant derrière le bar.

Billy envoya un message frénétique à Dom :

Heathcote est au pub.

Elle n'eut pas le temps de lire la réponse. Elle entendit un bruit de clé, et la double porte de l'entrée principale du pub s'ouvrit brutalement. Les deux battants claquèrent et firent trembler les murs. Heathcote se tenait sur la pointe des pieds, prêt à frapper, tel un boxeur, les bras bien écartés. Bien différent du gérant de pub calme et tranquille qu'il était sur l'autoroute. Il n'avait plus rien du renard argenté. Il tenait plutôt du gorille.

Billy résista à l'impulsion de courir rejoindre Hyacinth à l'abri du bar et se redressa pour lui faire face. Nigel Heathcote plissa les yeux, marcha droit sur elle et la repoussa dans l'arrière-salle.

HYACINTH, *ALIAS* LA FILLE

Honda Zoomer 50cc

Il y a des grands verres rangés sous le comptoir. Une armée de petits soldats, prêts à étancher votre soif. Qui reflètent les couleurs des doseurs.

J'ai bossé dans ce bar. Il a essayé de me faire croire que c'était une faveur, alors que pendant dix heures, je l'ai eu tout le temps sur le dos, à me dire : « Pas comme ci », ou : « Fais comme ça. »

Il a passé tellement de temps à m'expliquer tout ce qui pouvait foirer avec les doseurs que je n'arrivais plus à penser correctement. Il faut appuyer le verre très fort contre le levier en plastique pour faire couler la boisson. Mais le bord des verres est trop fin. Je pouvais presque sentir le verre se casser, m'entailler la peau, les petits éclats me cribler la figure, presque voir la bouteille sortir de son logement et exploser au sol, m'asperger les pieds. Et imaginer que tout le pub me regardait en se disant que j'étais complètement idiote, qu'il m'avait suffisamment prévenue. C'est lui qui m'a foutu cette image dans la tête, comme un Gif qui ne s'arrête jamais. À la fin, c'est Nigel qui a dû servir les verres lui-même, parce qu'il ne fait confiance à personne. Bien fait pour lui.

La porte du pub s'ouvre tout d'un coup.

Les verres tremblent.

Il est là.

J'entends son pas lourd, et la femme, la policière, qui dit : « Vous êtes en état d'arrestation, ne bougez plus », et lui qui répond : « N'écoutez pas cette Hyacinth, elle est con comme un balai. » Ça alors ! Et pourtant il m'a trouvée assez intelligente pour me faire bosser dans son bar.

Et puis il dit : « Et cette Kerry Wells… »

Mais depuis quand il appelle ma mère comme ça, par son nom de famille ?

« … Cette Kerry Wells devrait avoir honte de mêler sa propre fille à cette sale histoire, alors qu'elle a toute la vie devant elle. » Et la policière essaie d'en placer une mais il continue : « Si sa mère va en prison, il n'y aura personne pour s'occuper d'elle. »

Il est gonflé, parce que j'ai surtout dû me démerder toute seule depuis que papa est mort. La mairie m'a dégoté un petit appart, et ma mère a même dormi sur mon canapé. Alors qui s'occupe de qui, hein ? Mais la policière en a marre et l'interrompt. Elle lui répète qu'il est en état d'arrestation et tout à coup ils ne disent plus rien.

Ils font du bruit.

Des pas.

Oui. Ça piétine.

Et ils respirent fort.

Peut-être qu'il a empêché la policière de parler parce qu'il ne veut pas se faire arrêter, ce qui est compréhensible, mais on ne peut pas stopper une arrestation une fois qu'elle est lancée, c'est comme une vague, ou un pétrolier, un truc comme ça. Une avalanche.

Les verres ne tremblent plus. Rien ne bouge.

Sauf ces piétinements.

Des halètements, parfois.

Aujourd'hui, justice a été faite. Nigel a dit que comme ça, on tournait la page et maman a répondu : « Oui, c'est ce qu'il nous faut. Tourner la page. » La justice est aveugle. Et puis dans la voiture, sur l'autoroute, elle m'a dit qu'on s'était fait avoir, que Nigel en a après l'argent. Il a cru pouvoir toucher le fric en baisant et en épousant ma mère (beurk), et puis il a vu l'occasion de toucher le fric sans l'épouser (ce que je comprends) et elle s'en est rendu compte pendant qu'on était bloquées, sur l'autoroute.

Il y a un tire-bouchon sur une petite tablette, au-dessus des verres. L'extrémité est froide et pointue contre le bout de mon index. Avant, quand on a parlé, la policière m'a demandé comment Nigel pouvait savoir que papa avait regardé des deux côtés avant de traverser la route.

C'est vrai, comment il savait ça ?

C'est qu'il était sur place.

Il a répété je ne sais combien de fois que renverser une personne pouvait être un accident, que c'était pardonnable, mais que le type qui était resté là pendant que papa mourait sur le bord de la route était vraiment un salaud sans cœur. Et pourtant Nigel était forcément sur place pendant que papa mourait. Et il a laissé tout mettre sur le dos de Lincoln Quick. Et aujourd'hui, il n'a pas moufté quand Lincoln Quick est mort. Et il nous a laissé tout endosser aussi.

Si je me mets à genoux, je peux jeter un coup d'œil par-dessus le bar. Il serre un truc autour du cou de la policière.

Elle donne des coups de pied, elle s'agite.

Ce n'est pas rendre justice, ça. Ni tourner la page. Elle ne nous a rien fait.

Je ne veux pas voir ça.

Mais même en me cachant derrière le comptoir, je l'entends se débattre, hoqueter. Ça me fait penser au petit carlin qu'on avait recueilli au refuge. Les mêmes yeux exorbités, la même expression de panique quand ils ne peuvent plus respirer : « Aidez-moi, je suis en train de m'étouffer. »

Dans ma main, les bras métalliques du tire-bouchon se lèvent comme ceux d'un homme qui se rend.

Je n'aime plus du tout Nigel.

Je me rends compte que je suis debout.

Et que je ne ferai plus son sale boulot.

QUARANTE-QUATRE

21 h 53

Billy avait l'esprit étonnamment clair alors qu'il l'étranglait avec un tendeur. Comme ceux qui servent à accrocher quelque chose sur le porte-bagages d'un vélo.

Les papillotements sont dus au manque d'oxygène.

La sensation d'exploser provient de la pression cérébrale.

Je devrais avoir perdu connaissance, maintenant.

Il ne faisait pas ça correctement. Il n'arrivait pas à la tuer.

Billy s'énerva. Elle refusait de perdre face à un amateur.

Elle avait été formée à ça. Elle savait quoi faire.

Elle joignit les mains sous ses seins, comme si elle priait, puis les enfonça tel un coin entre les deux bras de Heathcote, s'aida des coudes pour forcer ses poignets à s'écarter. Il tituba et relâcha le tendeur, suffisamment pour qu'elle puisse armer le bras droit et frapper de la paume à la base du nez. Il grogna, se plia en deux. Elle s'apprêtait à lui mettre un bon coup de genou dans la figure, juste pour être sûre, mais vit, dans le dos de Heathcote, Hyacinth qui se tenait, immobile, le bras levé. Quelque chose brillait dans sa main, un reflet argenté dans l'air sépia. Pas un rayon de vélo, c'était trop épais pour ça. Hyacinth croisa le regard de Billy une longue seconde, puis reporta son attention sur le dos de Heathcote. Elle fit un pas en avant et enfonça la chose brillante dans son dos. Il se mit à hoqueter.

– Lâche-la ! cria-t-elle alors même qu'il avait relâché Billy depuis dix bonnes secondes.

Il rugit en s'écroulant sur la moquette poisseuse.

Heathcote étendu sur le sol, Billy se laissa tomber sur une banquette en cherchant de grandes goulées d'air et se massa le cou, la gorge en feu. Elle avait l'impression qu'il la lui avait ouverte, mais elle ne vit pas de sang quand elle ouvrit les mains. C'était encore plus douloureux, maintenant qu'il ne l'étranglait plus. Hyacinth s'enfuit en contournant le comptoir. Billy la laissa partir – elle n'était pas en état d'entamer un second combat contre la jeune femme.

Le gérant du pub rampait dans l'arrière-salle comme un ours blessé, en essayant de se saisir de l'objet planté dans son dos.

Ah, c'est un tire-bouchon.

Les bras métalliques de l'objet s'agitaient comme pour se moquer de ses tentatives désespérées pour l'atteindre.

Hyacinth était intervenue un peu tard. Mais Billy lui était quand même très reconnaissante de ne pas avoir à se battre une seconde fois avec Heathcote.

Bien fait pour ses reins !

Le tire-bouchon était un peu plus haut que ça.

Merde à ses poumons !

Elle ramassa le tendeur et poussa Heathcote vers le comptoir. Elle l'installa en position latérale de sécurité (le mettre sur le dos aurait été une revanche mesquine) et lui lia les poignets au repose-pied en cuivre qui courait le long du comptoir.

Heathcote immobilisé, Billy bascula en arrière, les fesses au sol.

Elle avait la gorge en feu.

Et Hyacinth avait filé.

Bon Dieu de m… !

Au moment où elle sortait son téléphone pour envoyer un message à Dom, elle entendit un grondement, qui se mit à enfler. Un bruit d'hélicoptère. C'est donc comme ça qu'il avait pu arriver aussi vite.

Elle roula pour se mettre à quatre pattes puis se releva, laissant à son dos le temps de se redresser tout à fait. Ça aurait pu être pire. Elle aurait pu avoir un tire-bouchon planté dedans.

Le temps de longer le bar et de déboucher sur le parking, l'hélico de la police avait atterri dans le champ qui valait des millions.

Un homme en costume s'avança vers elle, boitant sur les touffes d'herbe comme s'il avait une jambe plus courte que l'autre. Sa silhouette se découpait en ombre chinoise dans les phares de l'hélicoptère, sa veste flottait comme une cape sous le tourbillon des pales, et elle constata qu'il avait minci à force de songer à se mettre au stand-up paddle. Elle nota aussi qu'elle venait de penser à lui comme s'il portait une cape et qu'il fallait qu'elle arrête tout de suite ces conneries parce que s'il l'entendait dire ça à voix haute, il la chambrerait le reste de sa vie. Lorsqu'il atteignit le parking et qu'il escalada la clôture pour entrer dans la partie éclairée, il ralentit en la voyant et se voûta quelque peu, soulagé.

Le commissaire Dominic Day porta la main droite à son cœur.

Billy lui fit signe.

Il portait des lunettes à monture d'écailles et une barbe de deux jours.

Billy songea un instant à envoyer des instructions à Carl :

« Mec, c'est comme ça qu'il faut porter la barbe ! »

QUARANTE-CINQ

21 h 59

Billy sentait sa propre odeur. De bonnes phéromones de putois. Elle avait dû activer une sorte de mécanisme animal de défense quand Heathcote avait tenté de l'étrangler. Elle espéra que Dom ne s'en apercevrait pas. Il lui fit contourner le pub pour être seul avec elle un moment et la serra dans ses bras. Elle se retrouva coincée contre le mur d'un pub pour la seconde fois en dix minutes.

Mais cette fois-ci, c'était plus agréable.

Elle l'étreignit à son tour, posa le menton sur l'épaulette de son costume bleu, fixant le bout de peau qui plongeait dans sa chemise.

Pas moyen d'y échapper, il devait forcément sentir qu'elle puait.

Les mains de Dom remontèrent du bas de son dos vers ses omoplates. Il se pencha en arrière pour mieux la regarder.

Ses cheveux s'accrochèrent dans sa barbe naissante, tissant une toile d'araignée entre leurs deux visages.

Quelqu'un appela Billy depuis le parking. Dom jura. Leurs mains glissèrent jusqu'à leurs épaules. Il l'attira à elle et l'embrassa sur le front, si brusquement qu'elle sentit ses dents derrière ses lèvres.

Elle sentit ses chevilles flageoler en s'éloignant.

Le jet-lag, probablement.

Ensuite, plusieurs meurtriers furent localisés et arrêtés.

Puis Billy et Dom se retrouvèrent assis au comptoir, devant des bouteilles de bière et des chips goût fromage-oignon qu'il avait dénichées derrière le bar et réquisitionnées. Les chips lui brûlaient la gorge, mais elle mourait de faim. Elle trempa chacune dans la bière, pour les ramollir suffisamment pour pouvoir les avaler.

– Juste au moment où je me disais qu'on pourrait peut-être vivre ensemble, marmonna Dom.

– La prochaine fois, prends des chips au sel et au vinaigre.

L'atmosphère entre eux était chargée. Et pas seulement de son odeur de putois. C'était la même sensation que quand on entre dans une maison où quelqu'un s'active à préparer un très bon plat. Et qu'on a envie de retirer son manteau et de s'asseoir à sa table.

– Heureusement que cette gourde était là, avec son tire-bouchon, dit Dom en guettant la réaction de Billy du coin de l'œil.

– Hmm, répondit-elle seulement.

Inutile de revenir sur la chronologie exacte des événements.

L'intervention tardive de Hyacinth. Après tout, entre amis, qu'importent quelques secondes de plus ou de moins ? Tant mieux si tout le monde croyait que c'était de l'autodéfense, qu'elle avait sauvé une policière d'un sale type. Le juge le prendrait peut-être en considération lors de sa condamnation. Hyacinth serait condamnée, la seule question était : pour combien de temps ? Sa mère aussi, irait en prison.

– Tu sais, Kerry Wells a tenté de me donner une couverture quand on était sur l'autoroute, dit Billy. Elle voulait que j'en couvre le corps, pour ne pas être obligée de le voir, elle a dit que ça perturbait Hyacinth. Mais en fait, elle pensait à la police scientifique. Ça aurait expliqué pourquoi l'ADN de Hyacinth était partout dans la voiture.

– Pas bête.

– Heathcote est pire encore. Il a fait faire son sale boulot par quelqu'un d'autre deux fois. Par Quick qui a tué Kingston. Par Hyacinth qui a tué Quick. Ça serait injuste qu'il s'en tire avec moins qu'elle.

– Complice de deux meurtres, si le juge ne confond pas les peines, il peut quand même en prendre pour vingt ans.

Billy ouvrit un second paquet de chips en observant ce qui se passait dehors. Ils avaient laissé les deux battants de l'entrée ouverts en grand, et l'équipe chargée de relever les éléments matériels descendait des cartons de l'appartement situé au-dessus du pub. Les secouristes soignaient Heathcote, allongé sur un brancard, le tire-bouchon toujours fiché dans le dos. Ils le sanglèrent pour qu'il ne puisse pas bouger et l'embarquèrent dans une ambulance, qui s'éloigna, gyrophare allumé, mais sans sirène. Elle n'aurait servi à rien sur les petites routes de campagne. Une voiture de police prit la place de l'ambulance. Un homme noir en civil, l'air cadavérique, émergea du siège passager.

– Gavin Glynn ? demanda Billy en se levant pour le rejoindre.

Dom s'empara du paquet de chips et en vida les dernières miettes dans sa bouche avant de lui emboîter le pas.

Le sergent Gavin Glynn racontait à Billy l'opération menée sur l'autoroute.

– Le petit Charlie ne voulait me dire ce qu'il avait vu que si j'acceptais de laisser tomber l'accusation de trafic de drogue. Il a réclamé l'immunité. Il se croit dans la série *Narcos*.

– Et quel indice essentiel le jeune monsieur Neale a-t-il mis dans la balance pour obtenir ce brillant accord ?

– Il croit qu'il a vu ce cher monsieur Heathcote tendre quelque chose à la jeune femme.

– Hyacinth ? Et il sait ce que c'était ?

– Non. Il dit que vous vous étiez éloignée, pour inspecter la voiture piégée qui s'est avérée une fausse alerte, et que Heathcote vous a vu partir, qu'il est allé jusqu'au minibus et qu'il a donné quelque chose à Hyacinth, sans même lui parler. Il a fait ça discrètement, pensant que personne ne le regardait, et il est retourné à sa voiture. Il n'avait pas aperçu Charlie, derrière les arbres. Ce dernier prétend qu'il a essayé de vous dire ce qu'il a quoi il avait assisté, mais que vous ne l'avez pas laissé parler.

– Il n'arrêtait pas de vouloir conclure un marché. J'ai cru qu'il bidonnait.

– C'est bien possible, dit Gavin. Heathcote a peut-être remis à Hyacinth l'enveloppe qui contenait les espèces et qu'on a trouvée sur elle. L'équipe scientifique nous donnera la clé de ce petit mystère.

– Mmm. Alors comme ça, Charlie Neale pense qu'il a passé un accord avec vous et va obtenir l'immunité, sergent Glynn ?

Gavin sourit et gratta son crâne chauve.

– C'est ce qu'il croit, en effet.

– Et vous lui avez dit qu'on ne peut pas l'accuser de trafic de drogue parce que les preuves seraient irrecevables ?

Gavin lui adressa un clin d'œil.

– Non... S'il est capable de faire de la rétention d'information, moi aussi.

Ils s'écartèrent lorsqu'un nouveau véhicule entra en trombe dans le parking du pub. Une voiture trois portes, ordinaire, bleu canard avec des finitions assorties.

Une voiture de fille.

Une femme en sortit, soutenant d'une main son ventre de femme enceinte qui commençait à peser, visiblement. L'accouchement était pour bientôt. Dans son dos, à l'abri des regards, Billy croisa les doigts et leva les yeux au ciel pour adresser la prière muette qu'elle faisait à chaque fois qu'elle croisait une future maman pour la première fois : *J'espère que pour vous, ça se passera mieux.*

Mais au moment où elle allait intercepter la femme dans la voiture bleue, un sifflement aigu retentit à ses oreilles. Fatigue. Jet-lag. Un avertissement. Comme un moustique qui va vous importuner tant que vous ne vous levez pas pour l'écraser.

– Puis-je vous aider ? fit Billy.

– J'habite ici. Qu'est-ce qui se passe ? J'ai reçu un message de mon père.

– Nigel Heathcote ?

– Oui. Je suis sa fille, Amy.

Il y avait une trace de « Oui, et alors ? » dans son ton, qui indiquait à Billy que l'arrogance était peut-être héréditaire. Son nom lui disait quelque chose, mais elle ne parvenait pas à mettre le doigt dessus. Amy Heathcote était une fausse blonde avec de faux cils et de faux ongles.

Elle fit tourner à son doigt sa clé de voiture, avant de refermer la main dessus. Son porte-clés arborait le logo d'une station de radio locale.

La mémoire revint à Billy.

– C'est vous qui faites les infos routières, à la radio !

Amy hocha la tête, surprise.

– On ne me reconnaît pas si souvent !

Elle souriait à présent, et cessa de jouer avec sa clé, flattée, désarmée et désireuse de passer du temps avec une personne prête à l'admirer.

– J'étais bloquée sur l'autoroute, tout à l'heure, dit Billy. Je vous ai entendue toutes les heures.

– *Toutes les heures, à l'heure pile !* dit Amy de sa plus belle voix radiophonique.

– Ah, vous le faites hyper bien ! rit Billy.

– Bon, on me paie pour ça, alors…

– Et le bébé est pour quand ?

– La semaine prochaine. Aujourd'hui, c'était ma dernière journée à la radio. Où est mon père ? Et pourquoi la police est-elle ici ?

Elle fit tourner une bague qu'elle avait au doigt.

Une alliance, toute brillante. Exactement semblable à celle que le mort portait.

– Vous connaissez quelqu'un du nom de Lincoln Quick ?

Amy ne répondit pas. Elle lâcha son alliance et posa les deux mains sur son ventre, comme pour empêcher son bébé d'entendre.

– J'ai une mauvaise nouvelle à vous annoncer, je le crains, dit Billy. Lincoln Quick s'est fait tuer aujourd'hui. Il est arrivé quelque chose sur l'autoroute.

– Quoi ? Amy s'agrippa à la portière ouverte de sa voiture. Mais son regard glissa furtivement vers une fenêtre, à l'étage. Billy se demanda si elle savait ce que son père avait fait, aujourd'hui.

Billy fit signe à un des agents en uniforme et lui demanda d'aller chercher une chaise.

Elle n'avait pas envie qu'Amy commence à avoir des contractions. Dom les rejoignit, comme un papillon de nuit attiré par la flamme d'un possible drame.

– Commissaire Day, voici Amy Heathcote, la fille de monsieur Heathcote. J'ai eu le regret de l'informer que le père de son futur bébé était mort tout à l'heure.

Dom fit les gros yeux à Billy mais parvint à présenter ses condoléances à Amy.

– Son mari, Lincoln Quick, était revenu en Angleterre pour assister à la naissance de son enfant, expliqua Billy.

– Ce n'était pas mon mari, on n'était pas encore passés à la mairie. Il m'a envoyé l'alliance par la poste.

– Que projetiez-vous de faire après l'accouchement, Amy ? Il ne pouvait pas rester en Angleterre, il y a un mandat d'arrêt contre lui. Vous deviez partir tous les trois aux États-Unis ?

– C'était une possibilité…

– Votre père ne voulait pas que vous partiez ?

– Il allait être grand-père, dit-elle en se massant le ventre. Bien sûr qu'il ne voulait pas qu'on parte.

– Que pensait-il de votre histoire avec Lincoln Quick ? Après tout, Lincoln a tué quelqu'un.

– C'était un accident !

La chaise arriva et Amy s'y installa, mais l'effort qu'elle dut faire pour s'asseoir sembla lui ôter toute combativité.

– Ils étaient amis, au début, mais mon père a eu du mal à lui pardonner, après l'accident.

– Du mal… Au point de le faire assassiner ?

– Quoi ? Mais non ! Mon père est tout sauf…

Elle se tut, cligna rapidement des yeux, essayant péniblement de ne pas se décomposer. Ses faux cils ressemblaient à des insectes qui se cognaient à une vitre, attirés par la lune. Au bout de quelques secondes, les faux cils se fatiguèrent. Elle baissa les yeux sur son ventre.

– Je ne peux pas l'imaginer faire ça, dit-elle.

Ce qui signifiait qu'en réalité, elle pouvait peut-être l'envisager.

– Je suppose que vous saviez par quel avion allait arriver M. Quick, aujourd'hui ? demanda Billy.

– Bien sûr.

– Et votre père le savait aussi ?

– Évidemment.

Dom enfonça les poings dans ses poches et se balança sur les talons. C'était sa version du poing levé d'Andy Murray, du *siu* de Cristiano Ronaldo, de l'éclair de Usain Bolt. Mais une version qui seyait à un officier de police haut gradé. Sa célébration arriva trop tôt, cependant, car Billy n'en avait pas terminé. Le sifflement aigu dans ses oreilles était toujours là.

– Amy Heathcote travaille à la radio, expliqua Billy à Dom. Circulation et état des routes. Vous avez accès aux images des caméras de surveillance sur l'autoroute ? Pour connaître les conditions de circulation ?

– Oui, pourquoi ?

– Et vous avez un ordinateur portable de travail, que vous remportez peut-être chez vous ?

– Oui.

– Est-il possible que votre père ait pu accéder à ces images et apprendre ainsi à quels endroits ces caméras sont hors service ?

Amy se tenait le ventre.

Billy ne voulait pas embêter cette femme enceinte plus longtemps. C'était inutile.

Mais Dom lui adressa par-dessus ses nouvelles lunettes à monture d'écaille un regard chargé de sens, qui indiquait que la prochaine fois, il lui prendrait des chips au sel et au vinaigre – ou à n'importe quel autre arôme de son choix.

De retour sur l'autoroute, Billy descendit de la voiture de patrouille et rejoignit la bande d'arrêt d'urgence. Sur le portique, un message annonçait : « Obstacles sur la route. » Et il y en avait, en effet. Une tente blanche était dressée autour de la berline, et un sac mortuaire attendait son lugubre chargement.

L'immunité diplomatique avait permis à Lincoln Quick d'échapper à la loi, mais pas aux deux familles malheureuses qui l'avaient rattrapé plus vite que la justice. Dans le sens opposé, le « van de la CIA », abandonné, avait été emmené à la fourrière et la circulation avait repris. Avec une vitesse réduite, cependant. Les conducteurs tendaient le cou en passant devant elle, mais le flot régulier des voitures donnait à Billy l'agréable sensation d'avoir réussi à déboucher un évier. Elle se demanda comment allait le type qui avait eu une crise d'angoisse. Et les pseudo-vigiles de supermarché, et le vieil homme qui avait ouvert le van pour elle, et Mme Canapés et ses petits fours pillés…

– Je suis épaté que tu aies réussi à garder tout ce petit monde sous contrôle, dit Dom.

Il ne cessait de lui lancer des regards en coin. De la contempler à petites gorgées.

La plupart des véhicules qui avaient entouré la voiture de Billy n'étaient plus là. Mais jusqu'à ce qu'on enlève le corps de Lincoln Quick, seule la voie de droite avait rouvert à la circulation. Les voitures défilaient au pas, derrière une rangée de cônes orange.

La voiture de l'agent immobilier avait été embarquée par l'équipe scientifique et Carl Doors était au commissariat pour interrogatoire. Tout comme Charlie Neale, avec sa vessie défectueuse et la Renault de sa sœur. Un peu plus loin à l'arrière, on avait inspecté la voiture abandonnée, qui ne recelait aucune bombe, comme Billy s'y attendait, et on l'avait mise à la fourrière. Seuls restaient les véhicules des autres témoins. Daisy Finch et Olly Sims faisaient leurs dépositions, à des agents différents.

– Ce sont ces deux-là qui avaient des menottes, dit Billy.

– Des menottes fantaisie, avec de la fourrure ?

– Des menottes normales. J'en ai utilisé une paire pour le trafiquant de drogue.

– Tu as encore l'autre paire ? demanda Dom.

– Tiens-toi bien ! Non, l'autre m'a servie pour Kerry.

Ils regardèrent un des policiers tendre une tablette à Daisy et lui demander de signer sa déposition. Ce qu'elle fit avec les gestes maladroits d'une personne qui se sert de l'outil de quelqu'un d'autre. L'agent la remercia d'un hochement de tête. Sans un regard en arrière, elle rejoignit sa Nissan Micra rose vif et mit le contact. Un instant plus tard, elle mettait son clignotant et s'insérait dans la circulation. Olly, toujours occupé à faire sa déposition, regarda par-dessus son épaule Daisy le quitter.

– Oh, oh, fit Dom. On dirait que Mister Menottes vient de se faire plaquer !

Mandeep Singh prit la place de Daisy pour témoigner à son tour. Le garçon, Jack, l'as du poker, était déjà rentré chez lui. Billy tira sur la manche d'un agent qui passait, emmenant un chien au bout d'une ficelle. Elle reconnut le corniaud beige qui s'était perdu dans l'embouteillage.

– Comment allait le gamin ? demanda Billy.

Une voiture de patrouille avait ramené Jack chez sa mère, lui apprit-il.

– D'où sort ce chien ? demanda l'agent, l'air épuisé, à Billy. Vous n'avez pas pu retrouver son propriétaire ?

– J'ai été pas mal occupée.

– Parce que c'est un vrai crétin. Il a pissé dans un des sachets sécurisés. Je commence à croire que quelqu'un a profité de l'occasion pour s'en débarrasser.

– Ne dites pas ça, fit Dom. Il y a forcément quelqu'un qui panique en pensant l'avoir perdu, un peu plus loin sur l'autoroute. Continuez à chercher.

L'agent marmonna quelque chose tandis que Dom l'incitait à remonter la circulation à contre-courant pour retrouver le propriétaire du chien.

– Tu vois ce qui se passe quand tu pars en vacances quelque part, dit Billy, que tu commences à discuter avec des inconnus, que tu passes beaucoup de temps avec eux et que tu as l'impression que vous êtes vraiment très proches ?

– Et qu'une fois rentré chez toi, tu ne les revois plus jamais ? compléta Dom.

– Oui. Eh bien c'est exactement ce que je ressens. Ce n'était pas une enquête. Ça ressemblait plus à une prise d'otages.

– Tu as traversé une rude épreuve.

Dom pressa son bras contre le sien, elle lui rendit son geste un court un instant.

Pat Mackey et Charlotte McVie entouraient une policière.

– Mais je n'en veux pas, dit Charlotte.

– Vous n'avez pas le droit d'abandonner un véhicule sur l'autoroute, insista la policière en agitant ses couettes.

– Je ne suis revenue que parce que la circulation était tout aussi bloquée sur les routes secondaires. Il n'était pas question que je prenne un taxi, donc j'ai cru que j'aurais quand même besoin de cette voiture, en fin de compte, mais Pat a proposé de me conduire, donc je n'en veux pas.

La policière écarquilla les yeux, incrédule.

– Mais elle vaut au moins quatre-vingt mille livres.

– Tout ce qui vous intéresse, c'est la valeur des objets. Elle est à lui, qu'il se débrouille avec.

Charlotte se tourna vers Billy qui approchait.

– Je ne veux plus jamais le voir. Je ne veux plus jamais voir sa voiture. Je voulais la balancer dans le lac artificiel, pour l'emmerder, mais je n'en ai même plus envie. Je veux récupérer mes enfants et reprendre le cours de ma vie. Alors mettez-la à la casse, si ça vous chante, ou gardez-la, c'est cadeau. Ou faites-la embarquer par la fourrière à ses frais, je m'en fous.

La jeune policière allait protester mais Billy la fit taire en posant le doigt sur son bras.

– Je suis désolée que la police ne vous ait pas aidée mieux que ça, Charlotte. De ce que je sais, nous vous avons laissée tomber.

Pat se mit à parler, rappelant à Billy pourquoi elle avait commencé par l'appeler Gros Mots. Puis elle tira sur une des longues manches de Charlotte.

– Non mais vous avez vu dans quel état elle est ? Montre-leur, ma belle !

Avec hésitation, Charlotte remonta une de ses manches pour leur montrer son poignet.

On aurait dit une grillade de barbecue ; sa peau contusionnée était zébrée de noir et de jaune.

– Il fait ça avec des serre-câbles.

– Charlotte… dit Billy.

Mais Charlotte leva la main pour l'interrompre :

– Il fait ça quand les enfants ne sont pas là. Mais dans peu de temps, il leur infligera ça à eux aussi. Je dois les éloigner de lui.

– Vous devriez le signaler.

Charlotte se tourna pour lui faire face.

– Allez vous faire foutre, déclara-t-elle calmement. Une fois, la police a envoyé deux agents chez moi. *Enfin*, me suis-je dit. *Enfin !* Mais c'était deux jeunes flics, en formation, qui se sont plus intéressés à sa Tesla qu'à moi. Ils ont visité toute la maison, comme si, bon, quelques gnons de temps en temps, ça n'était pas cher payer pour avoir droit à tout ça. Ils ont pris des notes, et ils m'ont dit qu'ils ne pouvaient rien faire. Que ma parole ne suffisait pas. Que mes bleus ne suffisaient pas. Alors ne venez pas me dire que je dois faire un signalement. J'ai payé un avocat, et obtenu une ordonnance de protection. Je vais me débrouiller toute seule, merci bien.

– Je t'aiderai, dit Pat. On va aller chercher les enfants et je vous conduirai au foyer. Je n'habite pas très loin. Je peux les garder, faire un peu de baby-sitting, t'aider à chercher une maison, et tout, et tout.

– C'est très gentil à toi.

– Pas spécialement. Et ça me fera du bien à moi aussi, répondit Pat.

– On a fait sauter la contravention, dit Billy. Mon collègue ici présent s'en est occupé. On l'a effacée des fichiers. Votre mari n'arrivera pas à vous retrouver.

Charlotte la remercia froidement d'un bref signe de tête. Elle tourna les talons et alla ramasser ses affaires étalées sur le bas-côté.

– Prenez soin d'elle, Pat, dit Billy à l'infirmière. Et prenez soin de vous.

Billy se surprit elle-même à la serrer dans ses bras.

– Ça, c'est mon plus beau jour depuis un paquet de temps, chuchota Pat à son oreille. Et au fait, tu sens le putois, ma belle.

Pat alla retrouver Charlotte et elles montèrent ensemble dans la Volkswagen.

– Tu as faim ? dit Dom en surgissant au côté de Billy.

– Je meurs de faim. Mais je dois récupérer ma valise, je m'en suis servie pour attacher la corde autour de la berline. Et ma bouteille de gin, aussi !

– Je te reconnais bien là. Il y a un bon pub pas très loin d'ici, au bord du canal.

– Tu ne veux pas parler de la Wharf Tavern, si ?

– Pourquoi, quel est le problème avec la…

– Je n'ai aucune envie de tomber sur cette andouille de Tubby Eden. Il y a un resto de curry près de chez moi. Ça fait six mois que je rêve d'un authentique *balti*. Je prendrai une douche pendant que tu iras le commander.

– Bien reçu. Et puis une bonne douche ne te ferait pas de mal.

Elle était épuisée, mais elle devait quand même conduire, puisque Dom n'était pas enregistré comme second conducteur auprès de l'agence de location. Ils localisèrent sa valise ainsi que, miraculeusement, la bouteille de gin détaxée qui avait dû échapper de justesse au minibus de Kerry Wells lors de sa fuite. Quand Billy démarra, elle vit qu'on chargeait dans l'ambulance le sac mortuaire contenant le corps de Lincoln Quick.

– Quel foutoir il a laissé derrière lui, celui-là, dit Dom. S'il avait fait ce qu'il fallait, ce soir-là, il aurait épargné plusieurs vies.

– Oui mais étrangement, ça a été assez touchant de voir une petite communauté se serrer les coudes comme ça.

– Quoi, pour tuer un homme ?

– Mmm.

– Je suis content de vous savoir de retour parmi nous, sergent Billy The Kidd.

Elle appuya sur l'accélérateur au moment même où on rouvrait les trois voies de l'autoroute. Devant elle, des flèches vertes clignotaient sur le portique, pointant vers la nuit noire. Et au son rassurant du vrombissement des pneus sur l'asphalte, Billy rentra chez elle.

REMERCIEMENTS

Mes premiers remerciements vont à tous mes lecteurs, lectrices, chroniqueurs, chroniqueuses, blogueurs et blogueuses qui ont pris le volant d'*Arrêt de mort*. Vous êtes arrivés à la fin du long voyage qui a commencé un jour où je me suis retrouvée prise dans un bouchon sur l'A23 à proximité de Gatwick, en me disant que ce pourrait être *intéressant* si l'homme dans la voiture d'à côté s'effondrait sur son volant, un couteau planté dans le dos. C'est ainsi qu'est née mon histoire. Mais j'espère que mon voisin de bouchon est rentré sans encombre chez lui, il n'avait rien fait pour mériter ça.

À peu près à la même époque, j'ai formé un nouveau groupe d'écriture. Les essais des premiers chapitres de ce roman ont pris forme grâce à la fondatrice des *Hovarians*, Esme Hall, à Julian Morgan, Jezza Donovan, Stephie Woolven, Jane Crittenden et Diane Stephenson. Merci à toute la bande de Hove pour leur présence les lundis soir, et pour leurs conseils.

Je tiens à saluer Kate Simants, Louisa Scarr, *alias* Sam Holland, *alias* Louisa de Lange, Niki MacKay, Clare Empson, Heather Critchlow, Fliss Chester et Rachel Blok pour leurs encouragements. Ainsi que Dom Nolan, T. E.

« Tim » Kinsey, Rob Scragg, Adam Southward, Simon Masters, Susie Lynes, Harriet Tyce, Liz Mundy, Victoria Selman, Elle Croft et Phoebe Morgan, jamais avares de conseils et de pitreries. Et un coup de chapeau à James Delargy, qui m'a fait remarquer qu'*Arrêt de mort* devait être un roman et non une nouvelle. Merci à Jack Jordan, mon ami de Brighton, qui parvient à me faire sortir de chez moi de temps en temps. Et aussi à Graham Bartlett, mon « conseiller officiel en matière de police britannique », pour son expertise, que Billy et moi avons parfois délibérément ignorée : toutes les erreurs de procédure sont entièrement ma faute.

Ce livre n'aurait jamais vu le jour sans Jordan Lees, de chez Blair Partnership. Qu'il soit remercié pour son enthousiasme et pour savoir qu'il ne faut pas s'attendre à ce qu'un auteur réagisse normalement aux nouvelles – même bonnes –, sans y avoir été soigneusement préparé. Un immense merci à Georgie Mellor et à l'équipe des droits d'éditions à l'étranger qui ont réalisé mes rêves d'être traduite.

J'ai beaucoup de chance que Kelly Smith, chez Bonnier Books, ait été le moteur de ce livre, et que sa coéditrice Laura Gerrard ait mis un coup de frein à mes trop nombreuses métaphores automobiles.

Je remercie et je salue Danielle Egan-Miller, chez Browne & Miller, à Chicago, pour son soutien généreux et son expertise depuis plusieurs années maintenant.

Mark, merci pour le thé et les sandwichs. Il n'y a qu'avec toi que j'aimerais être bloquée dans un embouteillage. Et Lydia et Frank, merci pour votre compagnie et vos playlists, qui éclairent ma route.

Composition et mise en pages
Nord Compo à Villeneuve-d'Ascq

MIXTE
Papier | Pour une gestion forestière responsable
FSC® C108412
FSC
www.fsc.org